Le Jeu des Tentations

INDIGO BLOOME

Traduit de l'anglais (Grande-Bretagne)
par Benoîte Dauvergne

City

Première traduction en anglais à Sydney, Australie, par HarperCollins Australia Pty Limited en 2012. Cette édition en français est publiée avec l'accord de HarperCollins Publishers Australia Pty Limited. The author has asserted her right to be identified as the author of this work.

ISBN : 978-2-8246-0271-4
Code Hachette : 51 0944 2

Rayon : Roman

Collection dirigée par Christian English et Frédéric Thibaud
Catalogues et manuscrits : www.city-editions.com

Dépôt légal : mars 2013
Imprimé en France par France Quercy, 46090 Mercuès - n° 30359/

Pour ma mère,
dont l'amour, le soutien
et les encouragements sans réserve
m'ont permis bien des fois
de réaliser mes rêves.

— As-tu parfois l'impression
que tu étais prédestinée pour le jeu ?
— Seulement dans mes rêves...

Préambule

Si, à l'époque, j'avais su ces choses, est-ce que la situation serait différente aujourd'hui ?

Je ne sais pas très bien pourquoi, ni comment ma vie s'est transformée de façon aussi rapide et radicale, mais elle se poursuit comme si rien n'avait changé. Tout a commencé par un week-end qui peut-être, avec le recul, n'aurait jamais dû avoir lieu, mais, au fond de moi, j'ai le vague sentiment que tout était écrit d'avance...

Je me retrouve au cœur d'un tourbillon psychologique et sexuel, qui a foncé sur moi sans un seul avertissement, ni avis de tempête. Ou bien peut-être n'en ai-je pas vu les signes ? De toute façon, ce qui est fait est fait, et ce qui arrivera arrivera. J'ignore simplement comment les choses vont se terminer ou si je vais survivre à ce périple.

Première partie

Aucun travail ordinaire exécuté par un homme ne peut égaler en difficulté ou en responsabilité le travail d'une femme qui élève une famille de jeunes enfants ; car son temps et sa force font l'objet de demandes incessantes, non seulement à chaque heure du jour, mais souvent à chaque heure de la nuit.

Theodore Roosevelt

Avant de franchir le pas de la porte, je suis pratiquement sûre d'avoir tout organisé pour chaque membre de la famille.

Les sacs des enfants sont faits.

L'équipement de plein air est prêt.

J'ai même préparé de la nourriture en plus.

Jordan et Elizabeth partent pour leur première expédition dans la nature pendant une semaine. Le groupe sera encadré par les pères chargés de donner un coup de main, étant donné le style des activités prévues au programme. Une idée géniale d'un point de vue de mère, mais on sait toutes au fond de nous que les enfants vont nous manquer dès leur première nuit loin de la maison. Ils ont été bouleversés quand l'expédition a failli être annulée à cause d'un manque de financement et de soutien de la Tasmanian Wilderness Foundation. Par chance, le parrainage de dernière minute du programme Fathers4Kids a finalement permis à l'expédition d'avoir lieu. Les enfants sont tellement impatients. En fait, quand j'y pense, Robert, mon mari, semble plus excité et absorbé par cette aventure qu'il ne l'a été par quoi que ce soit depuis des années. Ça vient sans doute de ce goût pour l'exploration qui sommeille en chaque homme – le mystère de l'étonnant tigre de Tasmanie offrant une piste parfaite – ou peut-être est-il simplement content de s'éloigner de moi. En tout cas, il est aussi excité que les enfants, et aucun d'eux n'a réussi à dormir cette nuit, car ils sont trop impatients de se lancer dans cette grande aventure et de sillonner la côte ouest sauvage de la Tasmanie à la recherche de l'insaisissable tigre.

J'ai décidé de profiter de l'absence des enfants pour achever une série de conférences que je repousse depuis plusieurs mois en attendant « le bon moment ». Je me prépare donc à m'envoler pour Sydney, Brisbane, Perth et Melbourne pour livrer mes dernières découvertes à des étudiants de troisième cycle, des universitaires et divers professionnels.

À présent, il faut vraiment que je me concentre sur la préparation de ma première conférence qui a lieu cet après-midi à Sydney. Je parcours mentalement ma liste de choses à emporter : j'ai mes notes, mon diaporama, mes thèmes de discussion, mes énigmes à résoudre en groupe, mon ordinateur et mon téléphone portables… Je reste fascinée par les recherches que j'ai menées sur la stimulation visuelle et son incidence sur le développement de la perception. Aujourd'hui encore, il m'arrive de laisser mes pensées dériver et de me replonger dans mon travail, d'envisager une interprétation différente à certaines des énigmes que j'ai mises au point pour mes conférences...

Soudain, je sens le trac m'envahir, à tel point que je dois m'appuyer au plan de travail de la cuisine pour me ressaisir. Comme c'est étrange... D'habitude, je ne suis jamais tendue avant de donner une conférence ; bien au contraire, j'adore cela. C'est l'occasion de captiver de nouveaux esprits, de voir des intellects croiser le fer, dans une quête de connaissance plus profonde et plus large. D'où vient donc ce trac ?

Je m'interromps un instant pour étudier cette sensation et essayer d'en trouver l'origine, ce qui peut paraître étrange à certaines personnes, mais c'est quelque chose qui m'a toujours intriguée.

Mon trac est plus intense que d'habitude, et ce n'est certainement pas dû à la conférence. Peut-être que j'appréhende de m'éloigner de ma famille. Non, ce n'est quand même pas la première fois que je quitte mes proches, surtout pour des raisons professionnelles. J'élargis le champ de mon observation au reste du week-end, lorsque je m'arrête soudain : j'ai de nouveau l'estomac noué. À ma grande surprise, la pensée de mon rendez-vous de dix-sept heures avec Jeremy à l'hôtel InterContinental me laisse le souffle court.

Le docteur Jeremy Quinn. Mon copain de fac, mon meilleur ami, l'homme qui a ouvert mon esprit et mon corps par des moyens que je n'avais jamais cru possibles. Il me connaissait sur le bout des doigts quand nous étions plus jeunes, et nous avons partagé une incroyable variété d'expériences pendant la période où nous étions ensemble. Difficile de croire, après toutes les pitreries qui ont occupé nos années d'université, que Jeremy est maintenant l'un des docteurs en recherche médicale les plus respectés et les plus éminents d'Australasie – je ne peux pas me résoudre à dire « du monde », parce qu'il s'agit de Jeremy, quand même. Il vient de rentrer de l'université de Harvard où ont été présentées les recherches révolutionnaires qu'il mène avec le professeur émérite E. Applegate.

Cherchant sans cesse les solutions inconnues, inattendues ou imprévues à certains de nos problèmes médicaux les plus insurmontables, Jeremy a toujours eu le don de repousser les limites des conventions et de bousculer les idées reçues.

Récemment, j'ai lu dans un article qu'il avait rencontré plusieurs fois Melinda et Bill Gates en personne au sujet de ses recherches à New York. On dirait bien qu'il fréquente les puissants de ce monde maintenant !

Je suppose, à la réflexion, qu'il a toujours eu la détermination et le potentiel pour atteindre la maîtrise parfaite de son domaine de prédilection. Ce qu'il a accompli en moins de quarante ans est incroyable. Il est particulièrement doué, sur les plans intellectuel et affectif, et les gens adorent tout simplement sa compagnie. Pas étonnant que tous ces traits de caractère, associés à son travail acharné, aient permis un tel succès que, j'espère, il peut enfin savourer.

Ma carrière doit s'adapter à ma vie de famille, aux enfants ; la carrière de Jeremy est toute sa vie. Il a toujours eu la volonté implacable de mettre au point de nouveaux traitements médicaux et a participé à des découvertes que le monde occidental considère presque comme normales aujourd'hui. Avec une telle motivation et une telle volonté personnelles, il n'est pas surprenant que Jeremy ait manqué de temps pour trouver une personne avec qui partager sa vie.

En tout cas, je ne lui connais aucune compagne. Il a toujours suscité l'intérêt du sexe opposé, telle une espèce de George Clooney du monde médical ; il ne souffre assurément d'aucun manque d'attention.

Enfin, bref, voilà ce qui me retourne l'estomac, une chose parfaitement ridicule à mon âge, me dis-je avec un faible sourire. Je trouve moyennement amusant d'être toujours capable de ressentir les palpitations comme une adolescente. Je suis impatiente et nerveuse à l'idée de le revoir après si longtemps. Les souvenirs de nos années de fac inondent encore mon esprit et me hantent dès que je suis seule et d'humeur sombre et sensuelle, généralement au petit matin...

Mais qu'est-ce qui m'arrive ? Je vais rater l'avion si je ne file pas tout de suite !

— Bon, les enfants ? Où êtes-vous ? J'ai besoin de bisous et de câlins avant de partir : je ne vais pas vous voir pendant dix longues journées !

Grande distribution de câlins à chacun. Je leur dis que je les aime plus que tout et leur souhaite une fabuleuse aventure au Far West, à la recherche de l'insaisissable tigre. Apparemment, le bruit court qu'on en a aperçu ces derniers temps.

Aucun doute que l'animal attend justement une colonie d'écoliers pour être redécouvert ! L'excitation et l'optimisme des enfants sont inébranlables.

— Et faites bien attention à vous, dis-je avant de leur assurer que j'ai déjà hâte d'entendre tous les détails de leur expérience à mon retour.

J'entends le klaxon de mon taxi et entreprends une vérification de dernière minute pour m'assurer que j'ai tout ce qu'il faut. Heureusement, mon trac a disparu. J'effleure des lèvres la joue de mon mari en lui demandant de prendre un soin exceptionnel de nos enfants et de me promettre de faire bien attention à eux. Une pensée fugace me traverse l'esprit : depuis quand notre relation est-elle si artificielle, si platonique ?... J'ai trop de choses en tête pour approfondir la question et je me dépêche de leur souhaiter à tous une merveilleuse aventure, tandis que Robert place consciencieusement mon sac dans la voiture. Je leur dis au revoir d'un signe de la main et j'envoie des baisers aux enfants par la fenêtre, tandis que le taxi sort de l'allée et se met en route pour l'aéroport.

* * *

Concentre-toi, concentre-toi, concentre-toi ! Je me répète ces mots sans grand succès. Mon esprit se trouve dans un état de distraction totale aujourd'hui, ce qui est extrêmement inhabituel. J'entends parler le commandant de bord : ciel dégagé, appareil prêt au décollage, aucun retard prévu.

Le personnel de bord me prie d'attacher ma ceinture et de remonter ma tablette, comme il le fait à chaque vol. Comme si je ne savais pas déjà tout ça ! me dis-je, étonnée de mon propre agacement. Bien entendu, je m'empresse de faire ce qu'on me demande ; je ne voudrais pas provoquer un scandale.

Je range mes notes à contrecœur et ferme momentanément les yeux. L'avion se déplace avec lenteur vers la piste. Je sens ma poitrine se soulever et retomber doucement à chaque respiration. L'image du visage de Jeremy me traverse l'esprit, son magnifique sourire insolent et ses yeux vert ardoise insondables..., ses lèvres qui m'embrassent tendrement dans le cou..., ses doigts légers qui caressent le bout de mes seins et les excitent jusqu'à ce qu'ils se dressent...

Mais qu'est-ce que je suis en train de faire ? Je m'oblige à stopper net ces pensées. C'est absurde. Je me force à revenir dans le présent et remarque soudain que l'avion se trouve déjà dans les airs et que le signal lumineux indiquant d'attacher sa ceinture est éteint. Je pousse un soupir de soulagement. Maintenant, revenons à ma conférence. Je me persuade intérieurement que je suis assez disciplinée pour ne pas laisser mon esprit dériver une seconde de plus.

Et la discipline, c'est mon fort, me dis-je. Dans l'ensemble, je parviens à garder une maison, une carrière et une vie bien ordonnées. J'adore ma famille et mon métier, et il m'a fallu travailler dur pendant de longues études pour obtenir ce que j'ai aujourd'hui.

Docteur Alexandra Blake. Je partage mon temps entre le monde universitaire et celui des affaires, puisque j'ai étudié à la fois la psychologie et le commerce.

Cette combinaison a bien fonctionné pour moi financièrement, et j'ai l'immense chance de faire partie de ces gens privilégiés qui adorent leur travail et sont passionnés par ce qu'ils font. Bon, assez d'autosuggestion.. Il faut que je pense à ma présentation d'aujourd'hui.

Une fois encore, je réfléchis au sujet de la conférence que je vais donner devant près de cinq cents personnes dans quelques heures. Cette simple pensée finit par me remettre les idées en place. J'envisage de poser des questions et des énigmes supplémentaires afin d'ouvrir la discussion et d'encourager la réflexion du public. Comme l'idée me plaît, j'inscris sur mon bloc-notes les points à ajouter en fin de session :

« Comment votre perception visuelle influe-t-elle sur votre état d'esprit ? »

« À quel point dépendez-vous de la stimulation visuelle pour interpréter ce qui vous entoure ? »

« Selon vous, quel sens compenserait le mieux un manque de perception visuelle ? Pourquoi ? Comment ? »

Puisque la recherche montre que le langage corporel – qui s'adresse au sens de la vue – constitue plus de quatre-vingt-dix pour cent de la communication entre les gens, l'importance de ce type de questions est capitale.

De nouveau absorbée par mon travail, je me sens beaucoup plus calme maintenant. Le reste du vol se déroule sans encombre, et j'arrive à l'heure à l'Université de Sydney.

* * *

— Bonjour, docteur Blake, ravi de vous revoir parmi nous.

Je lève les yeux et souris à mon examinateur de thèse, Samuel Webster.

— Bonjour à vous, professeur. C'est un plaisir d'être à nouveau ici.

— Vous savez que vous êtes toujours la bienvenue, Alexandra. Ça fait tellement longtemps. Il semble très difficile de vous faire quitter votre île.

— Hmm, c'est vrai que ça fait longtemps. Je suppose que le temps passe vite quand on aime ce qu'on fait.

— Content de l'entendre. Vous n'avez sûrement pas manqué de travail sur le front de la recherche. Nous avons hâte d'assister cet après-midi à votre conférence.

— Comme toujours, je suis impatiente d'entendre vos remarques et votre avis d'expert. Merci beaucoup d'avoir soutenu l'organisation de cette conférence.

— Tout le plaisir a été pour moi. Avez-vous le temps de déjeuner rapidement avec quelques collègues avant ?

— Pour vous, Samuel, j'ai toujours le temps !

Je lui adresse un nouveau sourire chaleureux et le

suis le long des pelouses impeccables, près des magnifiques bâtiments anciens de l'université. Ça fait du bien d'être de retour ici.

Pendant mon déjeuner avec Samuel, je pense au privilège que j'ai eu de le voir superviser mon doctorat. C'est un spécialiste des comportements défensifs (passifs et agressifs) dans le monde du travail, et il a contribué au développement de ma thèse. Ses relations internationales dans le monde universitaire, ainsi que dans celui des affaires, restent incomparables, et ses connaissances sont considérables. Il a récemment travaillé en étroite collaboration avec le Brain and Mind Research Institute, ce qui lui a permis d'émettre des hypothèses révolutionnaires sur le comportement et la sexualité dans le domaine des neurosciences. Je trouve son travail vraiment fascinant et je vois aujourd'hui à quel point il est passionné et captivé par cette branche de la recherche.

J'en viens ensuite à considérer l'impact que Samuel a eu sur ma carrière. Grâce à son soutien et ses conseils avisés dans les moments difficiles, je me suis sentie obligée de m'accrocher pour lui et pour les récompenses à venir. Il se montre très exigeant envers ses doctorants et attend d'eux qu'ils ne négligent aucun détail. Je souris intérieurement en pensant à ces années de folie et de frustration, contente d'être allée jusqu'au bout et soulagée que cette époque soit derrière moi.

Samuel m'avait proposé un poste de maître de conférences à l'Université de Sydney et s'est montré assez mécontent lorsque je l'ai décliné pour un poste similaire à l'Université de Tasmanie. Il m'avait tant appris que je me sentais redevable envers lui, mais il a fini par comprendre mes raisons, que c'était un choix de style de vie, surtout avec la charge d'enfants en bas âge. Il a promis de rester en contact avec moi et de me soutenir tant professionnellement que personnellement, et il a bel et bien tenu parole. Samuel a contribué à faire démarrer mes recherches sur la perception visuelle, ce qui explique pourquoi je suis venue présenter ici cette série de conférences aujourd'hui.

Je suis touchée qu'il ait pris le temps de me présenter à son équipe de « chercheurs d'élite », selon ses termes, équipe qui semble littéralement boire ses paroles. Je suppose que je leur ressemblais quand j'étais une étudiante de troisième cycle. Brad, Max, Denise et Elijah. Tous font un travail fascinant dans le domaine de la psychologie et des neurosciences.

Je me sens soudain plus vivante en communiquant de nouveau avec mes pairs. Notre discussion n'a assurément rien à voir avec celle d'un dîner normal.

Très rapidement, les détails précis de leurs recherches se révèlent, et ce serait minimiser les choses de dire que je suis un peu stupéfaite de la trajectoire que prend ensuite la conversation. Étant donné l'envergure des esprits engagés dans cette fervente discussion, les commentaires fusent au-dessus de la table, presque trop vite pour que je puisse les assimiler.

— L'origine même de l'orgasme féminin doit encore être scientifiquement identifiée, à l'inverse de l'orgasme masculin qui a fait l'objet de recherches scientifiques amplement financées et d'un consensus médical.

— En fait, les sciences médicales refusent continuellement de reconnaître la réalité physique de l'éjaculation féminine et, hélas, ce n'est pas une priorité. Le manque de financement a affecté la possibilité d'étudier les comportements sexuels féminins. Nous espérons bien changer cela.

— Aujourd'hui encore, il y a un manque de communication notable entre la médecine et la science au sujet de l'orgasme féminin, à tel point qu'on s'accorde encore principalement à penser que la cause de l'éjaculation féminine est l'incontinence urinaire d'effort.

— Vous vous rendez compte que personne n'a été capable de s'entendre médicalement sur l'origine de l'orgasme, qu'elle soit utérine, clitoridienne, vaginale, vulvaire ou un mélange de toutes ces combinaisons ? Même si ce concept d'orgasme féminin a été attesté par la littérature tout au long de l'histoire.

— Le principal problème est le manque réel de participantes capables de produire des sécrétions orgasmiques dans un environnement clinique.

— Personne ne parvient à s'accorder sur la façon la plus efficace de générer l'orgasme féminin, ce qui rend en fait la recherche de ses origines extrêmement difficile.

— L'état physique, émotionnel, hormonal et l'environnement de la femme semblent tous jouer un rôle significatif, mais, à ce stade, il est impossible de déterminer si l'un de ces facteurs influe plus ou moins qu'un autre. Les hypothèses sont nombreuses et variées. Nous menons donc actuellement des recherches plus poussées sur les connexions neurologiques, qui nous permettront de développer davantage nos théories.

À ce moment-là, je me représente des rangées de femmes en peignoirs blancs, toutes alignées sur des lits d'hôpital, les jambes écartées, essayant de produire un orgasme qui puisse être stocké dans une éprouvette. Je chasse l'image dérangeante qui s'infiltre dans mon cerveau. Je remarque que, totalement captivée par le flot de la discussion, j'ai à peine touché à mon déjeuner.

Samuel finit par conclure :

— Comme vous pouvez le voir, ma chère Alexandra, il reste encore beaucoup à comprendre et à découvrir sur la complexité de l'orgasme féminin, y compris l'incidence des facteurs intellectuels et émotionnels. La recherche est toujours très subjective, personnelle et dépend trop de l'expérience individuelle de chaque femme en matière d'orgasme. Nous ne pouvons qu'aspirer à développer une approche plus cohérente dans nos recherches et nos conclusions.

Je ne peux m'empêcher d'être séduite par l'histoire et le mystère qui semblent entourer ce sujet. J'ignorais totalement que ce thème était encore si contesté du point de vue médical et considéré, dans certains domaines, comme le sujet « tabou » d'une carrière ou de recherches, faute d'un terme plus approprié.

Comment est-il possible que l'orgasme féminin reste si peu étudié, alors que l'orgasme masculin est considéré d'un point de vue scientifique et psychologique comme une réalité évidente ? Je trouve cette histoire à peine croyable et franchement choquante, c'est le moins que l'on puisse dire. S'ils ne m'avaient été révélés par les personnes assises autour de cette table, je n'aurais jamais cru ces faits. Je parviens à avaler rapidement quelques bouchées, puis Samuel et son équipe me souhaitent bonne chance. Chacun de nous rassemble ses affaires et se dirige vers l'amphithéâtre.

— Ça vous dirait de vous joindre à nous pour boire un verre ce soir, en souvenir du bon vieux temps ? Je suis sûr que mon équipe adorerait échanger quelques idées avec vous sur l'avancée de ses recherches.

Une étincelle brille dans les yeux de Samuel, et mes joues rosissent.

— Vous savez que j'en serais ravie, mais j'ai malheureusement d'autres projets pour la fin de la journée.

— Bien entendu, ma chère, c'était une simple proposition.

Pour une raison inconnue, un rire nerveux m'échappe, comme si Samuel me prenait de court.

— En fait, je vois un vieux copain de fac. Vous vous souvenez peut-être de Jeremy Quinn ?

Je fais tout mon possible pour garder un ton neutre, mais cela ne va pas de soi quand le simple fait de mentionner son nom fait accélérer les battements de mon cœur.

— Oui, en effet. Le docteur Quinn fait sensation dans le monde médical, il paraît, et ses recherches sur la dépression provoquent l'agitation et l'enthousiasme des Américains. Il travaille avec le professeur Applegate, n'est-ce pas ?

J'aurais dû me douter que Samuel était bien plus au courant que moi des dernières nouvelles du monde universitaire.

— Je crois que oui, mais je l'ai simplement lu dans un article ; il ne m'en a pas parlé en personne.

— Transmettez-lui toutes mes amitiés. Quinn est un homme très doué. Aucun doute que de nombreuses compagnies pharmaceutiques seront passionnées par ses recherches. Il n'aura sûrement pas, les problèmes de financement qui nous freinent.

Je ne suis pas sûre de saisir complètement le rapport, car mon esprit passe automatiquement en mode professionnel pour la conférence qui est sur le point de commencer !

— Je le ferai. Merci pour tout, Samuel. C'était merveilleux d'avoir de vos nouvelles. Je vous souhaite beaucoup de chance, à votre équipe et à vous. Faites-moi signe si je peux vous être d'une aide quelconque.

Enfin, vu le sujet de la discussion au déjeuner, je ne suis pas sûre à cent pour cent que ce soit la proposition appropriée !

— Bien sûr, ma chère. En attendant, allez-y, impressionnez-les tous.

Nous échangeons une accolade, puis je me dirige vers le pupitre, prête à présenter ma conférence.

* * *

Quel beau vendredi après-midi à Sydney ! Chacun se prélasse sous le splendide soleil. Cette ville peut vraiment se montrer enivrante quand elle le veut. Les yachts et les ferries qui se balancent tranquillement étincellent dans la baie, les couleurs sont vives, la ville est animée.

En chemin vers les bars du bord de mer, les employés de bureau abordent le week-end avec une belle énergie. J'aperçois des gens branchés qui circulent joyeusement pour aller prendre un cocktail. Ils rient et sourient, pleins d'entrain. On les croirait tout droit sortis du magazine *Vogue*. Je me rappelle l'époque où j'étais l'une de ces filles, focalisée sur ma carrière, mais menant une existence sans souci. J'avais le luxe d'avoir la vie devant moi et je percevais dans chaque nouvelle relation la caresse des promesses de l'avenir. Notre principale préoccupation à l'époque était de savoir comment allait se dérouler le week-end et quel cocktail choisir en premier.

C'est lors d'une de ces nuits que ma relation avec Jeremy est passée du stade de meilleurs amis qui traînent ensemble toute la journée à celui de partenaires sexuels survoltés. Tandis que le taxi dépasse les lieux de la ville où toute l'histoire a commencé, je me rappelle instantanément le désir charnel et l'intensité que nous partagions. Je me tortille sur mon siège, touchée par la force de tels souvenirs.

À l'époque, je venais de commencer un boulot d'été dans l'une des grandes banques de la ville. Le travail n'avait rien de passionnant, mais les gens étaient sympas, et ce job me rapportait l'argent dont j'avais vraiment besoin pendant les vacances d'été. C'était génial d'être libérée des études pendant quelques mois, et j'étais secrètement ravie de porter un tailleur et des talons hauts. Maman m'avait acheté un nouveau sac à main sensationnel, que j'ai d'ailleurs toujours aujourd'hui...

— Salut, Jeremy, j'allais sortir. Je vais à ma première réception d'entreprise officielle... Ouais, je suis impatiente. Je serai au Wentworth et je retrouverai les filles vers vingt et une heures pour boire un verre et danser.

— Bien sûr, rejoins-les et venez ensemble. On vous retrouvera là-bas.

— Super. À plus tard, alors.

Je raccroche le téléphone.

Jeremy a l'air très enthousiaste à l'idée de retrouver toute ma bande. Hmm. Je me demande s'il a un faible pour Eloise, comme la plupart des mecs... Peut-être devrais-je tenter une allusion... Les filles pensent qu'elle explore temporairement l'autre bord, c'est-à-dire le sexe entre nanas, mais on n'a pas réussi à confirmer, ni à démentir la rumeur... Je suis sûre qu'elle nous le dira de toute façon quand elle sera prête. Non, me dis-je, reste en dehors de tout ça.

Ce qu'il y a de super dans ces soirées d'entreprise, c'est qu'on y mange et boit à l'œil. On y reste un moment, et puis on décide qu'il est l'heure pour notre vraie soirée de commencer. Chacune rassemble ses affaires avant de partir pour la boîte. Là-bas, on file toutes vers les toilettes pour se débarrasser de nos vestes, de nos collants, pour défaire quelques boutons, regonfler nos décolletés, faire bouffer nos cheveux, nous remettre du mascara, de l'eye-liner et du rouge à lèvres. Chacune réapparaît, audacieuse et relookée, prête à croquer la soirée à pleines dents.

La musique bat son plein et, comme on a déjà bu quelques verres de mousseux, on file sur la piste de danse comme seul un groupe de filles peut le faire. Absorbée par la musique, je danse les yeux fermés, lorsque des mains puissantes attrapent mes hanches et me tirent vers l'arrière. Je sais d'instinct que Jeremy vient d'arriver et je me mets volontiers à virevolter contre ses hanches qui se balancent au rythme de la musique. Pour une raison que j'ignore, nous sommes en harmonie totale sur la piste de danse ; nos corps ne font plus qu'un. Difficile de ne pas me laisser absorber par la sensation de son corps contre le mien, alors que les pulsations de la musique créent autour de nous une atmosphère enivrante. Entre nous, c'est chaud, avec un « C » majuscule ! Je me sens attirée par lui presque comme un aimant ; une étrange énergie entre nous m'empêche de le laisser partir... Quelque chose a changé dans notre relation. Complètement hypnotisée par l'intensité de son être, c'est ce que je lis dans ses yeux assombris par les lumières tamisées. Mais qu'est-ce qui ne va pas chez moi, ce soir ? On dirait que j'ai les hormones en folie.

La musique étant trop forte pour que j'entende ce qu'il dit, il me saisit la main et m'emmène tout droit vers l'un des coins sombres de la boîte, où la musique nous parvient légèrement assourdie. Il me pousse en douceur contre le mur et pose ses mains sur mes épaules, sa présence m'immobilisant contre la paroi. Dans sa chemise noire ajustée, son corps semble chaud et hâlé, et son visage moite brille, près du mien, à la suite de nos prouesses sur la piste de danse. Il me faut un moment pour reprendre mon souffle, tandis que je me laisse captiver par sa séduisante présence. C'est comme si mes yeux s'ouvraient pour la première fois, tant son magnétisme sexuel me submerge et m'attire. J'entrouvre la bouche pour m'assurer que mon cerveau est suffisamment pourvu en oxygène.

— Je ne crois pas que je vais pouvoir me retenir plus longtemps de te toucher, AB.

Il a vraiment l'air d'enfoncer ses mains dans le mur pour les garder éloignées de moi.

— Alors, ne te retiens pas.

Enhardie par cette bouffée d'envie et de désir, je dois produire un tas de phéromones sexuelles attirantes.

Je décolle sa paume droite du mur, la porte à mes lèvres, embrasse tendrement son majeur et le fais glisser sur ma poitrine avec lenteur. Ses yeux s'écarquillent, alors que je poursuis mon chemin plus bas, jusqu'à ce que son doigt trouve le passage secret sous ma jupe. J'écarte légèrement les jambes, sans jamais le quitter du regard, et glisse son doigt sous ma petite culotte pour le diriger tout droit vers le point central de mon désir.

— Dis donc, Alex, tu es très humide.

— Hmm. C'est vrai. Tu as une solution à me proposer ?

Le choc qui se lit sur le visage de Jeremy est vraiment à mourir de rire, et, je dois l'avouer, je n'aurais jamais cru que ces mots pourraient sortir de ma bouche, mais maintenant, c'est fait. Nous sommes tous les deux un peu stupéfaits, et chacun continue à questionner l'autre du regard pour essayer de trouver un sens à cette nouvelle réalité.

Jeremy se sent apparemment obligé d'agir. Il retire aussitôt sa main de mon entrejambe, laissant un effluve dans son sillage, attrape mon poignet et repart à grandes enjambées vers nos amis, si rapidement que je trébuche presque en essayant de le suivre. J'espère que je ne l'ai pas choqué... Peut-être que je n'aurais pas dû dire ça...

Il s'arrête tout à coup, et je m'écrase contre son corps. Mince alors !

Il saisit mon sac à main, avance tout droit vers la piste de danse et crie quelque chose dans l'oreille de ma copine, qui me fait un signe de la main avec un sourire. Je l'interroge du regard et hausse les épaules en lui faisant au revoir avant d'être entraînée vers la sortie de la boîte tout aussi brusquement.

— Qu'est-ce qu'on fait ?

Pas de réponse. Jeremy est passé à l'action.

Il lâche mon poignet pour passer ses doigts entre les miens, tandis que nous descendons la rue en trombe. Dans mes oreilles retentissent encore les bruits de la boîte de nuit.

— Tu ne me parles plus ?

Peut-être qu'il est fou de rage. Oh ! bon sang, qu'est-ce qui m'a pris ? Je viens peut-être de ruiner notre amitié.

Nous remontons une autre rue à grands pas, et je souffle en essayant de le suivre. Il semble qu'on se dirige vers les jardins botaniques. Une fois arrivé sur l'herbe, il fond sur moi, me balance sur son épaule et marche en silence sous le clair de lune avant de me déposer sur mes pieds sous un arbre particulièrement gros. Il laisse tomber mon sac à main sur le sol, prend aussitôt mon visage entre ses mains et dévore ma bouche avec une telle férocité que je suis coincée contre l'arbre. Son corps m'empêche de bouger, et je suis folle de désir pour lui. Il sort un préservatif de sa poche, déboutonne son jean en un temps record, enfile le préservatif... C'est la première fois que je vois le pénis de Jeremy et, malgré l'obscurité, je n'en crois pas mes yeux. Son regard fou de désir semble s'être adouci, et il répond au mien avec un sourire malicieux.

— Prête ?

Je hoche la tête avec envie.

Il retrousse ma jupe jusqu'à la taille, baisse ma culotte sur mes chevilles, me fait plier les genoux pour pouvoir la retirer et la fourre dans sa poche... Intéressant, me dis-je spontanément. Un peu bizarre, mais intéressant !

Il me soulève les jambes, les referme autour de sa taille, et j'enroule fermement mes bras autour de son cou, le dos contre l'énorme tronc d'arbre. Il est rugueux, et je sens son écorce à travers mon chemisier en satin. Je prie brièvement pour qu'elle ne déchire pas le tissu, mais m'aperçois qu'à ce stade, cela m'est en fait bien égal. Il s'arrête, et je hoche de nouveau la tête, car je suis plus que prête, je ne peux plus attendre, comme si nos jeux taquins, excitants, mais platoniques duraient depuis beaucoup trop longtemps. La tension sexuelle entre nous doit éclater pour que tout commence, car c'est ce qu'il nous faut à tous les deux et VITE.

Il s'enfonce brusquement en moi.

Et c'est magnifique !

Et il recommence...

Et c'est encore plus magnifique...

Et encore !

Et encore !

Il m'empale.

Et j'adore ça.

Je fixe mon regard sur la lune et pousse mon cri de délivrance en l'honneur de sa splendeur, de notre splendeur. Il explose en moi, tandis que notre désir charnel réciproque prend enfin une dimension physique.

Est-ce que quelqu'un a pu nous voir ? Est-ce que quelqu'un nous a vus ? Est-ce que j'en ai quelque chose à faire ?...

Nous restons étendus sur l'herbe pendant des heures, émerveillés l'un par l'autre, et on parle, on joue, on rit, on se taquine. Jusqu'à ce que le ciel s'éclaire et que le jour se lève. C'est comme si le temps s'était arrêté pour nous. Nous montons dans un taxi en titubant. Je m'endors sur son épaule et me retrouve glissée sous mes draps quelques heures plus tard.

Les brindilles dans mes cheveux et les taches d'herbe sur mon chemisier confirment que ma première fois avec Jeremy n'est pas un rêve, mais bien une réalité. Quant à ma culotte, elle n'a jamais trouvé le chemin du retour...

Je laisse échapper un soupir. Maintenant, c'est sûr, mes joues sont rouges, et je me tortille sur mon siège. Heureusement que le chauffeur n'a rien remarqué. Un sourire me vient à la pensée de ce souvenir lointain et délicieux. Je ne me suis pas sentie comme ça depuis des années, sans doute depuis ma dernière rencontre avec Jeremy.

Des journées entières à s'amuser, des nuits d'insouciance, aucune responsabilité – même si on pensait en avoir à l'époque –, pas d'enfants, pas de maison, pas de prêt immobilier... Est-ce que j'aimerais honnêtement que ma vie d'aujourd'hui soit différente ? Pas vraiment. Je ne serais pas contre un peu de rigolade et d'insouciance de temps en temps, mais je suis assez contente de ma vie telle qu'elle est. Pas de ma vie sexuelle, je le reconnais. Elle est plus que moyenne depuis que Jordan est né, voire franchement inexistante pour être totalement sincère. Cette pensée provoque en moi un choc. Comment ai-je pu passer à côté de ça ? Ai-je été trop occupée par le quotidien pour remarquer la disparition de cet élément clé ? N'est-il pas encore plus inquiétant que cela ne m'ait pas posé de problème ?

Pas étonnant que je sois assise à l'arrière d'un taxi dans cet état de désir charnel latent. Je m'imagine alors la Belle au bois dormant attendant l'éveil sexuel après des décennies de sommeil. Une vision tout à fait charmante, jusqu'à ce que je me rende compte que son visage est le mien, et que le prince a les traits de Jeremy. Mais les enfants, souviens-toi des enfants... Est-ce que le jeu en vaudrait la chandelle ? Je repousse résolument toutes ces pensées improductives de mon esprit.

Ma première conférence s'est bien passée et je me sens mieux maintenant qu'elle est derrière moi. Les remarques et les questions m'ont donné matière à réfléchir pour ce qui est de l'approfondissement de mes enquêtes et de mes recherches bibliographiques. Je pense à mes projets pour le week-end.

Aux retrouvailles avec mes vieux copains d'école autour d'un verre de vin, aux dernières nouvelles concernant leurs carrières, leurs vies sociales et leurs familles. Qui est encore avec qui, qui a changé de partenaire, et combien de naissances j'ai ratées depuis que je vis en Tasmanie.

Viendront ensuite les retrouvailles avec mes frères et sœurs, mes nièces et neveux autour d'un barbecue dimanche. Dommage que Jordan et Elizabeth ne soient pas là, car ils adorent voir leurs cousins.

Après ce voyage dans le passé et quelques réflexions sur l'organisation de mon week-end, je me rends compte, un peu surprise, que je suis déjà arrivée à destination.

Vérifiant rapidement mon rouge à lèvres et ma coiffure, je me dis qu'il faudra absolument que je passe par les toilettes du hall de l'hôtel. Tandis que je paie le chauffeur de taxi, le trac qui s'était endormi fait son retour en fanfare, et, les paumes moites, je rassemble mes sacs.

Ce souvenir m'a plus déstabilisée que je ne l'aurais voulu. Reste calme, tu es une femme mariée, professionnelle, mère de deux enfants... Oh ! ça suffit le monologue intérieur !

Dans le hall de l'hôtel cinq étoiles, je me dirige tout droit vers les toilettes pour dames dans l'espoir de calmer mes nerfs. Qu'est-ce qui m'arrive aujourd'hui ? Je secoue la tête et j'essaie de me ressaisir. Les picotements dans mon bas-ventre ne m'aident franchement pas à m'apaiser, ni à maîtriser les réactions de mon corps. Tout à fait frustrant, c'est le moins que l'on puisse dire. Comment se fait-il que je me sois sentie parfaitement à l'aise pendant ma conférence devant des centaines de personnes quelques heures plus tôt, alors que mes doigts tremblent maintenant si fort que je peux à peine faire sortir mon rouge à lèvres de son tube ?

Je dévisage mon reflet dans le miroir, les deux mains agrippées au lavabo. Je remarque les légères rides autour de mes yeux. Est-ce qu'elles étaient là la dernière fois que j'ai vu Jeremy ?

Peut-être aurais-je dû écouter les conseils de mon amie et essayer le Botox, « avant qu'il ne soit trop tard ! » selon ses termes. Je frémis à cette pensée. Je ne peux pas supporter le contact de quelque chose sur mes yeux ; une injection dans cette peau si sensible, encore moins. Eh bien, il faudra simplement que je fasse avec mon reflet dans le miroir en attendant qu'on découvre quelque chose d'un peu moins invasif.

Distraite et nerveuse, je n'arrive pas à décider si je dois garder mes cheveux attachés. Une chance qu'ils soient toujours foncés. Pour le moment, je n'ai jamais mis la main sur un seul cheveu gris, même si ce jour ne tardera sans doute pas à venir. Je décide de garder mon apparence plus professionnelle et de ne pas les détacher. Je suis en tailleur après tout.

Bon, je suis fin prête, ou disons que je ne pourrai jamais l'être plus. Pas si mal pour une femme de trente-six ans. Je jette un dernier regard dans le miroir et, cherchant à tout prix une conclusion positive, je me dis que ça pourrait tout à fait être pire. Au fond de moi, j'ai vraiment hâte de retrouver Jeremy. Alors, je me laisse envahir par cette émotion, tandis que mon esprit me ramène de nouveau quelques années en arrière...

Je fréquentais la même université que Jeremy, mais il avait deux ans d'avance sur moi. Mon cousin nous avait présentés quand j'étais en première année, car ils jouaient dans la même équipe de water-polo.

Je ne sais plus vraiment comment notre relation a commencé, mais il était très drôle et, comme nous passions de plus en plus de temps ensemble, nous sommes finalement devenus meilleurs amis, presque par défaut. Au fil du temps, on a essayé l'alcool, la drogue et le sexe – comme beaucoup d'étudiants.

Les partenaires ont défilé tout au long de ces années d'études, mais, avant toute chose, nous étions là l'un pour l'autre. Les gens avaient du mal à décrire, et encore plus à déterminer, la nature de notre relation, très probablement parce que nous en étions incapables nous-mêmes. Au bout d'un moment, nos copains ont cessé d'essayer de nous coller une étiquette et ont simplement admis que Jeremy et moi serions amis pour la vie, quoi qu'il arrive. Curieusement, avec le temps, nous avons aussi fini par l'admettre...

La vie nous a fait prendre des directions différentes après l'université. Jeremy a poursuivi ses études avant de passer son brevet de pilote et de rejoindre l'organisation des médecins volants pour vivre la vraie aventure dans l'*outback* australien. Il a adoré cette expérience, et j'en ai toujours été un peu jalouse (du brevet de pilote, en tout cas). De mon côté, déterminée à me construire une base financière solide, je suis partie travailler à Londres avant de poursuivre mon exploration de la psychologie dans le travail.

Nous nous sommes retrouvés en différents endroits du monde pendant la décennie qui a suivi, surtout en Europe, car ses recherches en médecine l'amenaient régulièrement à Londres. Nous avons eu de nombreuses liaisons courtes et amusantes, dont le souvenir m'est précieux, jusqu'au jour où chacun a entrepris d'affronter les responsabilités sérieuses de la vie. Même si nous savions que notre relation comptait beaucoup pour l'un comme pour l'autre, nous étions conscients qu'elle ne pouvait pas durer, ou du moins je savais que Jeremy était loin d'être prêt à s'installer, contrairement à moi. C'était un non-dit entre nous, bien qu'en son for intérieur, chacun eût conscience que c'était un fait établi.

Sa carrière était d'une importance capitale à ses yeux, tandis que je rêvais de fonder une famille. Ainsi, nos mondes distincts se sont éloignés l'un de l'autre. Jeremy s'est vu offrir une bourse de recherche conséquente à Harvard pour approfondir ses études et il est parti vivre en Amérique. J'ai rencontré mon mari anglais, Robert, à Londres, et nous sommes revenus ensemble en Australie. Je savais qu'il me fallait laisser derrière moi mon passé sexuel avec Jeremy, afin de fonder une famille et de poursuivre ma carrière universitaire. Et c'est exactement ce que j'ai fait.

Même s'il nous est arrivé de dîner ensemble au cours des dix années suivantes, nos vies se trouvaient aux antipodes l'une de l'autre. Et c'est pourquoi elles se sont poursuivies séparément...

Je me force à revenir dans l'instant présent et me dis avec fermeté que camper dans les toilettes pour dames me fait seulement perdre le temps précieux qu'il nous reste à passer ensemble. *Alors, file de là !* J'inspire profondément pour me calmer, redresse les épaules et la tête, ouvre la porte à toute volée et sors, confiante, pour aller rencontrer l'homme qui se trouve être mon meilleur ami et mon ex-amant.

Tandis que je balaie du regard le bar du hall, mon assurance s'envole aussi vite qu'elle est arrivée : il n'est pas là. La déception me submerge avec une telle férocité que je dois baisser la main jusqu'au canapé pour me maintenir debout. *Typique*, me dis-je.

J'ai commencé la journée avec le trac et des pensées ridicules, comme une adolescente sur le point de voir son idole en chair et en os pour la première fois, et je la termine dans les toilettes pour dames d'un hôtel chic en train de me parler à moi-même.

Je sais très bien à quel point l'emploi du temps de Jeremy est chargé et qu'il change constamment. Bien sûr, il était très peu probable qu'il me retrouve ici juste parce que nous sommes tous les deux à Sydney ce week-end.

Je suis déçue d'avoir mis mes nerfs à l'épreuve pour rien et, pourtant, quelque part, je me réjouis d'être capable d'éprouver ces sensations, alors que je les croyais disparues depuis longtemps. C'est bien fait pour moi, vraiment ; j'aurais dû aller prendre un verre avec Samuel et ses collègues. Mais je me suis empressée de décliner leur invitation, sachant que j'allais rencontrer Jeremy, et je ne voulais pas être en retard.

L'assistante de Jeremy avait dit qu'il serait en rendez-vous presque tout l'après-midi. Juste au moment où je pense à vérifier les messages sur mon portable, un homme en uniforme portant un badge de concierge s'approche de moi.

— Excusez-moi, docteur Alexandra Blake ?

— Oui ?

— Un homme m'a demandé de vous transmettre ce message et vous présente ses plus sincères excuses, car il n'a pas pu vous rejoindre ici.

Mon cœur se serre, maintenant que mes inquiétudes sont confirmées : il ne peut pas venir. La déception me submerge de nouveau.

Il me tend une enveloppe.

— Je vous en prie, docteur Blake. Si je peux vous être d'une aide quelconque, n'hésitez surtout pas à vous adresser à moi.

Je souris autant en moi-même qu'au concierge. Une fois que j'ai eu mon doctorat, Jeremy a toujours insisté pour m'appeler « docteur », bien que je n'aie rien d'un médecin, contrairement à lui. Comme il sait que je ne suis pas douée pour les urgences médicales et que j'ai une peur viscérale des hôpitaux, ça a toujours été une plaisanterie entre nous. Je m'assois sur le canapé en velours et j'ouvre l'enveloppe pour en sortir un mot dactylographié :

À ma chère amie, le docteur A. Blake,
Je tiens sincèrement à m'excuser de t'avoir abandonnée dans le hall de l'hôtel ce vendredi soir. J'ai dû faire à la dernière minute quelques courses qui m'ont retardé. Tout est rentré dans l'ordre à présent, et je serais très heureux que tu me rejoignes là-haut pour boire un verre. Ça fait tellement longtemps !
Tu trouveras la clé d'accès à la terrasse dans l'enveloppe.
J'attends ton arrivée avec impatience.

Bien à toi,
J.

Mon estomac fait un bond et se retourne comme un gymnaste en lice pour la médaille d'or des Jeux olympiques. Une fois encore, je me transforme instantanément en groupie adolescente : il est là finalement ! Mais que fait-il dans une suite en terrasse ? Le Jeremy que j'ai connu fuyait toujours le tape-à-l'œil, préférant garder une image publique plus austère.

Même si je crois me souvenir que, quand il était entouré de ceux qui le connaissaient bien, il pouvait tout à fait se détendre, devenir un malicieux rebelle et profiter des meilleures choses que la vie avait à offrir.

Peut-être Samuel ne se trompait-il pas en évoquant le financement sans limites des compagnies pharmaceutiques. Je me demande maintenant s'il reste quelque chose de mon vieux copain chez l'actuel Jeremy.

* * *

Tandis que je rassemble mes esprits et mes forces, le concierge rôde toujours autour de moi. *Franchement, il n'a vraiment rien d'autre à faire ?* Cette pensée me traverse vaguement l'esprit.

— Est-ce que tout va bien, docteur Blake ? Puis-je vous être utile ?

Je me demande quelle expression affiche mon visage au moment où je me tourne vers lui. Je remarque ses yeux qui pétillent et un sourire extrêmement léger au coin de sa bouche. Abasourdie, je secoue la tête.

— Non, merci, ça va.

Vraiment ? Je commence à me le demander. Il continue à rôder derrière moi. Je change d'avis et me tourne vers lui.

— En fait, si. Pourriez-vous m'indiquer le chemin vers l'ascenseur qui mène à la terrasse, s'il vous plaît ?

— Bien sûr, docteur Blake, avec grand plaisir. Par ici, je vous prie. Puis-je prendre vos bagages ?

Son ton me fait penser qu'il mijote quelque chose,

mais je ne saisis pas totalement quoi, et un étrange sentiment me traverse. Peut-être que je ne suis plus très au courant des services proposés dans les hôtels cinq étoiles de nos jours. Consciente que je ne suis pas tout à fait dans mon état normal, je repousse cette idée et conclus que mon esprit pourrait bien me jouer des tours.

— Merci, ce serait charmant, dis-je poliment avant de le suivre vers l'ascenseur, mon sac à la main.

Quelques secondes plus tard, l'ascenseur amorce une montée rapide vers les hauteurs de la suite en terrasse. Je respire profondément plusieurs fois pour essayer de me calmer. Quelle merveilleuse idée de prendre un verre tout en admirant le coucher de soleil sur la ville ! C'est toujours une vision spectaculaire quand il fait un temps comme celui-là. Je me demande si Jeremy loge dans cet hôtel, mais, s'il a accès au centre d'affaires, on nous offrira peut-être des amuse-gueule et des boissons. Bizarre comme le concept de boissons gratuites résonne encore en moi. Ça doit être un reste de mes années de fac... Je laisse échapper un petit gloussement. Le concierge doit me prendre pour une folle.

Au moment où les portes s'ouvrent, je me rends compte que je suis réellement impatiente à l'idée de voir Jeremy. La déception à l'idée de ne pas pouvoir le rencontrer a été plus forte que je l'aurais cru. Maintenant, je me sens heureuse, excitée, et j'attends avec la plus grande impatience ces retrouvailles merveilleuses et sincères, comme seuls les vrais amis peuvent en vivre.

À l'instant où je sors de l'ascenseur et pénètre dans une pièce au sol couvert de moquette et aux murs de verre, je suis assaillie par la vue splendide qui s'offre à moi. J'avais oublié à quel point la baie de Sydney était fascinante depuis des hauteurs aussi spectaculaires. Je m'arrête un instant pour assimiler le festin visuel qui s'offre à mes yeux.

L'eau bleue étincelante parsemée de minuscules taches blanches. Les ondulations provoquées par les ferries et les yachts à travers l'eau soyeuse, et les immeubles saturés d'un embrasement rosé, réfléchissant la lumière du soleil couchant. Je jette un regard autour de moi pour m'orienter et trouve étrange de n'apercevoir aucun bar à cet étage.

— Par ici, docteur, je vous prie.

J'oublie presque que le concierge se tient près de moi avec mon sac. Je vérifie le badge d'accès et remarque que le symbole inscrit dessus correspond à celui qui est indiqué sur le mur. Je suis les flèches des yeux, tandis que nous marchons en silence. Je me retrouve finalement, pleine d'hésitation, devant une grande porte à deux battants. Avant qu'aucun de nous n'ait eu le temps de sonner, la porte s'ouvre brusquement. Et face à moi se trouve Jeremy. D'une beauté plus raffinée que je n'avais osé me le rappeler.

— Tiens, AB, te voilà. Bienvenue.

— Salut, lui réponds-je assez doucement, presque timidement. Ça fait longtemps.

— Je vois que Roger t'a trouvée dans le hall. Merci de vous être occupé d'elle à ma place. Je vais prendre le relais maintenant, merci.

Il prend mon sac des mains du concierge et me fait entrer avant de fermer la porte derrière moi.

— Tu as raison : ça fait très longtemps. Beaucoup trop, à mon avis.

Tout excité, il me prend dans ses bras et, les yeux pétillants, me soulève presque du sol dans une vaste étreinte.

— Laisse-moi te regarder.

Il me tient à portée de bras, et ses yeux assimilent mon visage, mes cheveux, mon corps, mes jambes, jusqu'à mes orteils. J'avais oublié à quel point son regard était pénétrant et je me sens prise au dépourvu, soudain très mal à l'aise. Je détourne rapidement les yeux pour éviter de le voir poursuivre son examen.

— Tu as une mine superbe, Alex. Tu es restée ma jeune Catherine Zeta-Jones aux yeux verts, dit-il avec intensité.

Il me sert tendrement dans ses bras cette fois et dépose un léger baiser sur mon front, comme s'il y apposait le sceau de son approbation.

— Et je ne vous trouve pas trop mal non plus, à l'approche de vos quarante ans, docteur Quinn, lui dis-je avec insolence, pressée de détendre l'atmosphère en raison de son ton possessif et des émotions intenses qui affluent en moi.

Je n'ai pas suffisamment d'assurance pour examiner son apparence tout entière, mais, au premier coup d'œil, il ne semble pas avoir beaucoup changé, si l'on excepte les quelques mèches poivre et sel venues moucheter ses cheveux foncés. Toujours sûr de lui, athlétique, espiègle... Il est vraiment bel homme. Pour être honnête, il est même magnifique avec ses épaules larges et carrées, son mètre quatre-vingt-dix, son visage rasé de près. Il porte un parfum merveilleux. Il y a des années que je n'ai pas senti d'aussi près son odeur épicée et boisée, mais la bouffée d'excitation qu'elle suscite s'infiltre au plus profond de moi. Ses fesses fermes et rondes sont sublimes dans son pantalon sport. Mon Dieu, me voilà en surcharge sensorielle, alors que je viens juste d'arriver... *Arrête ! Regarde ailleurs !* me crie une voix intérieure, tandis que j'oblige mon regard à glisser de son corps vers un plus large environnement.

— Ouah ! Cet endroit est incroyable. Tu loges ici ?

— Oui. Je passe la semaine dans cet hôtel.

— Eh bien, vous êtes vraiment monté en grade, mon cher.

Il hausse les épaules et sourit honteusement. J'adore ce sourire. J'adore ces lèvres. J'adore ces lèvres sur mes seins. Oh ! mince ! *Arrête ça immédiatement !*

— Viens, entre. Détends-toi, je t'en prie, fais comme chez toi.

Manifestement conscient que je suis loin d'être détendue, Jeremy me conduit au salon. Disons plutôt que je fais de mon mieux pour retrouver mon calme.

— Je pensais qu'on allait se retrouver au bar de la terrasse pour prendre un verre. Je ne m'attendais pas à arriver dans ta suite.

J'essaie de garder un ton décontracté en modérant mon anxiété croissante.

— Est-ce que ça te pose un problème ? me demande-t-il sans détour.

— Euh… Oh non !

J'ai l'air de trébucher sur chaque mot.

— Non, pas du tout.

Est-ce que ça devrait ? me dis-je.

— Parfait.

J'entends sauter un bouchon, ce qui me surprend un peu, puis Jeremy me sert un verre de champagne. Il est à la température idéale, et les bulles dans le verre de cristal m'offrent une représentation visuelle de ce que mon estomac a ressenti presque toute la journée.

— Santé, docteur Blake. Vous m'avez manqué, mon amie, ma confidente.

Mon cœur tressaille au moment où il prononce ces mots, car mon esprit saisit leur profondeur émotionnelle.

— À la vôtre, docteur Quinn.

Nous faisons tinter nos verres, et nos regards s'ancrent l'un dans l'autre pour la première fois depuis très longtemps.

— Comment vas-tu, Jeremy ? Comment se passe ta vie ? Tu as rencontré quelqu'un ? Et les États-Unis, ça te plaît ? Et ton travail, tu as l'air tellement occupé...

Bon sang, je ne peux pas m'arrêter d'enchaîner les âneries ! Il rit en levant la main pour interrompre mon interrogatoire.

— Tu n'as jamais été à court de questions, hein ?

Il prend l'air perplexe et marque une pause.

— Je suppose que certaines choses ne changent jamais.

Sa remarque est taquine et mêlée de sous-entendus.

Son regard est direct, mais aussi un peu malicieux. Je détourne les yeux, embarrassée par l'intensité de son expression et par le poids perceptible de ses mots. Si seulement je pouvais déchiffrer l'expression de son visage, mais, comme je n'ai pas vu Jeremy depuis très longtemps, elle est malheureusement trop difficile à interpréter pour moi à ce stade.

— C'est que nous avons tellement de choses à nous raconter en si peu de temps. Je ne veux rien négliger, je ne veux pas perdre un instant en bavardage inutile, dis-je pour ma défense.

— Nous ne gaspillerons pas une minute, je te le promets. Maintenant, bois ce verre.

Je remarque que je n'ai toujours pas touché à mon champagne. Au même moment, nous avalons chacun une gorgée de bulles dorées. Son goût est délicieux, sec tout d'abord, puis se développe un arrière-goût sucré, et je sens les bulles éclater sur ma langue. Je ne peux pas m'empêcher d'en prendre une nouvelle gorgée.

— Bon, avant que je tente de répondre à ta myriade de questions, dis-moi, quels sont tes projets pour le week-end ? Qui va avoir le plaisir de te recevoir ?

Ravie de reprendre une conversation plus légère, j'énumère confortablement les détails de mon week-end, surtout parce qu'il connaît la plupart des gens que je vais voir.

Je lui raconte la grande expédition qu'ont entreprise Robert et les enfants, mes retrouvailles avec Samuel à l'université, puis mes prochaines visites à ma famille et à mes vieux copains d'école.

Il m'écoute attentivement, sans m'interrompre, et je remarque à peine qu'il remplit de nouveau mon verre. Je ne saurais dire si c'est la nervosité ou l'excitation qui provoquent un tel bavardage et une telle abondance de champagne.

— Assez parlé de moi.

Je me rends compte que Jeremy n'a pas dit un mot depuis un moment et que, en dehors de mes projets pour le week-end, nous avons plein de choses à nous raconter. Je m'arrête pour le regarder plus attentivement et remarque son expression tendue.

— Tu es très silencieux, Jeremy. Quelque chose ne va pas ?

Il se lève et marche posément vers l'endroit où je suis assise sur le canapé. En silence, il s'accroupit sur le sol pour pouvoir me regarder droit dans les yeux et pose sa main sur mon genou gainé de nylon. Une faible onde électrique remonte directement le long de ma jambe, et cette sensation me fait tressaillir.

Un soupçon de sourire apparaît sur son visage à la vue de ma réaction, comme s'il était satisfait de toujours avoir ce pouvoir sur moi. Mais son amusement disparaît instantanément, et Jeremy retrouve sa concentration et la maîtrise de l'instant présent. Je rougis aussitôt, et ma couleur s'intègre ainsi parfaitement à celle du coussin derrière mon dos. Impossible pour lui de ne pas remarquer que je deviens folle quand il me touche. Totalement embarrassée, je me tortille avec une certaine inquiétude sur le canapé, tandis que sa position reste majestueuse. Mon anxiété croissante m'empêche maintenant de prononcer le moindre son.

— Alexandra, je voudrais te demander quelque chose et, honnêtement, je ne sais pas très bien ce que tu vas dire ou comment tu vas réagir.

La question doit être sérieuse, s'il m'appelle par mon prénom en entier.

Il marque une pause, son regard ancré dans le mien sans ciller.

— Ce qui m'arrive rarement..., songe-t-il.

Il me tient fermement les genoux de ses mains, comme pour enraciner mes pieds dans le sol de peur que je m'envole comme un ballon gonflé à l'hélium.

— Alors, je vais te dire les choses directement.

Je ne bouge pas d'un pouce.

Je ne fais rien d'autre que soutenir son regard.

Je me concentre sur la régularité de ma respiration.

J'attends qu'il poursuive.

— Je voudrais que tu passes le week-end ici avec moi et que tu annules tes autres projets.

S'interrompant, il me regarde derrière ses longs cils épais. Mon cœur fait littéralement un bond.

Ou deux. Peut-être trois.

Son regard s'intensifie, et je me perds dans ses yeux.

Nos anciens souvenirs communs reviennent envahir mon esprit : images fugaces de nos années de fac, de nos farces ridicules, du désir, de l'amour, des orgasmes et du sexe, de l'amitié, des rires aux larmes, des larmes de douleur, d'expériences, de moments volés. C'était drôle, c'était osé, grisant et excitant, et la vie avec Jeremy semblait ne pas pouvoir se dérouler autrement.

Son regard me transmet toutes ces choses, et plus encore, pendant quelques longues secondes. Avec Jeremy, je ne savais jamais vraiment ce qui allait se passer ensuite, et me voilà, toutes ces années plus tard, dans la même situation.

Mais dans des circonstances très différentes. Ce dialogue silencieux continue à danser entre nous. Une fois encore, il s'agit de prendre un risque que chacun ne prendrait avec personne d'autre.

Mon esprit commence à s'emballer autant que mon cœur. Et si je restais ? Est-ce que ce serait la pire des choses que je puisse faire ? On parle tout le temps de profiter de la vie au maximum, de s'attendre à l'inattendu... Un week-end avec Jeremy ne m'aiderait-il pas à me sentir plus vivante que je ne l'ai été depuis des années ? Vu l'effet provoqué par le contact de sa main sur mon genou, je n'arrive pas à imaginer comment je réagirais à, disons, son contact sur d'autres parties de mon corps...

Finalement, mon instinct maternel fait barrière à ces pensées abstraites et fugaces, afin que le bon sens reprenne le dessus. Mes enfants. Il ne s'agit plus seulement de moi maintenant ; mes actes ont des conséquences. La culpabilité..., la trahison..., Robert...

Mon estomac se noue. Comment puis-je être aussi impatiente et pleine de remords en même temps ? Je n'y comprends rien. Mon esprit pratique se met rapidement en route, et je note qu'il me faudra explorer les éléments psychologiques d'émotions aussi intenses et les changements inhérents dans ma physiologie.

La situation dans laquelle je me trouve rend mon degré d'expérience clinique totalement inutile. Mon Dieu, mais qu'est-ce que je fais, à quoi je pense, qu'est-ce que je ressens ? Les mains de Jeremy n'ont pas quitté mes genoux, tandis que ses yeux sondent mon âme. Quelques instants passent, puis, comme s'il lisait dans mes pensées, son regard quitte le mien, il éloigne ses mains de mes genoux, se lève et se dirige vers la vue panoramique.

Je prends aussitôt une brusque inspiration, comme si on venait de me libérer d'un sort. J'ai dû retenir mon souffle pendant un bon moment. Sans quitter la baie des yeux, il dit d'un ton perplexe :

— Laisse-moi deviner. Tu es en train d'analyser chaque angle de la situation.

Il se retourne pour me regarder dans les yeux une fois de plus. Puis il se remet à contempler la vue, hoche la tête comme pour confirmer ses pensées et poursuit :

— Tu pèses le pour et le contre avant d'accepter mon offre. Une partie de toi est excitée, presque séduite par les possibilités de cette expérience, l'autre est profondément enracinée dans les responsabilités de la vie quotidienne. Et ça suscite des questions sans fin et des scénarios pleins de doutes, ce qui signifie que tu as besoin de plus de temps pour examiner la situation et réfléchir. Vraiment, Alex, il faudrait avoir vécu plusieurs vies pour répondre à tes questions et, même ainsi, il serait impossible d'atteindre une conclusion satisfaisante. Je me trompe ?

Encore une fois, il se tourne vers moi pour que je confirme.

Je ne peux qu'approuver d'un signe de tête. Il lit en moi comme dans un livre. En fait, pour être totalement honnête, il lit en moi mieux que je ne peux le faire, ce qui me perturbe énormément. La justesse de ses paroles, un résumé à la fois mesuré et précis, me prend au dépourvu. Est-il si facile de lire en moi ou me connaît-il vraiment si bien ? Je pensais qu'il aurait oublié après toutes ces années... Mais si moi, je n'ai rien oublié, comment ai-je pu supposer aussi naïvement que c'était son cas ? C'est une pensée réellement effrayante, vu la situation délicate dans laquelle je me trouve. Et le déluge de mes inquiétudes se poursuit.

— Et ta famille ? Est-ce que tu as vraiment envie de ça ? Qu'est-ce que ça signifierait si tu restais ? Que penseraient tes amis ? Comment justifierais-tu ta décision ? Est-ce que tu pourrais te regarder dans une glace ? Et, si je peux me permettre, que se passerait-il si tu te laissais vraiment aller, même si ce n'était que le temps d'un week-end ?

Je suis assise face à lui, embarrassée par la vérité de ses impressions, par sa grande connaissance du mécanisme de mes pensées. Mais je suis également consciente qu'il n'est pas fair-play et qu'il repousse délibérément mes limites personnelles.

Sa dernière question résumait bon nombre de nos conversations depuis qu'on se connaît. Il sait que je fais passer les autres avant moi et m'en a toujours blâmée, surtout quand je faisais des choix qui, selon lui, auraient des conséquences néfastes pour moi. Il me faisait toujours réfléchir à la question « Et si ? ». Et si, juste une fois, je n'essayais pas de tout maîtriser ou orchestrer pour moi-même et pour les autres, et si je prenais des risques ? Et si c'était une bonne chose de ne pas savoir ce qui allait se passer ensuite, ou ce que quelqu'un allait en penser ? Est-ce que le jeu en vaudrait la chandelle ?

Mes inquiétudes immédiates sont, malheureusement, beaucoup trop faciles à résumer, étant donné le dilemme moral auquel je fais face. En réalité, le vrai problème pour moi est tout à fait simple : puis-je dire non à Jeremy ?

Il me connaît vraiment par cœur. Je le sais, et il le sait parfaitement. Même si j'essaie d'effacer toute émotion, il lit sur mon visage intuitivement, voit à travers mon masque quel qu'il soit. Son petit sourire satisfait provoque en moi plus d'angoisse que la myriade d'autres sentiments qui me traversent.

Je finis par m'exprimer d'un ton calme, mais ferme.

— C'est vraiment injuste, Jeremy. Est-ce qu'il faut qu'on ait cette conversation maintenant ? Est-ce qu'on ne pourrait pas simplement discuter et voir comment se passent les choses ?

Ma voix s'affaiblit après ces quelques mots. Il sait que j'essaie de couvrir mes arrières, il peut très bien lire sur mon visage, même si je tente de le rendre impassible, et ce n'est jamais une position favorable quand on est face à lui. Je m'arme inconsciemment de courage pour m'engager dans notre lutte intellectuelle, consciente que *mon* cerveau se trouve sur un ring de boxe et que l'hémisphère droit se bat contre le gauche.

Chacun défend avec dextérité sa position sans

comprendre qu'ils sont tous les deux dans le même camp. Une lutte totalement inutile.

D'un pas lent et volontaire, il s'éloigne des baies vitrées, se dirige vers le seau à champagne, en sort la bouteille avec précaution et revient vers moi. Il remarque en silence mes mains tremblantes, tandis qu'il fait glisser ses doigts le long des miens, prend le verre que je tiens, le remplit et le pose soigneusement sur la petite table à côté du canapé.

Il s'agenouille devant moi, mes mains dans les siennes, et laisse échapper un soupir. La puissance et la présence qui émanent de lui contrastent nettement avec son apparente position de soumission. Je peux à peine respirer, si lourd de tension, l'air entre nous. Je me sens comme un cerf pris dans les phares d'une voiture.

— Bon, Alex, écoute-moi et, je t'en prie, fais-le attentivement.

Son ton est lent, ferme, autoritaire.

— On se connaît depuis longtemps, tous les deux, et je veux passer les quarante-huit prochaines heures avec toi. Je n'ai pas envie de boire quelques verres et de te voir disparaître de nouveau dans la nature. Je sais que l'atmosphère est tendue depuis que tu es arrivée, mais c'est parce que nous sommes limités par le temps. Si nous savons que nous allons passer deux jours entiers ensemble, nous serons vraiment capables de refaire connaissance. Qu'il ne s'agisse plus que de nous, et de personne d'autre – rien que cette fois. C'est important pour moi, Alex, je ne te le demanderais pas si ce n'était pas le cas. Je ne veux pas me disputer avec toi, je ne veux pas t'effrayer, j'ai simplement besoin de savoir que nous allons passer tout ce temps ensemble, un temps que nous n'avons pas eu depuis des années.

Mes oreilles bourdonnent de confusion, tout comme mon cœur. L'onde électrique qui passe de sa main à la mienne finit tout droit entre mes jambes, et j'ai presque l'impression qu'il peut le sentir.

Il enroule ses doigts autour de mon poignet, ses yeux implorant les miens.

— Je t'en prie. Alex, je t'en supplie... Quarante-huit heures ? Dis-moi que tu restes.

Mon cerveau ne répond plus. Je peux à peine respirer, encore moins parler. Qu'est-ce qu'il est en train de me faire ? Je ne l'ai jamais vu comme ça, en tel manque d'affection et si nostalgique. Je me dis qu'il a peut-être des problèmes ou qu'il souffre et a besoin d'en parler. Mon cœur dit : *Oui, c'est ça, c'est ton meilleur ami, et il a besoin de toi.* Bien sûr, j'aurais dû le comprendre plus tôt. Pour quelle autre raison se montrerait-il aussi implorant ? Il n'a sans doute pas beaucoup d'amis proches avec qui il peut parler comme avec moi, surtout quand on connaît la pression et les responsabilités de son travail et de son engagement dans la recherche. Il a *forcément* besoin de parler, autrement, il ne me mettrait pas dans cette situation. Et dire que j'envisageais de laisser tomber mon copain, mon meilleur ami, juste au moment où il avait besoin de moi.

Inutile de dire que je perds la bataille. Ma voix parle avec la logique de mon cœur. Et je m'entends dire très, très doucement :

— Je suppose... que je pourrais...

Je parviens à peine à extraire les mots de ma gorge serrée, tandis qu'ils sortent dans un chuchotement presque inaudible.

Mais, comme Jeremy est toujours aussi près de moi,

il les entend. Le visage submergé par l'enthousiasme, il demande :

— Tu viens vraiment de dire ce que je crois ?

Est-ce qu'il essaie réellement de me faire répéter ? C'était déjà assez difficile la première fois.

— J'ai besoin de savoir que tu t'engages. Tu n'imagines pas à quel point c'est important pour moi.

J'inspire profondément.

— Oui, je vais rester tout le week-end, dis-je un peu plus clairement.

Un sourire envahit aussitôt son visage, puis il relâche mon poignet, me soulève du canapé et me serre fort dans ses bras tout en me faisant tourner autour de la pièce. Je ne peux pas m'empêcher de rire maintenant que la tension disparaît entre nous.

— Merci, Alexandra. Tu ne vas pas le regretter, je te le promets.

Tout excité, il tend la main vers les verres de champagne encore intacts.

— Portons un toast. Aux deux prochaines journées.

Ce à quoi je ne peux m'empêcher de répondre intérieurement : *Oh ! bon sang !* Mais je trinque quand même avec lui et laisse les bulles de champagne rejoindre leurs gargouillis amis dans mon ventre.

Avant que je ne prenne réellement conscience de ce que je fais, il ajoute, rapide comme l'éclair :

— Bon. AB, où est ton portable ?

Mais oui, bien sûr, il faut que je tienne les autres au courant de mes soudains changements de projets. Les retombées imminentes sur ma famille et mes amis m'apparaissent enfin.

— Qu'est-ce que je vais leur dire ? Qu'est-ce qu'ils vont penser ?

Je me parle à voix haute tout en fouillant dans mon sac à main surchargé et localise mon téléphone. L'indécision s'immisce de nouveau dans mes pensées. Est-ce que je fais fausse route ? Est-ce que j'ai dit oui dans un moment de faiblesse ou de désir ? Les deux, sans aucun doute !

— Jeremy, peut-être que je ne devrais pas... Ce n'est pas bien...

— Pas de mais, pas de regrets, AB !

Jeremy bondit juste à côté de moi sur le canapé, comme s'il pressentait mon appréhension et mes doutes. Il m'arrache le téléphone des mains et part à grands pas de l'autre côté de la pièce. Le chiot vient de se transformer en panthère avec une facilité et une grâce effrayantes.

— Laisse-moi m'en charger, dit-il avec un immense sourire.

Où est donc passé le docteur en recherche médicale distingué, mondialement reconnu et détenteur de multiples prix ? On dirait bien que je suis de retour à la fac avec mon copain trop sûr de lui, qui me taquine et me tourmente encore.

— Rends-le-moi, s'il te plaît.

— Jamais de la vie, chérie, tu es à moi pour le week-end. Tu viens de le dire toi-même. Ne t'inquiète pas, je vais leur transmettre le message de ta part.

J'ignore totalement s'il est sérieux ou pas.

— Je suis tout à fait capable d'envoyer un message de mon propre portable.

Je me dirige vers lui, la main tendue, et j'attends.

— Donne-le-moi tout de suite.

Mon ton est sévère, mais il esquive, zigzague et m'évite comme un parfait idiot.

— Il faut que j'appelle chez moi. JEREMY !

Je hurle pendant qu'il poursuit ses mouvements puérils autour de la pièce.

— Non, tu n'as pas besoin de le faire. Tu viens de me dire qu'ils étaient dans la nature, sans aucun réseau pour toute une semaine. Tu n'as absolument aucune raison de les appeler ou de t'en soucier.

Cela explique donc le vif intérêt avec lequel il écoutait mes projets. J'aurais dû deviner qu'il avait une raison cachée.

— Jeremy, arrête de faire l'imbécile.

La panique commence à gagner ma voix, tandis qu'il court dans la chambre et ferme la porte derrière lui.

— Ce n'est *pas* drôle. Donne-moi mon foutu portable, espèce de salopard.

Je cogne rageusement contre la porte, qu'il pousse bien entendu de son côté pour m'empêcher d'entrer.

— Ah ! voilà la fougueuse Alex que je connais. Voilà l'étincelle que j'espérais... Bon, qui devons-nous informer de tes intéressants changements de projets ? Ton frère. Et Trish : elle pourra ensuite transmettre aux autres... Oh ! Et Sally. Ça devrait faire l'affaire, non ?

— Jeremy, ne t'avise pas de faire ça !

Je suis furieuse.

Il sort de derrière la porte après s'être assuré que je suis assez loin de lui, et lit tout haut le message. Avant que j'aie le temps de réagir, il appuie sur la touche d'envoi.

— Tu n'as pas fait ça ?

Je suffoque.

— Voilà, tu es officiellement à moi pendant les deux prochaines journées.

Il a l'air extrêmement content de lui.

Il éteint ensuite mon portable, se dirige vers le placard, l'ouvre, tape un code pour ouvrir le coffre-fort tout en m'empêchant de le voir, y dépose le téléphone et verrouille vite la porte.

Il tourne sur lui-même pour observer le choc qui se lit sur mon visage.

— Non, mais qu'est-ce que tu fous ?

J'explose de colère.

— J'ai besoin de garder ce téléphone près de moi. Il pourrait arriver quelque chose.

C'est comme s'il m'avait temporairement déconnectée de ma vie. Je comprends que c'est exactement ce qu'il espère obtenir. La sensation d'être totalement injoignable me paraît très étrange.

— Explique-moi, AB. Veux-tu dire que le monde ne survivra pas si ton portable est éteint pendant deux jours, ou que c'est toi qui n'y survivras pas ?

Le ton de sa voix et son regard me disent clairement que toute argumentation de ma part sera vaine.

— Pourquoi fais-tu ça ?

— C'est simple. Je me montre égoïste. Je sais que tu es toujours disponible pour ta famille et tes amis et je n'ai aucune intention de te partager avec quiconque ce week-end. Ce qui signifie que je ne tolérerai aucune interruption.

Je le dévisage, abasourdie.

— Depuis quand tu es aussi autoritaire et dominateur ?

— J'ai eu un bon prof à l'université, et je me suis entraîné ces dernières années, dit-il avec un clin d'œil.

Tandis que j'avance vers le placard, ses bras de

pieuvre m'attrapent par la taille et m'élèvent dans les airs avant de me déposer fermement sur le canapé.

— Oh non ! Tu ne vas pas faire ça.

Il sourit maintenant.

— Franchement, on n'est plus à la fac, Jeremy. Je suis une adulte, nom d'une pipe !

Je m'exprime comme une maîtresse d'école. Il est debout devant moi et attend avec impatience mon prochain mouvement.

— Très bien, dis-je en croisant les bras, clairement mécontente. Alors, tu ranges aussi ton téléphone dans le coffre : comme ça, on sera quittes.

Il rit.

— Il a toujours fallu que tu aies le dernier mot, Alexandra, n'est-ce pas ?

Il éteint son portable, ouvre le coffre-fort, dépose son téléphone à côté du mien et le verrouille à nouveau rapidement.

— Voilà, c'est fait.

Deuxième partie

Évite d'être trop timide ou impressionnable dans tes actions. La vie est une expérience. Plus on fait d'expériences, mieux c'est.

Ralph Waldo Emerson

— C’est excitant, non ? Quand avons-nous eu une occasion pareille pour la dernière fois de nous retrouver et de parler jusqu’à l’aube ? On va bien s’amuser. J’ai tout prévu.

Son énergie sur le canapé à côté de moi est presque contagieuse, alors que j’essaie de garder une attitude désinvolte envers lui.

— Je ne sais pas très bien si ça me rassure ou si ça m’inquiète.

Et, même si je fais cette remarque avec légèreté, elle est lourde de vérité. Il voit que mes doigts tremblent encore et que ma main parvient à peine à tenir mon verre. Il me le retire, sans doute par mesure de précaution.

— Honnêtement, Alex, tout va bien se passer. Je suis conscient que tu viens de prendre une décision difficile, mais tu sais que je ne te ferai jamais de mal et qu’au fond, nous avons depuis longtemps envie de nous retrouver seuls. Simplement, on n’en a pas eu l’occasion. Entrons dans le moment présent, comme dirait Eckhart Tolle.

Il s’interrompt, tandis que son sourire ne cesse de grandir sur ses lèvres.

— Merci pour les livres, au fait. Ils étaient pleins de vérité.

Je lève les yeux au ciel avec la plus totale incrédulité, mais ne parviens pas à retenir le sourire qui me vient.

Je lui avais envoyé *Le Pouvoir du moment présent* et *Nouvelle Terre* pour Noël, il y a quelques années. Je me rappelle en avoir parlé avec lui au téléphone et débordé de louanges à propos de ces livres et de leurs messages bouleversants. On dirait que c'est bien fait pour moi. Peut-être que c'est mon karma qui me renvoie la balle pour me défier : voilà que, grâce à Jeremy, je vais bel et bien vivre le « moment présent » pendant les quarante-huit prochaines heures.

— D'accord. Tu as gagné. Prenons un autre verre. Ça m'aidera au moins à accepter plus calmement ma décision.

— Vos désirs sont des ordres.

— Hmm, je n'en suis pas si sûre, dis-je en acceptant pourtant un autre verre.

Décidément, je descends ce champagne avec beaucoup trop de facilité.

— Viens par ici. Laisse-moi te montrer le reste de la suite, tu t'y sentiras plus à l'aise.

J'accepte sa main tendue, alors qu'il m'aide à me lever du canapé.

Cette suite est sans aucun doute impressionnante. On dirait qu'elle a été refaite récemment dans un style rétro années 1980. Rien à voir avec chez moi, mais tout à fait adapté à cet environnement. La suite principale, au style urbain ultramoderne, est un chef-d'œuvre à part entière. Le très grand lit est fait en acier industriel. Sa tête est incroyablement masculine, mais ornée de détails compliqués qui lui apportent de délicates nuances féminines. On dirait presque une épaisse dentelle métallique. Je ne saurais dire si je suis soulagée ou déçue d'apprendre l'existence d'une deuxième chambre, pareillement décorée. Je m'en inquiéterai plus tard. L'espace entier dépasse celui d'une maison moyenne.. Après la visite, nous retrouvons enfin notre bavardage amical et détendu en évoquant le passé et nous rions beaucoup. Ce sont les retrouvailles que j'espérais, et je cesse finalement de m'inquiéter des conséquences de ma décision.

Jeremy me raconte ses recherches et sa collaboration avec certains puissants de ce monde, qui l'inspirent beaucoup. Il dit qu'il a eu l'occasion de rencontrer des gens merveilleux, même si d'autres ne courent qu'après la gloire, la célébrité ou l'argent, voire les trois.

— Mais c'est la vie que j'ai choisie, affirme-t-il, et je ne laisserai rien faire obstacle à ce que j'essaie d'accomplir. C'est vraiment trop important.

La détermination dans sa voix est presque effrayante. Je sens qu'il voudrait en dire plus, mais l'expression tendue de son visage m'empêche de lui poser des questions, et il ramène rapidement la conversation à moi.

Il me questionne à propos de mon travail et de mes recherches, et paraît extraordinairement intéressé par le sujet des conférences que je donne. J'essaie de ne pas l'ennuyer avec les détails, mais il semble sincèrement fasciné par le fait que chacun de nos sens influe directement sur notre perception. Il veut même en savoir plus sur la manière dont nos sens visuel, auditif, olfactif, kinesthésique et gustatif façonnent notre perception et nos expériences. Il apporte à notre discussion un point de vue médical considérable, auquel j'attache une immense valeur. J'avais oublié quel interlocuteur brillant et courtois il pouvait être. Il met toujours les gens à l'aise, les encourageant à se confier et n'essayant jamais de se montrer supérieur malgré l'immensité de ses connaissances. C'est le genre de discussion qu'on peut seulement avoir avec un petit nombre de personnes, celles qui vous connaissent assez bien pour remettre en question et contester votre point de vue et qui ont assez de maturité intellectuelle et émotionnelle pour se montrer réellement sincères.

Jeremy se révèle un auditeur particulièrement actif et, étant donné ma passion pour le sujet, notre dialogue se poursuit un certain temps. Je me dis que j'ai eu plus que ma part de temps de parole, alors, je m'arrête pour lui donner une chance de changer de sujet. Je remarque encore l'étincelle malicieuse dans ses yeux et ses lèvres qui essaient de retenir un sourire.

— Qu'est-ce qu'il y a ? Je suis désolée, j'ai beaucoup trop parlé. Tu aurais dû m'arrêter.

— Pas du tout. Tu sais que j'adore te voir comme ça. T'entendre parler avec autant de passion de ton travail est tout simplement merveilleux. Il n'est pas donné à tout le monde de ressentir un tel enthousiasme. C'est fascinant à observer.

Il me sourit, l'air embarrassé.

— Je devais simplement t'avouer quelque chose et je ne l'ai pas encore fait.

— Oh ! Mais quoi ?

— En fait, j'étais là aujourd'hui.

— Où ça ?

Je ne comprends pas.

— À ta conférence, cet après-midi.

Je le dévisage, les yeux et la bouche grands ouverts.

— Tu étais là ? Aujourd'hui ? À ma conférence ?

Je suis totalement stupéfaite.

— Oui, oui et oui. Je sais que j'aurais dû te le dire plus tôt, mais je voulais juste te voir dans ton univers.

Il se tourne doucement vers moi.

— Tu étais fabuleuse, Alexandra, tu as vraiment intéressé le public et engagé une discussion très profonde. Ton travail et ta présence ont hypnotisé aussi bien les étudiants que le corps enseignant. Et moi avec.

Sa voix déborde de sensualité.

Cette fois, je ne sais vraiment pas quoi dire. Le grand Jeremy Quinn a assisté à ma conférence. Incroyable ! Je prends mon verre d'un geste machinal et avale le fond de champagne qu'il me reste. Jeremy incline sa coupe vers la mienne, comme pour porter un toast silencieux, et fait exactement la même chose. Je ressens soudain l'effet puissant du champagne sur mon cerveau, ce qui est en fait assez plaisant, et plus immédiatement sur ma vessie (beaucoup moins agréable). Je m'excuse, puis me dirige vers la salle de bains. Après avoir soulagé mon envie plutôt pressante, je remarque que la salle de bains est plus grande que ma propre chambre à la maison, et décorée d'un joli motif de marbre gris, blanc et bleu.

Elle est garnie de tous les petits luxes auxquels on peut s'attendre dans la suite d'un hôtel cinq étoiles : miniflacons de lait corporel, de shampoing, d'après-shampoing, de gel douche, ainsi que de savons, de kits de toilette et de bonnets de douche, rangés dans de petites boîtes aux couleurs pastel, si jolies qu'il serait dommage de les ouvrir. Je regarde avec envie la baignoire ovale étincelante, lorsque j'entends Jeremy tapoter sur la porte et me proposer de me faire couler un bain.

— On dirait que tu es devenu extralucide depuis la dernière fois qu'on s'est vus ! Y a-t-il d'autres pouvoirs que tu aimerais me révéler ?

Il rit.

— Je sais que tu as eu une dure journée, et, si

je me souviens bien, prendre un bain est l'un de tes péchés mignons. C'est aussi par intérêt personnel que je souhaite te rendre aussi détendue que possible ; alors, je serais plus qu'heureux de t'en préparer un. Comme au bon vieux temps.

Étrange comme ses mots me semblent familiers, alors que tant d'années se sont écoulées depuis la dernière fois où il les a prononcés.

— C'est adorable. Tu es sûr ? Je peux m'en charger sans problème.

— Alex, rends-moi un service, s'il te plaît : prends les choses comme elles viennent ce week-end.

Il entre dans la salle de bains.

— Je refuse toute résistance et je compte bien tirer le meilleur parti de chaque heure que je passe avec toi. Bon, ça me fait plaisir de te préparer un bain. Va donc déballer tes affaires et te mettre à l'aise.

Une fois encore, je le regarde, totalement stupéfaite. Est-ce que je rêve ? Est-ce vraiment en train d'arriver ? Je sors de la salle de bains et me dirige vers le dressing incroyablement spacieux où mon sac à roulettes a été rangé. Sa voix parvient jusqu'à moi, par-dessus le bruit de l'eau qui coule, tandis que je m'accorde un instant pour assimiler l'opulence pure et simple de cette suite.

— Je t'en prie, défais tes bagages. J'ai besoin de savoir que tu ne vas pas m'abandonner ce week-end.

Je commence à faire exactement ce qu'il me dit et me demande s'il s'est toujours montré aussi directif. J'imagine que oui. Pas de façon désagréable, mais d'une manière à laquelle on a du mal à s'opposer. Étonnamment obéissante, je sors mes vêtements, mes chaussures, ma trousse de toilette et laisse mes documents de travail dans ma serviette. Au moment de sortir de la pièce, je remarque le téléphone sur la table de chevet. Comme l'eau du bain coule toujours à grand bruit, je me dirige rapidement vers le téléphone et saisis le combiné. Ça ne coûte rien de laisser un court message à Robert et aux enfants, juste au cas où ils auraient encore un peu accès au réseau.

Une voix féminine me répond.

— Bonsoir, docteur Quinn. Que puis-je faire pour vous ?

— Oh !

Je suis totalement prise de court par la présence d'une personne à l'autre bout du fil.

Je ne m'attendais pas à une opératrice et, bien entendu, je ne suis pas le docteur Quinn. À cet instant précis, Jeremy arrive derrière moi, enroule un bras autour de ma taille et retire le combiné de ma main.

— Désolé de vous avoir dérangée, nous n'avons besoin de rien pour le moment et je vous prie de bien vouloir bloquer tous les appels passés depuis la suite, à moins que je ne vous parle en personne.

J'entends la femme dire :

— Oui, bien sûr, docteur Quinn. Passez une bonne soirée.

— Merci. J'en ai bien l'intention.

Il repose doucement le combiné.

Je me sens comme un petit voyou qui vient de se faire prendre la main dans le bocal, en train de manger les bonbons d'un autre. Mon visage s'empourpre aussitôt. Je n'ai jamais été capable de cacher mon embarras, ni ma honte à quiconque, encore moins à Jeremy. Je n'arrive pas à croire que je puisse me sentir aussi coupable d'avoir essayé de passer un appel. Je ne prononce pas un mot. Il enroule ses deux bras autour de ma taille, et je me retrouve piégée entre ses bras puissants. Puis il blottit son visage dans mon cou et inspire profondément avant de dire d'une voix grave et calme :

— Refais-moi un coup de ce genre, et ton joli petit cul va prendre la même couleur que ton visage à l'instant.

Là-dessus, mon pouls s'accélère, et le sang bat plus fort dans mes veines. Surprise et horrifiée, je remarque alors à travers mon chemisier que même mes tétons ne restent pas insensibles à ses menaces. Comment arrive-t-il à me faire cet effet ? Il m'embrasse doucement dans le cou, puis m'emmène en silence hors de la chambre.

Alors que nous retournons au salon, je remarque un léger fond de musique et une assiette de fraises appétissantes, recouvertes de chocolat noir, sur la table ronde. Je me dis qu'il est sans doute sage de ne pas relever sa précédente remarque.

— Je peux ? dis-je en désignant les fraises.

— Bien sûr, elles sont là pour être mangées.

Comment fait-il pour rendre ses paroles si ensorcelantes ?

— Elles ont l'air délicieuses.

Je m'aperçois que je n'ai avalé que du champagne depuis le déjeuner. Les fraises sont aussi succulentes qu'elles en ont l'air, et l'épais enrobage de chocolat noir est exquis. Je ferme les yeux et savoure cette sensation. Jeremy approche une serviette du coin de ma bouche, puis tamponne avec douceur le jus de fraise qui s'est apparemment échappé. Ce simple geste est si séduisant que mes jambes tremblent et que mes propres sucs commencent à se former entre mes cuisses, même si je nie intérieurement leur existence avec véhémence. Il me sourit d'une manière exquise en me tendant l'assiette, comme s'il était parfaitement conscient des intentions de mon corps. J'ai l'impression de me retrouver sur grand écran et de jouer le rôle principal d'un élégant film sentimental hollywoodien.

Je laisse échapper un petit rire nerveux en pensant à l'invraisemblance de toute cette situation. Ce genre de chose n'arrive quand même pas tous les jours à une mère de famille. Il me regarde, l'air perplexe, comme s'il était incapable de déchiffrer mes pensées.

— Rien de grave. Je réfléchissais juste à la vie pendant un instant.

Je suis soulagée qu'il n'ait pas mentionné mon coup de téléphone, car je ne voudrais pas qu'il gâche l'ambiance.

— Eh bien, à moins que tu veuilles encore manger quelques fraises, ton bain t'attend.

Au moment où il ouvre la porte, la scène qui s'offre à moi me rappelle un peu plus les films d'Hollywood. S'agit-il de ma version unique et personnelle de *Pretty Woman* ? Est-ce que ce serait juste de tout arrêter maintenant à cause de la culpabilité qui me tenaille sans cesse ? Je dois littéralement me pincer en entrant dans la salle de bains.

— Ouah ! Ça a l'air vraiment... C'est totalement... parfait..., incroyable.

Je suis tellement déconcertée par le romantisme de cette scène que je peux à peine articuler ces mots.

— C'est magnifique, Jeremy, absolument magnifique.

Je jette un regard à la pièce, transformée en un lieu magique par de petites bougies scintillantes. Leur parfum est enivrant, sans être oppressant, et mêlé de notes de lavande et de jasmin, peut-être d'un soupçon de freesia – toutes mes fleurs préférées. Comment a-t-il pu se rappeler des détails aussi intimes à mon sujet après si longtemps ? Je me sens délicieusement étourdie par toutes les sensations qu'il crée pour moi.

— Savoure, tu as eu une dure journée. Maintenant, c'est ton moment de détente.

Il porte doucement mes mains à ses lèvres, dépose un léger baiser sur chacune et se retire de la salle de bains. Je reste là, à regarder avec émerveillement ce qui m'entoure. Je me déshabille avec précaution, enlève mes talons hauts, mes collants et ma jupe, et finis par déboutonner mon chemisier. Je dégrafe lentement mon soutien-gorge, le retire et laisse glisser mes sous-vêtements sur le sol. Je ne veux pas perturber la scène par des gestes brusques. J'ai hâte de m'immerger dans ce splendide bain chaud et parfumé. Tandis que j'y plonge mon corps, ma tension commence automatiquement à retomber. Rien ne me fait plus plaisir qu'un bain à la fin d'une dure journée, et celle-ci a été pleine de surprises, pas de doute là-dessus. Alors que je me fonds plus encore dans l'eau profonde et lactée, je remarque qu'il ne s'agit pas d'une simple fatigue physique, mais que j'ai aussi été entraînée dans un tourbillon d'émotions presque toute la journée. C'est un soulagement de pouvoir passer du temps seule pour me détendre et essayer d'apaiser mon esprit. Je lâche un long soupir. Pendant que mon corps s'étire dans les profondeurs du bain, la tranquillité m'entoure. Exactement ce dont j'ai besoin. Je ferme les yeux et laisse mes pensées s'évanouir... Un pur bonheur...

Je ne sais pas très bien si je suis en train de m'assoupir, mais il me semble percevoir une douce ondulation dans l'eau. Elle ne suffit pas à perturber ma sensation de détente, et je garde les yeux fermés, jusqu'à ce qu'une main soulève mon pied du fond de la baignoire pour entreprendre un lent massage régulier. J'ouvre les yeux et je suis abasourdie par l'audace absolue de ce geste.

— Comment as-tu pu ? Quand es-tu... ?

— Chut, détends-toi. Tu avais l'air si paisible. Je ne veux pas te déranger, je veux accroître tes sensations, pas leur nuire, dit Jeremy d'un ton calme et doux.

— Mais, mais, tu es *dans* la baignoire !

Je suis stupéfaite.

Enfin, le suis-je vraiment ? Est-ce un tel choc de voir Jeremy se glisser doucement dans mon bain ? Il y a de nombreuses années, c'était un fait très banal et ça ne m'aurait pas du tout choquée. Et, pour être tout à fait honnête, à quoi m'attendais-je en passant ce week-end avec lui ? Les souvenirs qui dérivent dans ma tête sont très différents de la réalité que je vis en ce moment. Nos actes à présent ont des répercussions beaucoup plus grandes qu'à l'époque de nos études.

Je suis totalement perdue. Ma surprise se fond dans une brume onirique grâce aux arômes qui infiltrent mes narines et mon cerveau, telle une vapeur mystique enveloppant nos corps. Les massages de pied de Jeremy étaient irrésistibles, et leur intensité n'a pas faibli avec le temps. Bien au contraire. À l'autre bout de la baignoire, ses doigts magiques massent la plante de mes pieds plus en profondeur. Je pose ma tête sur le coussin intégré au rebord et, succombant aux sensations, laisse échapper un long soupir. Qui cherchais-je à tromper ?

— C'est ça, ma chérie, laisse-toi simplement aller... Arrête de lutter. Je vais m'occuper de tout.

Même si la carrure de Jeremy est imposante, nous avons encore beaucoup de place dans la baignoire. Trois ou quatre personnes pourraient sans doute y tenir, mais je préfère ne pas y penser. Mon autre pied fond à son tour entre ses doigts méticuleux, à mesure qu'ils suppriment chaque point de tension, et je remarque à peine que je glisse librement vers lui. Ce bain exotique me berce entre ses jambes, tandis que l'eau se trouve maintenant à la température parfaite.

Je suis plongée dans un état de léthargie totale, en raison de l'association enivrante du champagne, de la chaleur du bain, des bougies, de leur parfum et du massage de pieds. Je peux à peine élever la voix en signe de protestation, alors un membre encore moins.

Avec lenteur et précaution, Jeremy me lave tendrement les bras à l'aide d'un petit gant de velours, puis le buste. Je remarque que nos souffles se sont accordés, et l'eau monte et descend tranquillement à mesure que nous inspirons et expirons ensemble. Enfin, jusqu'au moment où sa main commence à me caresser la poitrine. Je me tends lorsque ses doigts virevoltent légèrement sur mes tétons, les taquinant pour les faire réagir.

Ils obéissent aussitôt. Une fois son but atteint, il continue à me masser les seins de ses mains entières. J'ai le souffle court, et mon pouls s'accélère. Je ne peux plus nier l'impact du contact de ses mains sur mon corps. J'entends un soupir avant de remarquer qu'il s'agit du mien. C'est une sensation étrange, car il semble s'être échappé de mon corps sans aucun préavis. Ne suis-je déjà plus capable de me maîtriser ?

— Voilà qui est mieux, dit-il. Pas si effrayant, après tout, non ?

— C'est comme ça que tu veux que je me sente ? réponds-je en haletant, tandis que ses mains poursuivent leur quête.

— Et comment te sens-tu exactement ?

Si je m'étais trouvée dans un état cérébral plus stable, j'aurais dû deviner que cette question allait suivre. Je sais qu'il attend une réponse.

Je réfléchis et lui avoue honnêtement :

— Nerveuse, passionnée, détendue, incohérente, satisfaite... Tous ces mots me viennent à l'esprit... et on dirait que mon corps est en train de démettre mon cerveau de ses fonctions.

— Hmm, oui, c'est presque exactement ce que je veux que tu ressentes. Est-ce que tu aimes cette sensation ?

— Je crois que oui, mais je t'en reparlerai peut-être plus tard.

Ses lèvres me caressent la nuque, tandis que ses doigts serpentent et explorent mon corps un peu plus bas, passent sur mon ventre et s'attardent entre mes cuisses. Le désir sourd entre mes jambes enfle à présent, impatient d'être satisfait.

La pièce me semble plus brumeuse, à mesure que je fonds sous ses doigts. Son corps est toujours ferme, sa peau, lisse, saupoudrée de poils rassurants. Le mien réagit avec ferveur à chaque caresse. Juste au moment où il atteint enfin la destination désirée, ses doigts s'arrêtent, s'attardent.

— Docteur Blake, puis-je vous demander quelque chose ? J'aimerais beaucoup que vous me donniez votre avis professionnel.

— Bien sûr.

J'essaie de lui répondre aussi calmement que me le permet mon souffle court.

J'ai vraiment du mal à croire qu'il ait choisi ce moment précis pour avoir une discussion « professionnelle ». Mon cœur et le désir palpitant entre mes jambes battent au même rythme.

Il a l'air content de lui.

— Voyez-vous, je vais passer les deux prochaines journées avec une femme magnifique.

Je gémis d'incrédulité pendant qu'il poursuit.

— Nous logeons dans la suite du meilleur hôtel de Sydney. Elle est sexy à mourir, et je ne veux pas perdre une minute de notre temps ensemble.

— Je suis sûre que vous ne perdrez pas une seconde, Jeremy ! Quel est le problème précisément ?

Je lève les yeux au ciel en essayant de rendre ma voix aussi neutre que possible. Tout à fait irréalisable, étant donné la minutie de ses caresses. Je tente de répondre comme si je jouais le jeu, mais j'espère qu'il va faire avancer la conversation un peu plus vite.

— Eh bien, vous voyez, elle a du mal à se déconnecter. Je crois qu'elle ne va pas réussir à s'immerger totalement dans l'expérience que je veux lui soumettre ce week-end. Une expérience unique, vous savez.

J'essaie de me déplacer pour pouvoir voir son visage. Mais il m'a placée entre ses jambes, de sorte que je ne puisse plus bouger. Il a passé l'un de ses bras autour de mon buste et l'autre sous mes fesses, entre mes jambes, et ses doigts jouent, me taquinent, me caressent... Mon Dieu, j'avais oublié à quel point il était doué pour ça. Il resserre son étreinte lorsqu'il se rend compte de ma tentative.

— Elle dit qu'elle y arrivera, continue-t-il en rythme, mais, voyez-vous, je la connais bien. Je sais que ce que je lui propose va à l'encontre de sa nature, peut-être même de ses valeurs. C'est pourquoi il lui est si difficile de se laisser aller, même si je sais qu'elle souhaite profondément vivre ce que j'ai à lui offrir.

Pendant qu'il poursuit son monologue maîtrisé et régulier, le travail de ses doigts s'intensifie un peu plus bas. La force de son étreinte reste implacable. Son odeur, son toucher, ses mots... Je suis en proie au délire.

Je dois être en train de rêver. Ces choses-là n'arrivent jamais dans la vie réelle, non ?

— Et puis j'ai assisté à une conférence cet après-midi, présentée par une psychologue, le docteur quelque chose, dans l'espoir qu'elle me donne quelques idées, vous savez, pour résoudre mon problème. Au fait, vous devriez la rencontrer. Je pense qu'elle vous plairait, ajoute-t-il avec désinvolture.

Oh ! comme il s'amuse ! Je n'ai pas d'autre choix que de jouer le jeu.

— Et vous en a-t-elle donné ?

Je couine presque, puis grogne aussitôt intérieurement en me demandant si c'est un son de frustration ou de plaisir.

Quoi qu'il en soit, je suis complètement perdue entre ses mains, dans ses paroles.

— En fait, oui. Alors, je vais suivre ses conseils.

De nouveaux doigts viennent rejoindre les autres plus bas et, à présent, son autre main pince et tire sur mes tétons, comme pour faire réagir mon corps plutôt que mon esprit. Son toucher s'intensifie, mes tétons et mes reins palpitent à l'unisson. Grâce à la mobilité de son geste, je flotte en apesanteur contre lui dans le bain. Alors que l'eau refroidit, je me réchauffe comme une bouilloire suspendue au-dessus d'un foyer ouvert.

— Alors, j'ai décidé de la priver de l'un de ses sens ce week-end. Les recherches empiriques du docteur garantissent deux choses. D'abord, cela va considérablement renforcer tous ses autres sens, ce qui ne peut être qu'une bonne chose vu ce dont je parle, vous ne croyez pas ?

Il s'arrête. Je ne peux pas répondre. Je suis incapable de me concentrer sur ses mots plus longtemps.

— Ensuite, ses sensations vont augmenter exponentiellement au-delà de toute limite et de toute perception imaginables. J'ai du mal à croire que tous mes problèmes ont été résolus par cette femme incroyablement perspicace.

Ma gorge se serre, je retiens mon souffle, m'étrangle peut-être en entendant ses paroles. Il me pince et me taquine les tétons, comme pour tester leur élasticité, ce qui me fait arquer le dos au même instant.

Il poursuit, presque absorbé par ses propres paroles :

— J'ai envisagé chacun des cinq sens et fini par choisir celui qui s'est trouvé à la base de ses recherches et qui aura incontestablement l'impact le plus fort.

De son autre main, il sonde les profondeurs internes de mon conduit vaginal à l'aide d'un massage doux et minutieux, mais évite exprès la zone qui attend le plus d'être effleurée. Un toucher de grande précision.

Je ne suis plus seulement le cerf pris dans les phares d'une voiture, mais son corps hissé et sanglé sur le toit. Quel salaud de me faire ça ! Et ce stupide corps qui réagit ! Mon souffle devient incontrôlable ; je suis prisonnière du charme enivrant de ses connaissances et de son expérience.

— Vous savez, c'est une personne extrêmement visuelle, et je crois en toute honnêteté que si elle perdait ce sens...

Je n'entends plus ses mots. Ma respiration se fait superficielle et rapide, tandis que j'essaie désespérément de procurer plus d'oxygène à mes poumons, à mon cerveau. Ses doigts s'immobilisent.

Je vais faire une crise d'hyperventilation.

— Dis donc, Alex, tu es devenue encore plus sensible aux contacts physiques, si tant est que ce soit possible. Les sensations se propagent à travers ton corps. Je n'arrive même plus à me concentrer sur ma conclusion.

Je l'empêche de se concentrer ? Il est dingue !

Cette pause est assez longue pour que je puisse respirer de nouveau. Mais pas assez pour éviter ses paroles, ni ses intentions.

— Par conséquent, il faut seulement qu'elle me promette deux choses : renoncer à son sens de la vue et ne poser aucune question pendant ces deux prochaines journées. Deux jours et deux nuits qui vont surpasser toutes ses attentes, démolir ses idées préconçues. Elle va adorer cette expérience vraiment sensationnelle, je n'en doute pas une seconde... C'est tellement évident avec le recul… Je suis déçu de ne pas y avoir pensé moi-même...

Sa voix s'éloigne, et je sens son souffle chaud dans mon oreille, tandis que sa langue chatouille et que ses dents mordillent mon lobe. Ses doigts poursuivent implacablement leur mission, me pénètrent, mais échouent à me procurer le soulagement que je désire avec une telle urgence. Mon corps se prépare à exploser. Puis sa voix résonne dans mon oreille avec une clarté profonde.

— Alexandra, promets-le-moi maintenant.

Ses mots sont forts, bien pesés. Mon corps tremble par anticipation.

— C'est simple. Pas de vision. Pas de questions. Pendant quarante-huit heures.

Trop de sensations et d'émotions me submergent pour que je comprenne totalement la situation. Mon cerveau, mon corps, mon cœur sont tous concentrés sur une chose et une seule : la jouissance ! Je ne sais pas très bien si j'adore ou déteste qu'il puisse me faire ça, qu'il le fasse comme personne depuis qu'on se connaît. Je me sens toujours aussi impuissante, aussi dépendante de son prochain geste. C'est comme si mon corps annihilait mon esprit.

— Promets-le-moi.

La voix grave et profonde pénètre ma brume, ma stupeur.

Oh ! mon Dieu. Ce désir palpitant devient insoutenable, et la pièce commence à tourner autour de moi. De la chaleur jaillit dans mon corps, de la vapeur tourbillonne autour de moi, il fait trop chaud, je ne sais plus où j'en suis. Je tente de projeter mes hanches en avant pour créer une friction à l'endroit où je voudrais tant libérer la tension qu'il a si habilement provoquée. Il m'empêche physiquement de le faire. Mon coup de reins renforce sa détermination, et son corps resserre son étreinte autour de moi.

— Promets-le-moi maintenant.

La voix forte assène son ordre final.

— Peu importe. Je, je prom...

Je ne parviens pas à achever les mots, qui sortent dans un fouillis de bégaiements.

— Mon Dieu ! dis-je dans un soupir.

Il est persévérant !

— PLUS FORT !

Sa voix éclate dans mon oreille comme un tambour tribal qui accélère son rythme martelé...

— Je promets...

Je halète.

— Je promets...

Je soupire.

— Je ferai tout ce que tu veux... ce week-end. Peu importe, pourvu que...

Une fois que j'ai prononcé ces mots, ses doigts plongent au plus profond de mon vagin et me propulsent vers l'orgasme que mon corps désire si désespérément, si terriblement, si complètement. Je laisse échapper un cri primitif...

— Merci, ma chérie, problème résolu.

J'entends son chuchotement séducteur et distant dans mon oreille.

Il localise mon clitoris et déclenche ainsi une nouvelle série de convulsions qui me vident de mes sucs et m'immobilisent grâce aux spasmes continuels d'une jouissance insouciante. Sans réfléchir un instant aux implications ou aux conséquences des mots qui viennent de m'échapper, je m'autorise à franchir les portes du plaisir qu'il a si soigneusement édifiées, puis gardées, et finalement maîtrisées.

* * *

Je ne sais pas très bien combien de temps je suis restée dans mon petit monde lointain lorsque je reviens à la réalité. Je remarque que ma peau commence à se rider comme un fruit trop mûr ; il a dû s'écouler un certain temps. Je flotte lentement vers un état de conscience.

— Est-ce que ça va ? Tu as été incroyable.

Je perçois l'émerveillement dans sa voix. Ah oui, dans les bras de Jeremy, dans le bain. C'est là que je suis, tandis que je reprends totalement mes esprits. Je me sens douce, pleine et voluptueuse, alors que je dérive encore dans une brume décadente de délire.

— Mmm... Je me sens merveilleusement bien, et toi ?

— Sors donc du bain avant d'attraper froid.

Il me soulève sans fléchir, me sort de la baignoire et enroule une serviette autour de mes épaules. Elle est épaisse et douce, et j'accueille volontiers sa chaleur.

Comme il se tient derrière moi, les bras passés autour de mon corps, nous nous faisons face dans le reflet du miroir. En le voyant ainsi, notre différence de taille me paraît plus grande et, pour une raison que j'ignore, je regrette de ne pas porter mes talons hauts afin de compenser l'inégalité entre nous. Je suis extrêmement consciente de sa nudité derrière moi, et mes jambes flageolent littéralement.

Il défait lentement la serviette, sans que nos regards dans le miroir se quittent, et la laisse tomber sur le sol, d'un geste tranquille, mais délibéré. Je me retrouve face à nos formes nues dans le miroir.

Son regard est euphorique. Nous ne disons pas un mot, mais observons l'autre avec une profonde sensation de désir. Chacun est conscient qu'avec les années, notre histoire est devenue plus étonnante et plus complexe que nous n'aurions jamais pu l'imaginer.

— Tu es encore plus époustouflante que dans mes souvenirs.

Jeremy rompt finalement le silence.

— Ta beauté est stupéfiante, comme elle l'a toujours été, Jeremy, dis-je, préférant ne pas relever sa remarque.

— Alex, ouvre les yeux et regarde-toi vraiment.

Il remarque que j'essaie de poser mon regard partout ailleurs que sur mon propre reflet. Il nous rapproche du miroir en pied pour que je n'aie d'autre choix que de me retrouver face à face avec moi-même. Il est parfois merveilleux que les autres voient différemment ce que nous voyons de nous-même. Curieusement, je me surprends à chercher quelque signe apparent de mes grossesses. Étrange que je n'aie jamais eu cette idée avant cet instant. Heureusement, la lumière m'est favorable. Pendant que ces pensées volettent à travers mon esprit, Jeremy joint mes deux mains et les lève au-dessus de ma tête, si bien que mes talons se décollent légèrement du sol. Il me fait plier les bras vers l'arrière, afin que mes coudes se retrouvent au plus haut point dans le miroir. Plus rien n'obstrue mon visage, tandis que mon corps repose contre le sien. Jeremy est absolument irrésistible sous cette forme dressée et virile. La vue de nos deux corps nus devant le miroir, enveloppés dans la lumière des bougies, est plus sensuelle et plus émouvante que je n'aurais jamais pu l'imaginer.

L'électricité entre nous est palpable. Cette proximité, cette intimité me fascinent, et je m'autorise à contempler notre image. Quel exercice remarquable, de se regarder ainsi l'un l'autre, me dis-je d'un point de vue professionnel. La nature intensément érotique de nos corps fumants devant le miroir dégage une énergie sexuelle, accentuée par ma fébrilité après cet orgasme exquis.

— Je veux que tu imprimes cet instant dans ta mémoire. Accorde-toi un instant pour comprendre et assimiler toute la beauté qui est en toi. Tes joues rouges. Ta poitrine généreuse et saine. Tes cuisses luisantes. Tes yeux fous de désir et d'ardeur. Souviens-toi que cette créature infiniment érotique et sensuelle, c'est bien toi. Et je n'ai jamais autant désiré personne.

Je perçois l'intense vérité de ses paroles autant que sa virilité qui enfle derrière moi.

Je reconnais à peine mon reflet dans le miroir.

Qui suis-je ?

Le temps s'arrête.

L'instant est absolument grisant, à couper le souffle.

Je ne saurais dire combien de temps s'est écoulé entre ces instants et le moment où il finit par me libérer pour m'envelopper les épaules dans la serviette.

— J'ai deux ou trois choses à organiser, et il vaut sans doute mieux que je te laisse un peu d'espace. Prends ton temps ; tu remarqueras que les placards sont bien garnis. Une surprise t'attend déjà dans le salon quand tu seras prête.

Jeremy embrasse l'intérieur de mon poignet et ferme la porte de la salle de bains derrière lui. Mon estomac manifeste une fois encore sa présence dans mon corps, tout comme la chaleur entre mes jambes et mes seins gonflés. Comment parvient-il à me faire cet effet ?

Je me ressaisis en posant les deux mains sur le marbre froid du lavabo. Je fixe mon visage dans le miroir, je le regarde droit dans les yeux. J'ai la sensation que mon corps est énergique, euphorique. Je ne me souviens pas de m'être déjà sentie aussi vivante et physiquement présente. Mon esprit essaie désespérément de maintenir équilibre et perspective. Qu'est-ce que je suis en train de faire ? Mon corps apparaît malheureusement comme l'élément le plus fort. Je laisse échapper un soupir d'abandon et accueille volontiers la plénitude de cet instant.

Jeremy avait raison quand il disait que la salle de bains était bien approvisionnée. Une fois encore, sa mémoire des détails est stupéfiante. De petits mots écrits à la main éparpillés ici et là, du parfum Joe Malone : un grand flacon magnifiquement conçu de mon mélange de fragrances préféré, et assez de place à côté pour ajouter quelques flacons plus petits, destinés à la touche finale. Du lait corporel. Ma peau l'absorbe si vite que je m'autorise avec bienveillance à m'en enduire une deuxième fois. Un sac de maquillage Yves Saint Laurent, avec fonds de teint, anticernes, eye-liner, rouges à lèvres, crayons à lèvres et mascaras, tous dans des nuances complémentaires au teint de ma peau – exactement ce dont je pourrais avoir besoin pendant le week-end, et même plus. Je décide de m'autoriser une petite folie et de tout essayer. C'est tellement amusant ! J'ai l'impression d'être au paradis des cosmétiques et de pouvoir me servir comme je le veux dans le rayon du maquillage et des soins pour la peau. Je laisse échapper de petits cris enthousiastes en ouvrant chaque boîtier, puis teste une ligne de superbes produits de beauté régulièrement présentés dans les magazines hauts de gamme, mais encore jamais exposés sur l'étagère de ma salle de bains.

J'ai dû rester plongée dans mon petit pays des merveilles un bon moment, car j'entends un léger coup sur la porte.

— Alex, tu es toujours vivante ?

La voix de Jeremy pénètre doucement mon atmosphère hédoniste.

— Oh oui ! Euh, désolée, j'ai du mal à croire à tout ça. Quand as-tu trouvé le temps ? Comment as-tu su ? Je veux dire, enfin, ça fait si longtemps... C'est absolument incroyable. Je me sens comme un enfant en train d'ouvrir ses cadeaux préférés...

Mes mots trébuchent les uns sur les autres.

— Des questions, encore des questions, dit-il avec un petit rire.

Je perçois pourtant une nuance de menace dans sa voix, ce qui m'arrête net.

Je repense aussitôt à ses paroles dans le bain, à la promesse que j'ai faite dans un moment de faiblesse lubrique. Les poils sur ma peau se dressent spontanément ; mon corps prend la posture figée du chat qui sent un danger imminent. De quoi a-t-il parlé dans le bain ? Il n'était pas vraiment sérieux, non ? Il voulait que je sois aveugle tout le week-end et a ajouté quelque chose à propos de mes questions... On est trop vieux pour jouer à un jeu aussi idiot, non ?

Mon intuition n'aide en rien à calmer mes inquiétudes, car un souvenir me revient instantanément : celui de la première et unique fois où j'ai essayé de rompre une promesse faite à Jeremy, à l'époque de l'université. Chose étrange, avec le recul, les détails de la promesse en elle-même restent flous ; cependant, les conséquences furent franchement embarrassantes.

— Alors, tu es absolument sûre de renoncer à notre accord ? me demande Jeremy avec incrédulité, me dominant de toute sa hauteur.

Nous sommes dans la cour de la fac, juste à l'extérieur du grand amphi. Je hoche la tête. L'instant suivant, il me hisse sur son épaule, saisit mes chevilles et me fait glisser le long de son dos. Je me retrouve la tête en bas, le regard tourné vers les autres derrière moi.

— Fais-moi descendre, espèce de salaud, c'est la honte !

Je crie et m'agite dans tous les sens en essayant de me relever.

— Tu ne peux pas faire ça, c'est de la pure cruauté. Fais-moi descendre ! dis-je plus fort.

— Oh si ! Je le peux. Et je vais continuer jusqu'à ce que tu tiennes ta promesse.

Les gens me regardent en riant. Tout le monde sait que nous sommes des amis proches et que nous faisons simplement les imbéciles. Mon t-shirt est redescendu jusqu'à mes épaules sous l'effet de la gravité, et je me dépêche de le remonter pour éviter d'offrir à tout le monde le spectacle gratuit de mon corps en petite tenue. D'une main, je tente de frapper Jeremy et retiens mon t-shirt de l'autre. Encore heureux que je porte un jean. Jeremy commence à s'éloigner de la foule.

— Qu'est-ce que tu fais ? C'est complètement dingue !

J'ai du mal à faire porter ma voix aussi loin que je le veux en rebondissant derrière ses jambes, la tête en bas. Je suis totalement outrée. Il bavarde nonchalamment avec d'autres, tandis que nous avançons le long du couloir, comme s'il n'y avait rien d'inhabituel dans le fait que je sois suspendue à son épaule. Ses amis rigolent quand il les informe qu'il va juste me déposer à mon prochain cours. Si je le pouvais, je lui donnerais des coups. Le sang me monte de plus en plus à la tête. Je dois ressembler à une tomate mûre.

Nous arrivons à la salle de conférences, et il me dépose avec précaution sur un siège au premier rang. Il salue le professeur derrière son pupitre, comme si tout était parfaitement normal. Il se penche vers moi, joint mes mains dans les siennes et dit avec un sourire :

— Je viendrai te chercher après le cours.

— Tu plaisantes ? dis-je en lui crachant presque ces mots à la figure.

— Oh que non ! mademoiselle Alexandra.

Je le fusille à mort du regard, au moment où le professeur dit :

— Bien, commençons. Nous avons beaucoup de choses à traiter aujourd'hui.

Là-dessus, Jeremy plante un baiser sur ma joue, me libère les mains et me fait au revoir. Je suis si profondément embarrassée que je glisse aussi bas que possible sur mon siège pour être sûre de ne croiser aucun regard. En bougeant les pieds, je remarque mon sac posé sous le siège sur lequel Jeremy m'a déposée. Rien de tel qu'une bonne organisation.

Je ne parviens pas un instant à me concentrer sur le cours. Au lieu de ça, je suis d'abord totalement obsédée par l'idée d'éviter Jeremy et, ensuite, par ma vengeance. Comment ose-t-il me faire ça ? Je griffonne un mot à une amie, lui demandant de me prêter plus tard ses notes sur le reste du cours. Je décide que m'échapper avant la fin est l'option la plus sûre, juste au cas où il aurait sérieusement décidé de « venir me chercher » une fois le cours terminé. Quinze minutes avant la fin, je me glisse hors de mon siège aussi discrètement que possible. Je me déplace sans bruit vers la porte de derrière, ce que je crois être la solution la plus sûre. Au moment où je sors et jette un regard autour du hall désert, je me félicite secrètement d'avoir déjoué les plans de Jeremy. Je commence à longer le couloir avec détermination, furieuse contre lui, totalement folle de rage. Alors que je gagne de la vitesse et allonge le pas, le sol se dérobe soudain si vite sous mes pieds que j'en ai temporairement le souffle coupé.

— Mais qu'est-ce que... ?

— Hé ! ma belle, tu ne croyais quand même pas que j'allais me faire avoir par un coup pareil ?

Jeremy me soulève et me remet exactement dans la même position qu'avant. Bon sang, mais par où est-il arrivé ? Il me porte sur son épaule en me tenant par les chevilles jusqu'à la cafétéria. Des mecs applaudissent et l'acclament sur le chemin, le félicitant d'agir comme un vrai mâle. Je suis furieuse, c'est le moins qu'on puisse dire. Il me dépose sur une chaise et me retient fermement par les épaules et les poignets. Il sait trop bien que je me mettrai à courir à la seconde où il me lâchera.

Je foudroie du regard ses copains placés autour de la table, qui sourient tous bêtement tout en faisant semblant de contempler autre chose dans la pièce.

Patrick et Neil viennent poser un plateau devant moi – sans doute mon déjeuner que Jeremy a commandé à l'avance pour être sûr de ne pas me lâcher. Vu leurs petits rires, je ne doute pas un instant qu'ils trouvent la situation extrêmement amusante. Jeremy pressent que j'attends la première occasion.

— N'essaie pas, AB, ça ne fera qu'empirer très vite les choses pour toi.

— Et combien de temps exactement crois-tu pouvoir continuer comme ça, Jeremy ?

Mon ton est glacial.

— Exactement autant de temps qu'il te faudra pour tenir ta parole, ma chère, déclare-t-il.

Pas de chance, il ne laisse pas tomber.

Ce « portage » continue le reste de la journée. Pour finir, je ne peux pas supporter l'idée d'être portée comme un sac de pommes de terre jusqu'à mon cours de travaux dirigés, le dernier de la journée, mais aussi mon préféré, « Psychologie de la sensation et de la perception ». Surtout qu'il n'y aura qu'un petit groupe de douze étudiants.

— D'accord, ça suffit, Jeremy. C'est bon. J'ai compris la leçon. Tu as gagné.

Il me dépose doucement sur le sol, dans le bon sens.

— Je suis tellement content que tu sois redevenue

raisonnable, AB. Je suis sûr que tu n'aurais pas voulu vivre ce que j'avais prévu pour toi ce soir.

— Bon sang, tu as une de ces volontés !

— Qu'il faut se garder de sous-estimer, j'en conviens, mais je définirais plus ça comme de la « persévérance en cas de nécessité ».

— Peu importe, il faut que j'aille en cours.

J'essaie de me dérober.

— Tu es sûre que tu n'as pas besoin que je te dépose ? Mes jambes sont plus rapides que les tiennes.

Il me lance un sourire si provocateur que je ne peux pas m'empêcher de rire devant tant de charme, même si je m'efforce de paraître mécontente.

— Très drôle, vraiment. Salut !

Ce souvenir est si clair, si puissant ; c'est comme si la scène s'était passée seulement hier. Mais comment m'est-il revenu ? Je n'ai pas pensé à ces choses depuis des années, des décennies, même. Je secoue la tête pour essayer de déloger le passé de mes pensées et d'en supprimer toute signification potentielle.

* * *

— Est-ce que tu penses être bientôt prête ?

— Oui, tout à fait.

Le soulagement m'envahit. Par bonheur, il ne me reparle pas de cette promesse. Des deux mains, je rassemble tous les emballages dans l'un des sacs et replace soigneusement les couvercles sur les boîtiers. Je suis encore plus méticuleuse avec le parfum, car son odeur est vraiment merveilleuse, et j'adorerais le rapporter à la maison.

— Je suis là dans une minute, je me sèche les cheveux.

Je penche la tête en avant et sèche rapidement les mèches du dessous, les plus humides. Ma chevelure est plus ondulée que d'habitude, mais je décide de la laisser détachée, à hauteur d'omoplates. Mon visage et mon corps rayonnent, et je ne peux pas m'empêcher de sourire en retour à la personne guillerette dans le miroir. Rien de tel qu'un hôtel cinq étoiles, du champagne français, un orgasme providentiel dans un bain somptueux et tous les produits de beauté du monde pour faire en sorte qu'une femme se sente pleinement choyée, au moins pendant un moment.

J'attrape un immense peignoir bien épais (ils ne semblent jamais faits pour une femme de taille normale) et m'enveloppe dedans. Puis je sors de mon cocon euphorique avant de retrouver l'ambiance élégante et branchée de la suite, ainsi que les bras de Jeremy.

— Tu as l'air tout excitée, dit-il en me serrant fort contre lui.

— Je me sens très coupable, mais d'une façon merveilleusement décadente.

Je lui rends son étreinte, et la passion dans ses yeux me coupe momentanément le souffle.

— Viens par ici, ma belle. C'est le moment de te sentir un peu plus décadente. Je veux te montrer quelque chose.

Il passe un bras autour de mes épaules et m'emmène rapidement à travers la suite vers le dressing. Nous sommes comme des chiots qui viennent de trouver un panier de nouveaux jouets.

Lorsque nous entrons, je retiens un cri de surprise. Un sourire explose sur son visage.

— J'ai toujours rêvé de faire ça, Alex, mais je n'étais

pas assez courageux à la fac. Porteras-tu cette tenue pour moi ce soir ?

Je me dirige vers la robe exquise, simple, élégante, raffinée, de la plus belle couleur – un rouge profond, un rouge bleuté –, dont la coupe en diagonale laisse une épaule nue.

— Jeremy, elle est tout simplement magnifique. Ça me laisse..., ça me laisse sans voix. Pourquoi fais-tu tout cela ? J'ai l'impression d'avoir raté quelque chose, je ne comprends pas.

— Tu n'as pas besoin de comprendre. C'est ce que je veux, j'en ai eu envie pendant longtemps et maintenant j'en ai les moyens. Tout ce dont tu as besoin pour t'habiller devrait se trouver ici. J'ai hâte de te voir dedans et je suis tellement content qu'elle te plaise. Essaie de ne pas mettre autant de temps que dans la salle de bains, ou alors il faudra que je vienne t'aider à accélérer le processus, dit-il avec un large sourire.

Je reste immobile, le regard fixé sur lui, puis sur la robe. Il me donne une légère tape sur les fesses pour insister sur ses derniers mots.

— D'accord, d'accord, réponds-je en commençant à m'activer.

Je me dirige vers la robe et laisse courir mes doigts sur le satin. L'étoffe est douce comme de la soie. Je retire rapidement mon peignoir et enfile la robe par le haut. Elle glisse aisément sur mon corps. Je suis soulagée de découvrir qu'elle a un soutien-gorge intégré et qu'il convient magnifiquement à ma poitrine. La robe épouse bien ma taille, et le côté gauche de l'étoffe tombe en cascade délicate sur mes jambes. Elle est juste assez longue pour m'effleurer les chevilles. Je trouve une boîte renfermant de splendides chaussures à talons aiguilles, que j'hésite presque à essayer. Je n'en ai pas porté d'aussi somptueux depuis mes vingt ans et je me demande si je vais être capable de garder une démarche élégante une fois que je les aurai aux pieds.

Je n'ai jamais porté de couleur aussi osée et je m'observe, presque en état de choc. Le résultat est séduisant. La femme dans le miroir semble sexy, sûre d'elle, attirante. À côté du lavabo, je remarque une épingle à cheveux, ancienne et finement ouvragée. Je ramène ma chevelure en chignon lâche du même côté que mon épaule nue, puis mets l'épingle en place.

Ce détail ajoute une touche de raffinement à mon reflet. Plus aucun doute à présent : je vis bel et bien ma version personnelle de *Pretty Woman* et, jusque-là, elle est encore meilleure que l'originale, de mon point de vue en tout cas. Je ne peux me rappeler la dernière fois où j'ai été aussi bien habillée.

Je pourrais défiler sur le tapis rouge des Oscars peut-être, avec un peu plus de maquillage et une coiffure réalisée par un professionnel. Je m'autorise un dernier regard à mon reflet, si glamour que je me reconnais à peine, puis je me ressaisis avant d'entrer dans le salon.

Jeremy s'arrête et se tourne vers moi. Au moment où j'entre dans la pièce, il reste bouche bée. Je tente désespérément de ressembler à une femme raffinée et sûre d'elle, plutôt qu'à l'étudiante de fac désinvolte et maladroite qu'il a un jour connue, tandis que ses yeux assimilent mon apparence. Sa surprise et la franche admiration qui se lit dans ses yeux me disent qu'il aime ce qu'il voit.

— Eh bien... dit-il lentement. Oh ! Alexandra, maintenant c'est moi qui suis sans voix, tu es... absolument époustouflante.

— La robe est magnifique, Jeremy. Je ne sais pas quoi dire non plus.

— Non, c'est toi qui es magnifique. La robe ne fait que mettre en valeur tes meilleurs atouts.

Je ris, un peu inquiète en entendant ces mots, alors que ses yeux s'attardent avec admiration sur ma poitrine.

— Elle fait un peu plus que ça, Jeremy : elle cache le pire... Oh ! au fait, tu as oublié une seule chose.

— Vraiment ? demande-t-il, l'air surpris. Et qu'est-ce que c'est ?

— Les sous-vêtements.

Son visage reste sans expression.

— Une petite culotte ? poursuis-je.

Aucune réponse.

— Un slip, si tu préfères appeler ça comme ça ? J'en ai cherché partout dans le dressing, mais je n'en ai étrangement trouvé aucun.

Il semble finalement comprendre.

— Non, je ne l'ai pas oublié : tu portes tout ce dont tu as besoin.

Il tourne la tête, son regard pénétrant le mien.

— Tu sais que j'aime pouvoir te toucher librement, Alex, à tout moment. Cette simple pensée m'excite.

Il me lance un clin d'œil, et je rougis de nouveau si fort qu'on ne fait plus aucune différence entre la robe et moi. À cet instant, je remarque plusieurs douzaines de roses dans un vase sur la table. Je n'en ai jamais vu autant à la fois. Elles ne sont pas encore écloses, mais déjà d'un rouge sang profond, exactement comme la robe que je porte. Je les trouve superbes ; chacune d'elles est absolument parfaite. Je me dirige vers le vase pour les regarder de plus près et hume leur parfum entêtant. Jeremy se place derrière moi, son souffle léger dans mon cou. Comme je suis un peu plus grande en talons hauts, il n'a pas besoin de se pencher autant que d'habitude.

— Chacune d'elles représente les sensations que j'ai envie de t'offrir ce week-end. Imagine à quoi elles vont ressembler en pleine floraison, chacun de leurs pétales ouvert. Elles sont magnifiques maintenant, tout autant que tu l'es, Alexandra, mais imagine leur beauté quand elles s'épanouiront l'une après l'autre et atteindront leur plein potentiel.

Lorsqu'il parle, ses lèvres caressent légèrement ma nuque dénudée. Mon Dieu ! Ses lèvres et ses mots me font presque défaillir.

Ma voix est lente, essoufflée.

— On peut dire que tu es bien parti... En toute honnêteté, je n'ai jamais rien vécu de pareil, Jeremy, vraiment jamais.

— Et t'as encore rien vu, ma poule.

Il détend instantanément l'ambiance en prenant son léger accent américain.

— Il faut que nous portions un nouveau toast, déclare-t-il d'un ton cérémonieux.

Puis il me tourne le dos et entreprend de nous concocter quelque chose à l'aide de verres élaborés et de beaucoup de glace, disposés sur le buffet.

— Oh non ! Pas des *shots* de vodka ?

— Pas tout à fait, mais tu as bonne mémoire. C'est quelque chose de différent cette fois, tu vas voir...

Le ton et le regard de Jeremy me rappellent immédiatement l'un des rapports sexuels les plus ludiques, surprenants et séduisants auxquels j'ai jamais participé et qui restera sans doute le seul de ce genre dans toute ma vie...

Jeremy et moi avons finalement terminé nos examens de mi-semestre et sommes impatients de sortir un soir. Chacun a l'impression d'avoir gardé le nez dans ses livres pendant de longs mois. Juste au moment où on s'apprête à partir pour le pub à quelques pâtés de maisons de chez lui pour retrouver des amis et boire quelques bières, un orage bruyant éclate et laisse place à un déluge tonitruant. Jeremy et moi jetons un œil dehors avant de décider de rester chez lui pour boire quelques verres devant un film. L'idée nous plaît parce que nous sommes tous les deux vraiment épuisés d'avoir travaillé aussi tard toutes les nuits. Même si chacun est soulagé que le stress des examens soit passé, il nous manque encore un peu de sommeil pour être en pleine forme et faire la fête. Tandis que nous nous installons sur le canapé avec du cidre et du pop-corn, Patrick, le copain de Jeremy qui étudie aussi en médecine, fait irruption dans la pièce, trempé jusqu'aux os.

— T'as vu cet orage, mon pote ? dit-il en criant ces mots, alors qu'un craquement de tonnerre fait presque trembler les murs.

— Oh ! salut, Lexi, je t'avais pas vue. Ça va ?

J'ai toujours trouvé Patrick mignon. Il a un charme enfantin, mesure juste un peu moins d'un mètre quatre-vingts et a une carrure assez musclée grâce au rugby qu'il pratique dans l'équipe de l'université. En plus, il m'appelle Lexi.

— Salut, Pat. Ça va, merci.

— Entre, mon pote. Qu'est-ce que tu as pris dehors ! Tu es trempé !

— J'allais au pub pour retrouver tout le monde et je me suis retrouvé coincé là-dessous. J'espère que ça ne vous dérange pas.

— Pas du tout. On vient de décider de regarder un film. Ça nous soûlait de sortir avec ce temps. On préfère rester ici.

Une fois ses affaires dans le sèche-linge, il nous rejoint sur le canapé, une serviette de toilette blanche fermement attachée autour des hanches. Il a un très beau corps bronzé et des muscles fermes grâce à tous les abdos, tractions et tout ce que peuvent faire les rugbymen à l'entraînement. Oh oui ! tu peux continuer à m'appeler Lexi, *me dis-je... Il ouvre sa bière, et nous nous installons devant un film. Je suis assise à un bout du canapé, les jambes étendues sur les genoux de Jeremy, et Patrick à l'autre bout. Après notre deuxième tournée de boissons, Pat roule un joint. Il s'apprête à sortir pour l'allumer, quand Jeremy l'arrête.*

— Pas de souci, mon pote, il pleut toujours à verse dehors. Fume-le ici. On n'aura pas besoin d'arrêter le film.

Après avoir tiré une longue bouffée, il le passe à Jeremy qui ne perd pas non plus un instant pour envoyer l'essence du joint directement dans ses poumons. Il laisse l'effet s'installer, tire une bouffée plus courte et me propose le joint. Comme j'hésite, Jeremy m'encourage.

— Vas-y, tu as fini tes exams, détends-toi. On ne va nulle part ce soir et on est en vacances la semaine prochaine.

Tout à fait exact. Je prends donc le joint qu'il me tend et me concentre pour faire les choses comme il faut. C'est toujours tellement embarrassant quand on se plante ; tout le monde se dépêche alors de proposer son avis d'expert sur la méthode correcte pour fumer un pétard. Je vide mes poumons, puis les remplis lentement de fumée en résistant à l'envie de tousser et de la recracher. L'effet me monte aussitôt au cerveau, et je continue à me parler au cours du processus : « Tiens bon, tiens bon, tiens bon et souffle tout doucement. » Jeremy prend le joint du bout de mes doigts juste avant qu'il tombe, car tous mes membres se sont aussitôt relâchés. Je m'affale plus profondément dans le coin du canapé, envahie par une confortable sensation d'engourdissement.

Je tire une bouffée supplémentaire, et ça me suffit. Pendant un moment, je me satisfais de ce petit espace à moi. J'ignore totalement combien de temps les gars continuent à fumer ou ce qu'ils font. Je reprends connaissance vers la fin du film et découvre les garçons morts de rire.

Pas sûre de savoir pourquoi, mais il me faut moins d'une minute pour trouver ça hilarant aussi. Après la fin du film, des clips commencent, et Pat se met à danser autour de la pièce avec sa serviette, suivi de Jeremy. C'est très drôle à regarder avec les lumières stroboscopiques de la télé et le bruit de la pluie battante en fond sonore. Au moins, personne ne viendra se plaindre du volume. Jeremy essaie de me tirer du canapé pour m'entraîner avec eux, mais je me suis barricadée derrière les coussins.

— Non, vous êtes très bien là-bas tous les deux. Laissez-moi savourer ma position de voyeuse.

Et les voilà repartis dans des mouvements de danse encore plus compliqués et totalement ridicules, vu l'état dans lequel ils sont. Ils finissent par disparaître dans la cuisine pour revenir avec un plateau couvert de shots *de vodka. Je secoue la tête.*

— Oh non, pas après un pétard !

— Oh si, encore plus après un pétard, Lexi ! C'est

la meilleure façon. Après tout, on fête ce déluge post-exams, déclare Pat en se faisant rire lui-même.

Jeremy approuve avec la même hystérie.

Ils tentent de se taper dans la main, mais se ratent. Cette histoire devient vraiment de plus en plus drôle à regarder, et j'ai mal au ventre à force de rire.

— D'accord, Alex, tu descends deux shots *tout de suite, et on te laisse rester sur le canapé derrière ta barricade, propose Jeremy.*

— Tout à fait. La splendide princesse que tu es pourra trôner ici, dans son confortable château, ajoute Patrick.

Du génie pur et simple – quelle solution parfaite ! Tout ce que je souhaite à cet instant, c'est le doux confort du canapé et de tous les coussins que j'ai rassemblés au cours de la soirée.

— Un seul ?

Je n'aurais jamais dû prendre un ton interrogatif.

— Deux. Un pour Pat, un pour moi, et tu seras tranquille sur le canapé, pendant un moment en tout cas.

— Ça marche !

Je m'exclame comme si leur logique était tout à fait sensée.

— Santé.

— Aux nouvelles expériences, ajoute Jeremy, tandis que nous faisons tinter nos verres en nous regardant dans les yeux, comme le veut notre coutume.

Premier shot, *descendu. Deuxième* shot, *descendu.*

— Mince alors, c'est fort, la vodka, quand on avale comme ça un double shot.

Patrick me tend de la limonade pour apaiser la sensation de brûlure.

— Très aimable de ta part. Merci, Pat.

— À votre service, mam'selle, dit-il avec un sourire malicieux et insolent en tentant une révérence courtoise.

— Tu m'en vois ravie, réponds-je avec un clin d'œil.

Je suis soulagée lorsqu'ils me laissent me vautrer dans ma brume de vodka douce et enfumée pour continuer à danser et parader autour de la pièce.

Quand je parcours de nouveau le salon du regard, je remarque que Jeremy, comme Patrick, est vêtu d'une simple serviette sur les hanches.

— Vous vous croyez dans un harem pour hommes ? Regardez-vous, tous les deux. Vous êtes trop drôles.

Ils ont vraiment l'air absurdes, mais, plus je les observe, plus je note les mouvements de leurs muscles et la fermeté de leurs corps. Je rougis en imaginant qu'ils font tous les deux partie de mon harem personnel.

Puis, soudain, chacun se retrouve à mes côtés sur le canapé et me vole des coussins.

— Mais qu'est-ce que vous faites ? Rendez-les-moi, ils sont à moi, vous avez pas le droit, c'est pas juste.

Ils trouvent la situation à mourir de rire et me dépouillent de tous mes coussins, tandis que j'essaie de les récupérer.

— Allez, AB, ça fait un bail que tu es là. Ces coussins ne sont quand même pas plus importants que nous, non ? Lâche-les...

Et Jeremy plante alors un baiser sur mes lèvres, sa langue pénétrant dans ma bouche.

Je suis un peu stupéfaite qu'il fasse une telle chose devant son copain. Je regarde Patrick et remarque le même désir dans ses yeux que dans ceux de Jeremy.

Je comprends trop tard leur rapide signe de tête et, avant que j'aie le temps de réagir, Patrick attrape mes jambes, Jeremy, le haut de mon corps, et ils me portent vers le lit de Jeremy.

— Les gars !

Je ris et me tortille, tandis que la pluie continue à tambouriner.

— Qu'est-ce que vous faites ?

— Ce sera plus équitable si tu portes aussi une serviette. On veut juste jouer un peu.

Ils me jettent doucement sur le lit. Jeremy déboutonne mon jean et fait descendre la fermeture.

— Soulève-la un peu, Pat.

Il me cambre le dos pour que Jeremy puisse faire glisser mon jean.

— C'est bon, redresse-la.

Jeremy fait glisser mon t-shirt par-dessus ma tête.

Je le regarde droit dans les yeux, perplexe, ignorant ce que je devrais faire ou ressentir. Ou plutôt ce qui se passe exactement. Puis il s'arrête et me demande calmement :

— Tu veux qu'on arrête ?

— Non.

Je secoue lentement la tête. Je ne veux pas qu'ils s'arrêtent. Quelle personne saine d'esprit refuserait d'être satisfaite par deux hommes virils et musclés par une nuit sombre et orageuse ? Certainement pas moi ! La chaleur dans mon ventre se propage aussitôt vers des zones plus sensuelles.

Il me lance un immense sourire.

— C'est bon, MB. Je sais que tu as envie de jouer autant que nous. Nous te promettons notre attention exclusive. Détends-toi et profite !

— MB ?

C'est nouveau, ça.

— Ma Belle, voyons !

Il se tourne alors vers Patrick.

— Défais son soutien-gorge et enlève son slip pendant que je la tiens dans cette position.

J'ai vraiment du mal à croire ce qui est en train de se passer et je suis tout à fait fascinée par la masculinité nue et torride qui m'entoure – totalement émoustillée par l'idée de ce qui va suivre. Est-ce que c'est vraiment en train de m'arriver ? Il semble bien que oui.

C'est mon jour de chance ! Alors, je les laisse m'installer sur le lit, entièrement nue, impatiente de connaître leurs prochains gestes, et leur permets de jouer avec moi, de me caresser les seins, de me mordiller les lobes, de m'embrasser le ventre, de me partager, de me sucer, de me sonder. Je ferme les yeux, les ouvre, et vois Jeremy me sucer les tétons. Gémissante, je referme les yeux, puis les rouvre pour voir Patrick tracer de sa langue une ligne langoureuse à l'intérieur de ma cuisse.

Ils explorent ensemble quelques parties de mon corps, puis séparément, et de nouveau ensemble, chacun trouvant sa façon unique de m'emmener vers des sommets de plaisir indomptable.

Cela dure des heures.

Et c'est spectaculaire.

Ma tête repose sur les genoux de Patrick, toujours enveloppé dans sa serviette, tandis qu'ils entament une conversation de type anatomique. Je ne fais même pas semblant d'essayer de la suivre. Il me caresse les cheveux et les étale sur ses jambes croisées, alors que Jeremy est étendu à côté de nous. Patrick approche un pétard de mes lèvres, et j'inspire légèrement, les yeux levés vers lui. Vraiment détendant étant donné que je suis déjà allongée. Je suis contente que leurs mains et leurs bouches aient cessé de concentrer toute leur complexe attention sur mon plaisir. J'ai l'impression que mon corps et mon esprit flottent.

Pat me touche le front.

— Lexi, tu es brûlante. Tu te sens bien ?

— Ouais, super, je crois, mais c'est vrai qu'il fait très chaud. On étouffe là-dedans.

— Pas surprenant.

Ils rient.

— Je vais chercher le thermomètre, propose Jeremy.

— Pas besoin, J, dis-je en riant avec eux.

Les doigts de Patrick continuent à me caresser les cheveux, et cela me rend sereine. J'inspire profondément et je me laisse dériver vers une brume vaporeuse. Je suis ramenée à la dure réalité, lorsque Jeremy lance mes jambes sur ses épaules, écarte mes fesses et introduit le thermomètre dans mon anus, probablement lubrifié, car il entre sans problème. J'essaie de me redresser, mais Patrick me maintient calmement en place sur ses genoux et ramène mes épaules vers le lit.

— Jeremy ! Mais qu'est-ce que tu fais ?

— Je prends ta température, AB. Ce serait dommage qu'il t'arrive quelque chose de grave, alors que nous pouvons prendre toutes les précautions nécessaires. Nous sommes tous les deux presque médecins, tu sais.

— Je vais très bien. Sors ce putain de truc de mon cul.

— Reste tranquille encore une petite minute. Ce serait fâcheux que du mercure coule dans ton petit trou sensible, non ?

Ses mots, crédibles ou pas, garantissent que je ne bouge pas un muscle, jusqu'au retrait de l'objet barbare.

— Oh ! mais oui, cher collègue, vous aviez raison.

Trente-huit cinq. Bon diagnostic. Par chance, j'ai justement le remède qu'il faut pour faire baisser cette fièvre.

— Je n'ai pas de fièvre, Jeremy, espèce d'idiot.

Je recommence à me tortiller.

— Veuillez calmer la patiente, docteur McCluskey.

Patrick me bâillonne rapidement la bouche de ses larges doigts. Jeremy me remonte les bras au-dessus de la tête, et Patrick les plaque contre le lit d'un geste serviable à l'aide de ses solides jambes de rugbyman. Je grogne sans vraiment parvenir à former un son quelconque.

Et qu'est-ce qui va se passer maintenant ? Ils doivent être épuisés. En tout cas, je le suis.

Mais pas eux, finalement.

Jeremy dévoile un seau à glace plein de glaçons qu'il pose sur le lit. Il entreprend alors de faire glisser un cube très lentement sur la peau à l'intérieur de mon bras, décrit des cercles dans mon aisselle, longe mon buste, puis répète les mêmes gestes de l'autre côté. Mon corps commence à réagir à la sensation de la glace qui glisse et goutte sur ma peau surchauffée. Au moment où il atteint mes seins, il décrit cercle après cercle et reprend des glaçons à mesure qu'ils se désintègrent en gouttelettes sur ma peau brûlante. Pendant que Jeremy me titille les tétons, Patrick fait langoureusement glisser un cube de glace sur mes lèvres, le pousse dans ma bouche et joue avec ma langue. Mes bras, engourdis sous le poids de ses jambes, deviennent des armes de contestation inutiles. Ayant soif de cette glace dans ma bouche, je le laisse me tourmenter jusqu'à ce que chaque cube ait glissé au fond de ma gorge. Concentrée sur cette sensation, je remarque à peine que Jeremy en a terminé avec mes tétons et poursuit sa mission plus bas, laissant un petit tas de glace tourner autour de mon nombril. Patrick s'assure que mes tétons ne se sentent pas négligés un seul instant et prend le relais là où Jeremy s'est arrêté. Je suis littéralement submergée par cette stimulation sensorielle. Jeremy entreprend d'appliquer minutieusement de la glace sur toute ma vulve, provoquant des frissons dans tout mon corps. Il finit alors par glisser adroitement un glaçon dans mon vagin. Mon dos se creuse aussitôt.

— S'il vous plaît..., dis-je, le souffle coupé, à quelqu'un, à n'importe qui.

Jeremy glisse un autre glaçon au plus profond de moi. La sensation du cube glacé que l'on pousse dans un conduit aussi chaud provoque des palpitations à travers mon corps, alors qu'il tente d'expulser cet envahisseur dur et gelé, mordant dans ma chair hypersensible. Avant qu'il n'y parvienne, Jeremy, le regard complètement absorbé par l'impact de ses actes sur mon corps, force doucement un autre glaçon à suivre le même chemin.

Juste au moment où je ne peux plus supporter le combat du feu et de la glace en moi, Jeremy serre mes jambes fermement l'une contre l'autre, les emprisonnant des deux côtés entre ses cuisses et dévore ma bouche de la sienne. Comme ma tête repose sur les genoux de Patrick, je sens son érection palpitante sous mon crâne. Il se repositionne pour appliquer encore une fois de la glace sur mes aisselles étonnamment sensibles, puis libère mes bras bloqués sous ses jambes et les plaque le long de mon corps, piégeant ainsi la glace sous mes aisselles. Jeremy fait en sorte que ma bouche et mon conduit soient inondés de glace, puis réfrène mes mouvements à l'aide de son corps. Je me sens comme un igloo inversé. La sensation de l'intense chaleur sur ma peau et de la glace dans mon corps ne ressemble à rien de ce que j'ai jamais vécu.

Mon être tout entier ondule sous l'effet de ce mélange de feu et de glace ; il est pris de tremblements incontrôlables, tandis que la chaleur de mon corps dévore la glace avec agressivité dans mes cavités buccale et vaginale. Les glaçons importuns rivalisent avec l'habitat naturel qu'ils envahissent, alors que cette surcharge sensorielle m'engourdit le cerveau.

Je ne peux pas crier. Je ne crie pas.

Les garçons ne me libèrent pas avant que la fonte des glaces ne soit achevée.

Lorsque c'est fait, Jeremy se penche pour extraire les sucs dilués qu'il a créés en moi, jusqu'à la dernière goutte. Bien que dévorée par le gel, je suis humide de désir et j'explose comme un volcan.

— Tu vois, Alex, je t'ai dit plein de fois qu'un toast sincère à la vodka ne peut provoquer que de bonnes choses. Sacrée expérience, tu n'es pas d'accord ?

Je suis trop exténuée pour faire la moindre remarque.

Chose étrange, je n'ai jamais vraiment découvert s'ils avaient tout prévu de cette façon, ou si toute l'aventure est le simple résultat de cette soirée...

J'essaie de déloger ce souvenir obscène de mon esprit et de me concentrer sur ce que fait Jeremy exactement.

— Ça a l'air très technique. Qu'est-ce que tu peux bien être en train de préparer là-bas ?

— Ça ne l'est pas tant que ça, mais autant faire en sorte que ce soit mémorable. Ce n'est pas comme si on se voyait très souvent, après tout. J'espère que cela ne te dérange pas, j'ai opté pour la version Hemingway, puisqu'on est vendredi après-midi. Celle-ci est un peu plus compliquée que la version française, et la version bohémienne déclencherait à coup sûr l'alarme à incendie.

Son explication ne fait qu'ajouter à ma confusion.

Il lève solennellement deux verres givrés de lait opalescent et me tend l'un d'eux.

Je porte le verre à mon nez et renifle le contenu, les sourcils levés en signe de méfiance. L'odeur est très sucrée et révèle une note d'anis ou de réglisse.

— C'est la boisson de Vincent Van Gogh, d'Oscar Wilde, d'Ernest Hemingway.

Si c'est destiné à m'éclairer, c'est raté. Avant que j'aie une chance de l'interroger plus précisément, il porte un toast.

— À toi, Alexandra, à l'exploration et à la découverte d'une version éclairée de ton être. Et, bien sûr, à l'épanouissement de tes roses, ajoute-t-il avec un clin d'œil malicieux et complice.

J'ai beau porter la plus belle robe de ma vie et me sentir plus glamour que jamais, nous sommes tout à coup de retour à la fac, sur le point de nous embarquer ensemble dans une aventure ludique et novatrice – encore une fois. Je suis aussi excitée et inquiète qu'un petit enfant en route pour son premier parc d'attractions, et je me laisse entraîner dans le tourbillon mystérieux et attirant de ce week-end, consciente que Jeremy ne me fera jamais vraiment de mal.

Et, pour de nombreuses raisons, je sais qu'il vaut mieux ne pas décliner son offre.

— *Skol*.

— *Slàinte*, réponds-je

Fidèles à notre tradition, nous trinquons dans la langue de l'un des pays que nous avons visités ensemble.

Je le regarde droit dans les yeux avant de laisser le liquide glacé glisser doucement dans ma gorge. Son degré d'alcool se fait sentir à une vitesse inquiétante et me réchauffe le sang sans détour.

— À la bonne heure, je savais que tu ne me décevrais pas. C'était écrit : ce week-end devait arriver.

— Mais qu'est-ce que c'est que ça, Jeremy ?

— De l'absinthe, ma chérie, la fée verte.

Jeremy pose son verre et se dirige vers moi avec lenteur et assurance. Je ne parviens pas à définir précisément son regard.

— Alors, Alexandra, es-tu prête à dire au revoir maintenant ?

Je le regarde, perplexe.

— On vient seulement de se dire bonjour. Je croyais que tu avais besoin de moi pendant deux journées entières.

Les effets de l'absinthe infiltrent mon cerveau, et je me demande ce qu'il entend par là.

— Je veux dire qu'il est temps de tenir ta promesse.

Il me prend la main et me caresse très doucement la paume, ses doigts effleurant à peine ma peau. Je prends une profonde inspiration et j'essaie de rester aussi calme et constante que possible.

— Tu veux dire que je dois rester tout le week-end ? Jeremy, tu sais que je te l'ai déjà promis. C'est d'accord, je vais rester.

J'essaie de paraître décontractée, mais mes paroles semblent faibles et inutiles. Jeremy peut sentir mon pouls qui s'accélère, car ses doigts sont astucieusement placés à l'intérieur de mon poignet. À quoi pensais-je ? Essayer de duper un médecin ? Essayer de duper Jeremy ?

— Tu joues avec moi, Alex. Tu sais exactement ce que tu m'as promis.

Il continue à observer mon pouls, tandis que j'essaie de poser mon regard ailleurs, n'importe où, mais pas sur lui.

— Oh ! tu veux dire dans le bain ? C'est de ça que tu veux parler ?

Il secoue la tête avec dédain, mais toujours un sourire aux lèvres.

— Oui, MB, c'est exactement de ça que je parle. Tu ne pensais pas que j'avais oublié, non ?

Ses paroles sont lourdes de sous-entendus sur notre passé et évoquent tout aussi parfaitement le moment présent. Je m'écarte de lui pour essayer de mettre une distance physique et affective entre nous.

— De quoi ça parlait déjà ? Je n'étais pas totalement concentrée sur notre discussion à ce moment-là. Quelque chose à propos de la conférence... Les sens, c'est ça ? dis-je avec désinvolture, dans l'espoir de détendre l'atmosphère.

Mais une partie de moi regrette déjà d'avoir posé la question, car il garde le front plissé, et son silence se fait pesant.

— Tu n'étais pas sérieux, Jeremy, non ? Bien sûr que non. Je pensais que tu me taquinais simplement, tu sais, que tu voulais juste amplifier l'intensité du moment...

Il m'interrompt.

— Je t'ai demandé de me promettre deux choses. Pas de vision, pas de questions.

Il marque une pause lourde de sens.

— Pendant quarante-huit heures. C'est tout simple. Rien qu'une femme vive et intelligente comme toi ne soit en mesure de comprendre, j'en suis sûr.

Mes paumes deviennent moites. Il poursuit d'un ton sérieux et direct.

— Alexandra, tu sais mieux que personne que je ne plaisante absolument jamais avec les promesses.

Il me regarde intensément, mais me laisse garder mes distances. Oh ! bon sang, il était sérieux, il veut vraiment que je tienne parole. Classique. Juste au moment où je commençais à me détendre et à m'amuser. C'est du Jeremy tout craché : il donne soudain à la situation une tout autre dimension, et cela me met de nouveau complètement à cran. Je sais très bien qu'il a raison. Il prend les promesses bien plus au sérieux que personne d'autre à ma connaissance. À quoi pensais-je en promettant une chose aussi stupide et irréfléchie ? Tout ça pour obtenir la courte satisfaction d'un orgasme hallucinant. Ah ! mais quel orgasme..., et je n'en avais pas eu depuis tellement, tellement longtemps... La certitude d'en connaître d'autres au cours du week-end est presque insupportable. *Concentre-toi !* me dis-je sévèrement.

— Eh bien, Jeremy, réponds-je d'un ton sérieux en essayant de renforcer ma détermination et de tenir bon. Tu m'as arraché cette promesse sous la contrainte et tu sais aussi bien que moi que ça ne compte pas.

J'espère seulement que mon langage et mon énergie sont à la hauteur des siens, car c'est mon dernier recours pour me sortir de cette situation.

— Ah. Donc, tu n'as pas oublié. On progresse. Tu appelles vraiment ça de la contrainte, ma chérie ? Il m'a pourtant bien semblé que tu y prenais un grand plaisir.

Ses mots sont aussi ironiques que son sourire.

— Malgré tout, cela ne veut pas dire que je n'y ai pas été contrainte. Tu savais que j'étais en position de faiblesse et tu en as simplement profité.

J'essaie de paraître convaincante.

— Tu es prête ? demande-t-il fermement.

De toute évidence, le temps de la discussion est terminé.

— Vraiment ? Tu tiens à aller jusqu'au bout de cette stupide histoire de promesse ? C'est tellement idiot, complètement absurde, vraiment. Nous n'avons pas besoin de ça pour notre week-end ensemble, Jeremy. Ce serait tellement plus agréable de passer du temps tous les deux sans..., enfin, sans... sentir cette tension entre nous, sans jouer à un jeu. On est adultes maintenant ; tout ça ne sert à rien. C'est franchement puéril.

Mon inquiétude croissante laisse place à une légère exaspération.

Ses yeux se plissent et se concentrent sur les miens, tandis qu'il avance vers moi. Je recule instinctivement d'un pas. Comme par excès de prudence, je ne peux pas m'empêcher de vouloir échapper à cette sensation enveloppante de danger, aussi séduisante qu'elle puisse être. Il continue à se rapprocher de moi. Je fais un nouveau pas en arrière et je m'aperçois que j'ai atteint le bord de la table. Qu'est-ce que je suis censée faire maintenant ? Courir ? M'enfuir loin de mon meilleur ami, de mon ex-amant me semble ridicule. Je ne veux pas fuir, et là est tout le problème. Il faut que je parvienne à le raisonner.

— S'il te plaît, Jeremy, je t'en prie, est-ce qu'il faut vraiment que tu fasses ça ? dis-je avec insistance, le suppliant presque de me laisser du temps et de l'espace.

Il pose un bras de chaque côté de mon corps et me coince fermement contre la table. Il se presse contre moi, mon espace vital disparaît et je n'ai d'autre choix que de tenir bon ou de m'allonger sur la table. Je sens son regard qui me pénètre et cherche mon âme avec colère, et je sais que je dois éviter à tout prix de poser mes yeux sur lui. Car, si je le fais, son regard me transpercera et accédera à mes pensées secrètes.

Il n'a plus besoin de palper mon poignet maintenant ; il peut sentir les battements de mon cœur dans mon corps tout entier. Tel un pilote de Formule 1, mon pouls ne connaît qu'un rythme : rapide.

— Alex, di-il d'un ton ferme, dominateur.

Je sens sa patience qui diminue rapidement.

— Tu as promis ; tu sais ce que ça signifie entre nous. Aucun de nous deux ne fait jamais de promesse qu'il ne pourra pas tenir, à lui-même ou à l'autre. C'est ainsi que ça se passe depuis qu'on s'est rencontrés. Cette parole tenue est ce qui nous lie.

L'intensité de ses mots et la force de sa réaction m'étourdissent momentanément. Je ne m'attendais pas à une telle charge émotionnelle.

Un puissant frisson me parcourt le dos. Le souvenir de ma promesse à la fac me revient comme par hasard et fait apparaître les mêmes images qu'avant. Ses paroles avaient alors un ton et une finalité semblables.

— Tu sais que je suis sérieux, Alexandra. Je ne laisserai pas passer ça.

Mais me laisseras-tu partir ? Est-ce que je veux partir ? Ces questions muettes dérivent lentement à travers mon esprit.

Quand il prononce mon prénom en entier, je sais qu'il ne faut pas plaisanter avec lui.

L'air entre nous est chargé d'émotion, d'attente et d'énergie contenues. Il y a tant de choses que je voudrais dire, tant de mots qui ne sortent pas de ma bouche. Que dire ? Comment protester ? Quelle est mon échappatoire ? Pourquoi est-ce que je reste ici, au lieu de refuser cette situation ? Je dois bien pouvoir faire quelque chose. Mon esprit est vide. Est-il possible que je souhaite cette réalité ? Est-ce que je la désire ? Est-ce qu'il a mis le doigt sur une chose que je refuse d'admettre depuis des années ?... Oh non ! Je viens de lui donner l'ouverture qu'il cherchait.

Je continue à sonder ses yeux dans l'espoir de trouver plus d'explications à l'importance de cette promesse pour lui. Pourquoi être si tenace ? Je sais que c'est dans son caractère. Il a toujours été déterminé, toujours gagnant, mais pourquoi maintenant ? Qu'est-ce qu'il a à y gagner ? Qu'est-ce que je pourrais y perdre ? Je ne comprends pas. Il a dû sentir mon esprit analytique se mettre en marche, car sa voix interrompt brusquement mes pensées.

— Ça suffit ! C'est maintenant ou jamais, proclame-t-il d'une voix retentissante. Décide-toi.

— Est-ce que c'est vraiment moi qui décide, Jeremy ? dis-je d'une voix tremblante d'émotion.

— C'est toujours à toi de décider, Alex, ne l'oublie jamais. Tu n'étais pas obligée de me faire cette promesse et je ne te force pas à rester. Je t'expose simplement les conditions au cas où tu le ferais.

Oh ! Jeremy, génie suprême.

Il me prend les mains et m'emmène doucement vers la seconde chambre de la suite. Je sens mon cœur accélérer aussitôt. Je n'arrive pas à deviner si c'est à cause de l'absinthe, de l'adrénaline ou par pure émotivité. J'essaie de me dégager légèrement de son emprise, en vain. *Oh ! bon sang*, me dis-je, *dans quel pétrin me suis-je mise ?* Tandis que mes yeux parcourent la pièce, je remarque un élégant bandeau de soie, qui tombe en cascade sur le bord d'un petit écrin luxueux.

Le bandeau est de la même couleur que ma robe et orné de fine dentelle noire. Sur la table de chevet se trouvent également un petit carré de velours, un minuscule flacon de pommade et un autre de collyre. Mon cœur se met à battre de façon erratique, tandis que mes pieds s'enracinent fermement sur le pas de la porte.

Une voix dans ma tête me crie : *« Va-t'en tout de suite ! Secoue-toi et cours. Tu es en train de le laisser te dominer. Ce n'est pas bien, ce n'est pas ce que tu veux. Tu es une mère, une épouse. Remue-toi, pars d'ici. Ne participe pas à ça. »* Mais une autre voix prononce quatre mots tout simples : *« Que la fête commence ! »* Je me mets à trembler. Jeremy me serre contre lui d'un geste possessif. Comme un gros ours brun paradoxalement amoureux de sa proie. Mes bras tombent le long de mon corps.

— Pourquoi est-ce si dur pour toi, Alex ? Ce week-end est censé t'exciter, te griser, pas te faire trembler comme la feuille d'un arbre qui tente de lutter contre les vents violents d'une tempête.

Sa voix est grave, affectueuse, caressante. Ses mots résument mes sentiments avec plus d'éloquence que je ne pourrais le faire moi-même.

— Pourquoi est-ce si important que je me soumette, Jeremy ?

— Tu m'as fait une promesse.

— J'ai l'impression que c'est bien plus que ça, alors, dis-le-moi, je t'en prie, dis-moi simplement ce qui se passe. Pourquoi est-ce si important pour toi ?

— Laisse-moi passer ce moment avec toi. Il ne durera pas toute la vie. Je vais m'occuper de toi, je te le promets. Quand ne l'ai-je pas fait ?

Je laisse échapper un autre long soupir, consciente

que sa dernière remarque est vraie. Nous avons vécu des périodes tumultueuses ensemble, mais il a toujours fait attention à moi. Je me sens totalement perdue. Jeremy me dit que j'ai le choix de rester, mais je n'en ai pas l'impression. Est-ce une perception exacte ou le simple fruit de mon imagination ? Honnêtement, je l'ignore. Submergée par mes pensées et mes émotions, je remarque alors une corbeille de pommes rouges aux formes parfaites, placée au milieu de la table ronde. Étrange que je ne les aie pas remarquées plus tôt ; leur symbolisme est tellement flagrant. Pendant un instant fugace, je pense à ce qu'Ève a dû ressentir quand le serpent l'a incitée à manger la pomme.

Elle savait sans doute que ce n'était pas une bonne idée, mais devinait peut-être aussi que le destin lui offrait un chemin tout tracé, en dépit de ses actes. Était-elle destinée à jouer ce rôle dans l'histoire biblique parce que la tentation était prédéterminée, la laissant sans aucun recours ? Ou a-t-elle fait ce choix uniquement de son propre gré et croqué dans la pomme juste pour voir ce qui allait se passer ? Ce débat interne ne m'aide pas du tout à résoudre mon dilemme immédiat.

— J'hésite, Jeremy, je ne sais pas quoi faire.

En mon for intérieur, je sais que ce ne sont pas les termes à employer devant l'homme en face de moi. Néanmoins, sa réaction me prend totalement au dépourvu.

— Je sais que je t'en demande beaucoup, mais souviens-toi : cette idée m'a été inspirée par ta conférence de cet après-midi. Tout au moins, ce sera une expérience instructive pour toi, et je sais que tu n'as jamais refusé une occasion de parfaire ton éducation. Je sais à quel point c'est important pour toi. Songe à ce que tu fais endurer à tes clients et à tes étudiants pour qu'ils atteignent l'épanouissement. Est-ce si différent ?

Le seul changement, c'est que je *te* demande de subir cette expérience. Je t'offre l'opportunité de comprendre par toi-même l'impact de l'absence de stimulation visuelle, d'explorer la privation sensorielle, le sujet même de ton domaine d'expertise. Il se pourrait bien que ce soit le commencement d'une toute nouvelle thèse pour toi, le début d'importantes recherches basées sur l'expérience personnelle, chose que tu n'aurais peut-être jamais envisagée autrement.

Il s'arrête afin d'évaluer ma réaction à son raisonnement, qui a au moins l'avantage de me faire réfléchir. Au fond de moi, j'admets à contrecœur que sa proposition m'intrigue, mais je ne suis tout simplement pas sûre d'être assez courageuse ou assez forte pour tenter cette expérience à un niveau aussi personnel.

— Je n'ai pas envie que tu partes maintenant. Je veux être avec toi, te toucher, me rapprocher de toi. Tu es sublime, et je sais que tu en es consciente, je le vois dans tes yeux. Je te veux, Alex, et, pendant les quarante-huit prochaines heures, je veux t'emmener là où tu ne t'es jamais autorisée à aller. Je veux supprimer toutes tes limites, je veux accéder à l'essence de ton être, te présenter de nouveau à toi-même. Je sais au fond de moi que c'est comme ça que nous pouvons atteindre ce but. S'il te plaît, fais-moi confiance. Laisse-moi t'emmener dans ce voyage de découverte. Offre-toi à moi.

La voix de Jeremy est hypnotique, mon cerveau et mon cœur absorbent ses mots comme des éponges. Son charisme, sa présence sont à la fois séduisants et enivrants.

Je suis maintenant submergée par ses paroles exactement comme je l'étais par son toucher quand nous prenions notre bain ensemble.

Il m'emmène jusqu'au bord du lit et me fait asseoir. Tout est comme une transe, tout devient paisible. Je me sens pleine d'énergie, mais calme.

— Tu sais que je t'ai toujours aimée, Alexa, je ne te ferais jamais de mal.

Sa voix est douce ; elle caresse mon corps pour le détendre, mon esprit pour qu'il cède. Je hoche légèrement la tête comme pour dire « Je sais, je comprends », mais mes pensées restent muettes, inexprimées.

— Tu sais que, depuis l'instant où nous nous sommes rencontrés, je n'ai jamais connu personne d'autre comme toi et je sais que ça n'arrivera plus jamais.

Ses doigts me caressent le front, ses paumes se posent sur mes tempes.

— Ne bouge pas, Ma Belle, laisse-moi m'occuper de toi.

La peur qui m'a d'abord freinée vient de quitter mystérieusement mon corps et laisse place à un état de paisible conscience. Il est serein à présent, alors que mon esprit dépend de chaque mot de Jeremy. Je ne suis pas sûre que je pourrais me lever du lit, même si j'essayais sur-le-champ.

— Me laisseras-tu faire maintenant ?

Je me sens hocher la tête légèrement.

— Tu ne vas pas lutter contre moi ?

Ma tête bouge d'un côté sur l'autre. Ses mains poussent mes épaules avec douceur, mais avec fermeté, afin de me coucher lentement sur le lit.

— Regarde-moi, Alexandra.

Je plonge mes yeux dans les siens.

— Es-tu prête à faire une croix sur ton sens de la vue pendant les quarante-huit heures qui vont suivre ?

— Oui, dis-je doucement.

Pendant que ma réponse monte dans les airs, une larme lente coule de mon œil sur le lit, peut-être due à l'émotion contenue dans la décision que je viens de prendre. Il embrasse la trace de larme sur ma joue avec sincérité, comme pour me remercier de lui concéder ce pouvoir sur moi. Ses doigts me relèvent le menton, renversant ma tête dans sa main.

— Merci.

Il écarte doucement les cheveux détachés qui sont tombés sur mon visage et dépose adroitement deux gouttes de collyre dans chacun de mes yeux. Tandis que je bats des paupières, la pièce devient rapidement terne et floue.

— Ferme les yeux pour moi.

Je prends une profonde inspiration et les ferme avec lenteur. Je sens un pinceau léger étaler tout doucement de la pommade sur mes paupières, qui deviennent très lourdes. Il suffit de quelques instants pour que le monde disparaisse complètement de ma vue, alors que m'entoure l'obscurité.

Mais qu'est-ce que je viens de faire ?

Troisième partie

La vie est faite d'une succession de leçons qui doivent être vécues pour être comprises.

Ralph Waldo Emerson

— Comment te sens-tu ? me demande-t-il.

— Un peu désorientée.

Je me redresse sur le lit avec précaution. C'est une sensation vraiment étrange, comme si je faisais un rêve tout noir. Je ne peux pas ouvrir les paupières ; ce sont des poids morts sur mon visage. Je ne cesse de tourner la tête, à la recherche de lumière, mais, bien entendu, il n'y en a pas.

— Alors, est-ce que c'était vraiment si compliqué ? me taquine Jeremy.

— Ce n'était pas facile, je peux te l'assurer. Et je ne me rappelle pas que tu te sois proposé de prendre ma place.

— Il s'agit de toi ce week-end, ma chérie, pas de moi.

Je ne veux pas m'engager de nouveau sur ce terrain-là.

— Qu'est-ce que c'était ? Ce que tu as mis sur mes yeux ?

— Sois tranquille, rien qui ne respecte les critères pharmaceutiques les plus stricts. Je ne te mettrais jamais en danger. Je suis médecin, rappelle-toi, je prends mon serment très au sérieux.

Génial, il détient l'autorité morale et l'accès à tous les médicaments qu'il désire.

— C'est très rassurant, docteur Quinn, étant donné ma situation actuelle.

Il rit.

— Dis-moi : sincèrement, est-ce que ça va ? Est-ce que je peux t'aider ?

— Je suis sûre que je vais avoir besoin d'aide pour tout, maintenant que tu m'as rendue complètement aveugle ! Tu es certain que ce ne sera pas irréversible ?

— L'effet de ces gouttes dure vingt-quatre heures, plus ou moins. Je t'en remettrai demain. Préviens-moi quand leur action faiblira.

— Pas de problème. Je ne manquerai pas de t'en informer à la seconde où je percevrai la moindre lumière.

Mon ton est mêlé de sarcasme. Je lève la main pour me toucher les yeux. Mes paupières ont l'air si lourdes, si bizarres.

— Oh non, ne fais pas ça, dit-il en écartant ma main.

— Tu ne dois toucher absolument à rien. C'est dans ce but que tu porteras aussi un bandeau, pour te rappeler de laisser tes yeux tranquilles.

— Pas question ! Ce ne sera pas nécessaire. Je n'y vois rien.

— C'est nécessaire et tu vas bel et bien le porter.

Il passe le bandeau autour de ma tête. Il est doux comme de la soie et se place parfaitement sur mes yeux.

— Eh bien, dis-moi, encore quelque chose qui me va comme un gant. Est-ce que tu l'as fait faire sur mesure ? dis-je pour plaisanter.

Pas de réponse.

— Jeremy ?

Un long silence.

— En fait, oui, Alex, c'est exactement ça.

* * *

— Viens avec moi.

Jeremy me tient par les mains et m'aide à me lever du lit avec précaution. J'oublie que je porte des talons hauts et trébuche un peu avant de retrouver mon équilibre.

— Ouah ! C'est vraiment très bizarre.

Il passe son bras autour de ma taille et m'emmène hors de la deuxième chambre d'un pas plutôt incertain. J'ai l'impression d'être une invalide. Je suis stupéfaite de m'être laissée faire : je me retrouve aveugle et vais être totalement dépendante de Jeremy tout le week-end.

Je me sens nerveuse et tendue, mais aussi excitée d'une certaine façon, puisque je ne sais pas à quoi m'attendre. Mon impression onirique s'est dissipée ; alors, j'espère que je ne suis pas en train de pénétrer dans un sombre cauchemar.

— Tiens, asseyons-nous sur le canapé.

Il me guide vers les doux coussins de velours. Je cherche des accoudoirs de chaque côté de mon corps, mais il n'y en a pas. Je me demande comment font les personnes aveugles chaque jour de leur vie. Sans savoir comment ou quand se passent les choses. Une voix positive en moi se félicite silencieusement d'avoir pu passer du temps dans la suite un peu plus tôt. Au moins, les environs me sont un peu familiers.

Un coup à la porte me fait sursauter.

— Reste ici, je reviens tout de suite.

Ses mains quittent les miennes avant que je puisse répondre. Jeremy salue brièvement la personne à la porte pendant que je reste assise sur le canapé en silence, comme une parfaite idiote avec un bandeau sur les yeux. Je suis profondément embarrassée.

J'entends le bruit d'assiettes que l'on dispose avec efficacité et d'une bouteille qui atterrit dans la glace – peut-être du champagne mis au frais ? Un vague arôme de nourriture flotte dans la pièce. Il n'y a aucun dialogue entre Jeremy et ces gens, tandis que ceux-ci vaquent à leurs occupations et se retirent aussi vite qu'ils sont arrivés. J'entends Jeremy les remercier et refermer soigneusement la porte derrière eux.

Il s'assoit à côté de moi sur le canapé et place un verre de champagne dans ma main.

— Merci, Alex, ça signifie beaucoup pour moi.

C'est tellement étrange de ne rien voir que je ne trouve pas mes mots ; alors, je ne dis rien. J'entends nos verres tinter l'un contre l'autre et je ressens un besoin désespéré de descendre les bulles d'un trait. J'avale autant de champagne qu'il m'est physiquement possible de le faire, car le besoin d'en boire est devenu à ce point urgent pour moi.

J'ai soudain l'impression de ne plus du tout pouvoir me maîtriser maintenant que la réalité me tombe dessus comme une brique sur la tête. Je me prends à rêver d'un autre *shot* d'absinthe pour m'insensibiliser à cette situation. Mais qu'est-ce que j'ai fait ? Tout peut arriver à présent... Je me suis littéralement offerte à lui sur un plateau. Bah, qu'est-ce que ça change si je bois encore un verre de champagne ? Au moins, si je m'évanouis, je ne me rendrai plus compte que je perds les pédales.

La voix rationnelle dans ma tête met rapidement en doute le bon sens de cette logique un peu particulière. Je ne cesse de porter mon verre à mes lèvres, mais il doit déjà être vide puisque plus rien n'en sort.

— Holà, Alex ! Tu ne bois jamais aussi vite !

— Non. Jamais, Jeremy.

Je retrouve finalement ma voix.

— Mais les situations extrêmes peuvent engendrer un comportement extrême.

Je tends mon verre quelque part dans l'espace devant moi.

— Pourrais-tu me servir un autre verre, s'il te plaît ? Ce champagne est délicieux.

— Tu es sûre ? demande-t-il avec hésitation.

— Oh oui ! Je suis tout à fait sûre de vouloir un autre verre de champagne. Je serais ravie de me servir moi-même, si tu voulais bien avoir la gentillesse de me guider vers la bouteille, mais ça m'embêterait beaucoup d'en renverser sur cette superbe moquette cinq étoiles, dis-je d'un ton tranchant.

— Tu es en colère contre moi ?

Quel expert en émotions ! me dis-je avec sarcasme. Peut-être que son « quotient émotionnel » n'est pas tout à fait celui que je pensais, après tout. Ou peut-être que si ? Je ne suis pas tant fâchée contre lui que contre moi-même, parce que, pour commencer, j'ai permis à cette situation ridicule d'avoir lieu. La réalité de ma cécité m'a prise complètement au dépourvu.

C'est une chose d'être attirée par le concept, par la sensualité de l'idée, mais c'en est une tout autre de savoir que je vais vivre ainsi pendant quarante-huit heures. Mes émotions menacent de me submerger à l'instant où la portée de ma décision m'apparaît clairement.

Comme je ne peux pas le voir, ni interpréter ses émotions, je me contente de tenir mon verre devant moi et d'attendre qu'il le remplisse, puisque j'ai besoin de cet alcool pour combler le vide dans ma tête.

— Alexandra, tu es vraiment en colère contre moi ? Sincèrement ?

Et voilà que je redeviens Alexandra. J'attends, mon verre tendu vers sa voix. Il le prend, le remplit et le replace dans ma main. Je porte avec soulagement le liquide pétillant à mes lèvres. Je décide d'ignorer sa question, pensant que cela me donne au moins un peu de pouvoir sur la situation.

— Ce champagne est délicieux, Jeremy. Qu'est-ce que c'est ? Je ne suis pas sûre d'en avoir déjà bu.

Je sens qu'il est dérouté par le fait que j'évite sa question. Malheureusement, il me connaît assez pour savoir que, plus je suis polie, plus je cache mes émotions. En fait, il me connaît presque aussi bien que je me connais moi-même, sinon mieux. Ce qui explique sans nul doute pourquoi je suis assise ici en robe de soirée, les yeux bandés, piégée tout le week-end dans cette suite. Et c'en est d'autant plus frustrant.

— C'est du Krug. Nous en avons bu quand j'ai eu mon diplôme. Tu l'avais aussi adoré à l'époque. Tu disais qu'il te mettait vraiment de très bonne humeur et...

— Oh oui ! Je me souviens.

Je le coupe, car je n'ai aucune envie d'entendre maintenant sa version de nos souvenirs. Je me sens en surchauffe émotionnelle, et tout mon calme hypnotique a disparu.

— Eh bien, raison de plus pour le boire tout de suite, dis-je en avalant une nouvelle gorgée.

Cette fois, je parviens à ne pas l'avaler d'un trait, c'est déjà ça. J'entends Jeremy soupirer.

— Prendras-tu au moins quelques hors-d'œuvre pour accompagner ton champagne ?

Je dois admettre qu'un peu de nourriture ne serait pas de refus. Même si j'ai la tête qui tourne et je me sens dans tous mes états, je suis sûre que mon cerveau rationnel ne m'encouragerait pas à boire plus d'alcool sans manger.

— Avec grand plaisir, merci, dis-je d'un ton très poli et formel.

Je l'imagine très bien lever les yeux au ciel devant mon comportement.

— Ouvre la bouche, s'il te plaît.

Il est près de moi.

— Dans ma main, ça ira très bien, merci.

C'est agréable de s'affirmer.

— Alex, c'est ridicule.

Je bois une autre gorgée de champagne par défi. Peut-être que la cécité ne rend pas complètement dépendant après tout.

Je ne peux m'empêcher de laisser un petit sourire étirer mes lèvres. Il m'arrache rapidement le verre des mains.

Mon sourire disparaît aussitôt.

— Ouvre la bouche, et je te rendrai ton verre.

Je m'apprête à répondre lorsqu'une délicieuse petite chose atterrit sur ma langue. Un hors-d'œuvre me chatouille les papilles. Prise de court, je décide de fermer la bouche et de le manger. Après tout, ce serait dommage de gaspiller une nourriture aussi alléchante. Un autre hors-d'œuvre arrive peu après. Des blinis – absolument délicieux. Je reconnais le goût fort de la truite fumée, opposé à celui, plus léger, de la crêpe de sarrasin, et sens les œufs de saumon rouler autour de ma langue. La touche très subtile de fenouil confirme qu'ils sont exactement comme ceux que nous mangions en Russie, il y a bien des années. Incroyable ! Mais je suis contente de boire du champagne plutôt que de la vodka, comme nous le faisions à l'époque. Mon estomac accueille avec joie cette nourriture.

— Encore ? l'entends-je demander.

Je me contente de hocher la tête et me tourne vers lui, car je n'ai pas vraiment envie de lui donner la satisfaction d'entendre ma voix. Quelque chose de mou et tiède, avec un arôme d'ail et d'herbes, arrive cette fois sur ma langue.

— Mmm.

Cette fois, je ne peux pas m'empêcher de laisser échapper un grognement de délectation.

— Magnifique. Coquille Saint-Jacques ?

— Tout à fait.

Il tapote le coin de ma bouche avec une serviette en tissu.

— Une autre ?

— Oui, s'il te plaît.

Une fois que je l'ai avalée, il me rend mon verre de Krug. Je sens qu'il est content de voir ma frustration se dissiper grâce à la nourriture et au champagne. *Il y a quelque chose dans la bonne chère et le vin qui remonte vraiment le moral*, me dis-je.

— Pourrais-tu me dire à quoi tu penses ?

Je finis par conclure que, si je suis en colère, c'est parce que j'ai très peur de perdre le contrôle des choses, moi qui ai tellement l'habitude de tout maîtriser. Je laisse ce sentiment disparaître, puisqu'il ne sert à rien.

Vu la situation dans laquelle je me trouve, ma colère rendrait ces deux prochains jours franchement épouvantables pour nous deux ; alors, je cède et lui fais part de mes pensées.

Même si ma cécité et ma dépendance me rendent toujours aussi nerveuse, je préfère me sentir à l'aise avec Jeremy et laisser la conversation s'installer entre nous.

Après quelques minutes de badinage, Jeremy se rapproche soudain de moi.

— Alors, dis-moi, sincèrement, comment te sens-tu ? Est-ce que tu t'amuses bien ?

Il m'aide lentement à me lever du canapé.

— Oh ! Donc, si je comprends bien, tu as le droit de poser toutes les questions que tu veux, mais moi, aucune. C'est comme ça que ça marche ?

Des lèvres, il me caresse le cou et la clavicule avec une telle lenteur que son souffle me fait l'effet d'une plume sur ma peau.

— Oui, c'est comme ça que ça marche. Ce week-end en tout cas. Nous aurons tout le temps nécessaire pour tes questions plus tard. Alors, dis-moi, est-ce que ça t'excite ? demande-t-il encore lorsque ses lèvres localisent le sommet de ma poitrine.

Je me sens un peu étourdie, et ma respiration devient extrêmement saccadée pour la énième fois de la soirée. Son contact éveille tout le reste de mon corps, ma vulve se gonfle et se mouille par anticipation.

— Oh ! Donc, la réponse est oui, me chuchote-t-il à l'oreille pendant que ses dents me mordillent le lobe.

— Oui, dis-je à bout de souffle. Ça m'excite un peu.

Je ne voudrais pas qu'il me retire la parole comme il m'a retiré la vue. Ses baisers m'effleurent et me taquinent les lèvres.

— Moi aussi, beaucoup, dit-il en faisant glisser ma main jusqu'à ce qu'elle sente la bosse qui lutte contre le tissu de son pantalon.

Je dois user de toute ma concentration pour m'empêcher de tomber à genoux et de le dévorer sur-le-champ.

La puissance de cette émotion brute et sexuelle me paralyse presque. Je me demande si je me connais un tant soit peu...

Le téléphone sonne à cet instant précis et me ramène en sursaut à la réalité. Fin de mon fantasme. Jeremy me tient toujours par la main lorsqu'il va répondre. Je le suis à l'aveuglette en faisant des pas extrêmement prudents pour garder l'équilibre sur mes talons.

— Formidable, merci. Nous nous mettons en chemin.

Il raccroche.

— Alex, tu as l'air totalement paniquée. Qu'est-ce qui ne va pas ?

— Oh ! rien, rien du tout, pourquoi me poser la question ? dis-je nerveusement en me tordant les mains de désespoir.

Est-il possible que, même avec un bandeau sur les yeux, il puisse déchiffrer l'expression de mon visage avec toujours la même facilité ?

— Bon, es-tu prête à descendre dîner avec moi ?

La panique infiltre aussitôt mes os. Il plaisante, n'est-ce pas ?

— On ne peut quand même pas sortir dîner, Jeremy... Je ne peux pas y aller comme ça. S'il te plaît, je t'en prie, dis-moi que tu plaisantes.

— Bien sûr que non. Pourquoi te garder confinée dans cette chambre et ne pas faire profiter tout le monde de ta beauté ? C'est absurde.

J'ai de nouveau le souffle court. *Reste calme, respire*, me dis-je. Malgré tout, mes paroles sortent en vrac.

— Combien de fois vas-tu me faire paniquer ce soir, Jeremy ? Je ne peux pas le supporter, c'en est trop. J'essaie de m'habituer à chacune de tes exigences et... vlan ! En arrive une autre et puis encore une autre.

Je reprends momentanément mon souffle avant de poursuivre mon déchaînement verbal.

— J'ignore ce que je pense ou ce que je ressens ou même ce que je devrais te dire. Cette situation est trop étrange pour moi, irréelle, surréaliste.

Je m'entends parler de façon erratique, rapide, chercher les mots pour expliquer l'émotion qui menace de me submerger totalement.

— Je n'ai plus de filtres, Jeremy. Tu me les as enlevés, ou peut-être que je t'ai laissé faire. Je ne sais pas. Quoi qu'il en soit, ça ne peut pas fonctionner. Je me suis entraînée pendant bien trop longtemps à donner des réponses réfléchies, alors, maintenant, écoute-moi. J'ignore ce que je pense, ce que je ressens ou ce que je fais. Pourquoi me fais-tu subir ça ?

Jeremy ne répond pas, mais je sens sa proximité et sais d'instinct qu'il me dévisage intensément. Je m'accorde un instant pour reprendre mon souffle et tenter de retrouver un certain calme. Je me sens comme un enfant perdu dans la jungle, ignorant à qui faire confiance ou vers qui me tourner.

Il passe son bras dans le creux de mon dos, pose une main sur mon poignet et me guide fermement vers ce que je suppose être l'entrée de la suite. J'entends la porte s'ouvrir.

— Je t'en prie, Jeremy, restons ici. Quelle heure est-il de toute façon ? Il n'est pas trop tard pour le dîner ? Je n'ai pas vraiment faim. On a déjà mangé des hors-d'œuvre. Enfin, ce serait une telle perte...

Je continue à parler pour ne rien dire, les talons profondément enfoncés dans la moquette, tout en essayant de freiner sa foulée inflexible grâce au poids de mes arguments.

— On ne peut quand même pas se montrer en public, tu ne comprends pas ?

Je me rue sur le moindre mot à mesure qu'il me rapproche de la porte.

— Comment peux-tu songer à me faire sortir dans cet état ? J'ai les yeux bandés, bon sang, et je ne porte pas de petite culotte !

Mes talons agitent le drapeau blanc, renonçant soudain à leur enracinement dans le sol. Je suis catapultée dans ses bras, et sans doute à travers l'ouverture de la porte. J'essaie de me stabiliser le mieux possible ; il me tient fermement contre lui.

Je désespère d'obtenir une forme de réponse verbale.

Son silence m'exaspère. D'un geste ferme, il me pousse soudain contre le mur, le visage près du mien, son corps fortement pressé contre le tissu soyeux de ma robe.

— Je sais que tu as des questions à me poser, Alexa, tu en as toujours. Comme je te l'ai dit, ce week-end, il ne s'agit pas d'y répondre. J'ai compté combien tu en as posé jusque-là et je te recommande fortement de t'arrêter, car il y aura des conséquences pour chacune d'elles. Maintenant, comporte-toi bien ! ajoute-t-il sévèrement. Je t'emmène dîner. Tu es magnifique, et rien ne doit t'embarrasser. Encore une chose : comme c'est moi qui gère le temps ce week-end, je ne veux plus que tu me demandes l'heure. Tu m'as compris ?

Il est si proche de moi que ses questions et ses exigences me donnent le tournis. Je suis abasourdie par le tranchant de ses mots, alors que sa présence et son parfum entêtant envahissent l'espace qui m'entoure.

— Me-suis-je-bien-fait-comprendre ?

Il insiste exprès sur chaque mot. Je suis embarrassée par son changement d'humeur, par le ton assombri de sa voix. Aussi étonnant que ça puisse paraître, je préfère ne pas risquer une remarque spontanée ou désinvolte en retour. La situation est trop étrange, la tension, palpable. Je garde le silence d'un air de défi, considérant que c'est la plus sûre stratégie, même si son érection continue à enfler avec vigueur contre mon ventre.

Il saisit mes épaules, me fait pivoter, m'écrase volontairement la poitrine contre le mur et me donne une claque rapide sur les fesses. Je ressens une brûlure qui me dépasse alors complètement.

C'est la dernière chose à laquelle je pouvais m'attendre venant de lui. Je suis horrifiée. Il vient de me donner une fessée ! Les yeux bandés, dans le couloir d'un hôtel. Il me retourne tout aussi rapidement, sans doute pour inspecter l'expression de choc absolu sur mon visage à la suite de son œuvre.

— Je t'ai posé une question, Alexandra. Tu m'as compris ? dit-il de sa voix sévère et métallique.

— Parfaitement !

C'est le seul mot que je suis capable de prononcer, tandis que mes fesses nues cuisent contre la fraîcheur du mur. Ça, c'est nouveau. Il m'a fait subir beaucoup de choses par le passé, mais jamais rien de tel.

— Bien. Allons-y.

Il saisit mon coude et me guide fermement le long du couloir. Mes talons cliquettent en rythme sur le sol dur pour ne pas se laisser distancer. Je n'ai pas l'habitude de recevoir une fessée. Je ne me rappelle pas la dernière fois où cela m'est arrivé, même dans mon enfance. Robert ne m'a évidemment jamais fait ça. Il a toujours été sérieux au lit. Détaché, jamais enjoué.

Jeremy est le contraire de Robert : taquin, imprévisible, et je m'aperçois aussitôt à quel point l'imprévu m'a manqué dans la vie. Aujourd'hui encore, même si je me sens à la fois fébrile et humiliée dans ce couloir d'hôtel, l'adrénaline monte en moi comme jamais depuis des années. J'ai la sensation d'être vraiment vivante.

J'entends un « ding ». La porte de l'ascenseur s'ouvre, puis Jeremy me fait entrer. J'inspire profondément et je prie. Faites que nous ne rencontrions personne que je connais. S'il vous plaît, s'il vous plaît, s'il vous plaît ! Les portes se referment, et Jeremy ne perd pas un instant pour me caresser les cuisses.

Mon entrejambe velouté s'humidifie et réagit aussitôt, ce qui a commencé à la seconde où sa main rapide m'a donné une fessée. J'ai un éclair de sagacité : comment puis-je être à la fois aussi choquée et extrêmement excitée ? Jeremy connaît le moindre de mes points sensibles, aussi bien que tout médecin connaît l'anatomie du corps humain, et il ne rate pas une seule occasion de se servir comme radar personnel de mon corps, testant et prêtant attention à ses réactions pour son plus grand bénéfice.

C'est une sensation tellement bizarre de ne pas être capable d'anticiper l'excitation. La stimulation visuelle joue clairement un rôle majeur dans cette situation. C'est encore plus étrange de n'avoir aucune idée précise de ce qui va suivre. Je suis si frustrée que je pourrais hurler, puis vlan ! Vient une légère et douce caresse. Mon corps se met soudain à attendre la brûlure et la tendresse avec impatience, et me voilà qui supplie intérieurement Jeremy de m'en donner plus. Comment est-ce que ça marche ? Le problème est que je ne sais pas très bien si mon corps me trahit délibérément ou s'il interprète mes pensées avec bien plus d'efficacité que je ne pourrais l'imaginer.

— Je t'en prie, arrête, Jeremy. Comme j'ai déjà assez de mal à me concentrer sur ce qui se passe, c'est encore plus dur quand tes mains me distraient à chaque occasion.

— L'idée de ce week-end, c'est que tu ne te concentres sur rien, Alex.

— Eh bien, c'est tout simplement impossible, dis-je, exaspérée.

La porte de l'ascenseur s'ouvre, et, lorsque nous sortons, un courant d'air passe dans mes cheveux. Quelqu'un salue Jeremy. Le sang afflue dans mon visage. Je suis sûre d'avoir les joues rouges.

— Docteur Quinn, c'est merveilleux que vous ayez pu vous joindre à nous ce soir. Ça fait tellement longtemps.

Mes jambes tremblent, mais Jeremy me maintient fermement à la verticale.

— Enchanté de vous revoir, Leo.

— Veuillez me suivre jusqu'à votre table.

On m'accompagne jusqu'à une banquette, sur laquelle Jeremy m'aide à prendre place. Je me dépêche de croiser les jambes, à cause de l'absence de sous-vêtement, et maudis intérieurement Jeremy de me mettre dans la situation la plus inconfortable de toute ma vie.

Qui est ce Leo, au fait, et pourquoi entends-je le faible bourdonnement de conversations autour de moi ? Je sens que sur mon front se forment des gouttelettes de sueur, tandis que ma peur de l'inconnu augmente une nouvelle fois. Pourquoi suis-je si nerveuse, au fait ? *Détends-toi, profite*, dit une voix dans ma tête. *Impossible*, réplique une autre.

— Que désirez-vous boire ce soir, monsieur ?

— Nous prendrons deux martinis extra dry, mélangés, mais pas frappés, avec un zeste de citron.

La réponse de Jeremy me surprend instantanément. Il vient de commander mon martini préféré, et je n'ai plus touché une seule fois à ce cocktail en dix ans.

J'essaie de rester suffisamment calme pour au moins décrypter mon environnement et je me félicite de conserver ce sang-froid pendant quelques minutes. Je remarque que la moquette est épaisse et touffue, et que le son des voix est très bas.

Une musique quelconque vagabonde à travers la pièce. Lorsque je prends de nouveau conscience que nous ne sommes pas seuls, mon appréhension gagne du terrain, mais la voix de Jeremy l'empêche d'atteindre son but.

— Je suppose que tu es contente de boire un martini ? C'est comme ça que tu les as toujours aimés en Europe.

— Ce martini est le moindre de mes problèmes dis-je en tentant d'apaiser ma voix autant que possible.

— Comment as-tu pu m'amener ici avec tous ces gens autour ? Et si quelqu'un nous reconnaît ? Je ne peux pas croire que tu me compromettes de cette façon. Tu nous mets tous les deux dans une situation très risquée sur le plan personnel ou professionnel. Comment peux-tu faire ça ? C'est totalement inacceptable.

Ma tension monte comme un tsunami dans mes veines. Mon cœur bat plus vite qu'il ne le devrait, et la sueur échoue à faire descendre la température de mon corps. Il est allé trop loin, ce n'est pas normal. Je me tords les mains, et mes paumes sont toutes moites sur mes genoux. J'ai le souffle court et superficiel, et diagnostique immédiatement une crise imminente d'anxiété. Jeremy entoure mes mains des siennes.

— Calme-toi, tout va bien. Tu dramatises.

Dramatiser ? Je n'en crois pas mes oreilles.

— Mais voyons, rien ne va bien !

Je suis sur le point de perdre pied.

Je me contiens le mieux possible, car j'ignore totalement qui se trouve dans la pièce, qui sont ces gens. Est-ce que c'est important ? *Oui, bon sang, ça l'est.* Et Jeremy le sait sans aucun doute ; il sait que je vais essayer de contenir mes émotions en public.

— Comment as-tu pu me mettre dans cette situation, Jeremy ? Comment oses-tu ? Qui sont ces gens ?

Je me sens vulnérable, seule et totalement fébrile. Submergé par ce cocktail d'émotions envahissant, mon corps tremble. L'expérience est loin de se révéler aussi facile que je l'imaginais, et je suis un peu déçue de ne pas réussir à faire face plus professionnellement. Mais qu'est-ce qu'il y a de professionnel dans le fait de dîner avec un foutu bandeau sur les yeux ? Dieu sait ce que ces gens pensent en voyant cette femme aux yeux bandés se disputer avec l'un des scientifiques les plus renommés du pays, voire du monde entier. À moins qu'on ait organisé ce soir un grand jeu de colin-maillard à l'InterContinental !

Soudain, une vague de clarté totale et de confiance en moi me submerge. Je me rends compte que je suis parvenue à me maîtriser. J'ai toujours des jambes pour marcher, des mains qui peuvent au moins retirer ce bandeau suffocant de mes yeux et me rendre la vue, même floue et sombre, ainsi qu'une voix pour crier « Non ! » – la seule chose que je n'aie jamais, jamais réussi à dire à Jeremy. Si la chance est de mon côté, je pourrai peut-être même convaincre un spectateur innocent de m'aider à fuir cette situation scandaleuse. Alors que je laisse ces pensées envahir rapidement mon esprit, je me sens soudain autorisée à agir.

— Je ne peux pas faire ça, Jeremy. Je sais que tu comptais sur moi et j'ai essayé, mais c'est impossible. Je suis désolée de te l'avoir promis ; c'était une erreur stupide. Je suis incapable de gérer cette situation.

Là-dessus, je me lève, puis porte les mains à mes yeux pour enlever le bandeau et me libérer de l'embarras et de la soumission qu'il m'impose. Juste au moment où je touche du bout des doigts le tissu soyeux, Jeremy s'élance et me fait retomber sur la banquette. Il m'attrape les mains et les plaque brutalement derrière mon dos. Ses jambes chevauchent maintenant les miennes, et je suis bloquée sur le siège, le souffle coupé par la rapidité de son plongeon. Une tension fébrile s'installe entre nous. Il resserre son étreinte autour de mes poignets et s'assure que je ne peux plus bouger d'un pouce sous son poids.

— Tu vas le faire, tu me l'as promis, tu as donné ton consentement et tu ne t'es même pas laissé le temps de t'adapter. Tu n'as pas besoin de gérer ou de maîtriser quoi que ce soit. C'est ça ton problème, et, si tu ne changes pas de comportement, tu continueras à te sentir aussi mal que maintenant. Que ce soit bien clair : j'irai jusqu'à l'extrême pour m'assurer que tu tiennes ta promesse. Je te veux de cette façon, Alex, et je ne laisserai rien me faire obstacle, y compris ton manque de confiance en toi.

Son ton est grave, exigeant, implacable. Je sens ses muscles enserrer mes jambes, mes cuisses ; je sens son excitation enfler un peu plus haut. Mon Dieu !

Maintenant, c'est la mienne qui augmente. Comment fait-il ? Il a envie de moi, et depuis combien de temps n'ai-je pas entendu ça ? J'ai tellement envie de lui, mais de cette façon ? Et mon manque de confiance en moi alors ?

Abasourdie, je me tortille en vain sous son corps.

— Tu pourras retirer ce bandeau quand nous aurons passé quarante-huit heures ensemble. Alors, maintenant, tu arrêtes d'y toucher et tu ne vas nulle part.

Il y a une détermination irrévocable dans ce ton ferme et irrésistiblement indécent.

Où est passé le pouvoir que je ressentais il y a seulement quelques instants ? Pas d'yeux pour voir, pas de jambes pour marcher, pas de mains pour bouger. Il me prive vraiment de tout contrôle, et sa réaction physique me dit clairement qu'il adore ça. Et on dirait bien que c'est aussi mon cas.

— Eh bien, on peut dire que tu utilises des moyens délirants pour m'en empêcher.

Je reconnais, à son avantage, que je peux à peine bouger. Alors même que je m'étonne d'être secrètement ravie de méthodes aussi extrêmes, mon excitation grimpe en flèche à chaque seconde qui passe.

— Fais-moi confiance, Alex, la partie amusante de ce week-end n'a pas encore commencé, et je sais que tu vas l'adorer si tu évites de résister.

Il se prend pour mon psy maintenant ? Je me dis que lutter ne sert à rien, puisque ça ne fait que renforcer sa détermination, au sens propre comme au sens figuré. Il resserre son étreinte autour de mes poignets et de mes cuisses. Mon cerveau infatigable se met en marche et soupèse chaque option. Comme si Jeremy lisait dans mes pensées, il déclare calmement :

— Ne lutte pas contre moi, AB, tu vas perdre.

Alors même que je m'apprête à parler, la bouche de Jeremy se plaque fortement sur la mienne. Sa langue force son passage entre mes lèvres, cherche la mienne et envahit ma gorge, plus fort et plus vite, tandis que je suis immobilisée sous son corps.

Il dévore mon visage de baisers et me fait littéralement suffoquer. Sa puissance est une force charnelle que mon être n'a aucune envie de rejeter.

— Tu es à moi pour le week-end. Arrête de lutter si fort, tu gaspilles une énergie précieuse que tu pourrais utiliser de façon beaucoup plus efficace.

Son ton est lourd de sous-entendus.

— Bon sang, tu es absolument irrésistible ! Dommage qu'on ait de la compagnie, sinon je jure que je te prendrais ici et profiterais de l'accès sous ta robe.

Je fonds littéralement sous lui ; le désir chaud et lancinant entre mes cuisses me laisse à bout de souffle et vicieuse.

— Tellement magnifique, et pourtant elle continue bel et bien à résister..., dit-il à haute voix.

Et, pendant un long moment, il tient mon menton et mes joues dans le creux de ses mains tout en chevauchant mon corps.

Je sens son érection durcir contre ma cuisse. Il lâche un long soupir pendant que j'attends son prochain geste avec inquiétude.

— Tu ne me laisses aucun choix. Leo, veuillez lui passer les menottes.

— Tout de suite, monsieur.

Jeremy me tire vers lui par les épaules et fait glisser ses mains le long de mes bras jusqu'à mes coudes, s'assurant qu'ils ne sont pas pliés, alors qu'ils sont coincés derrière moi. Leo, quelle que soit son identité, attache rapidement des espèces de menottes rembourrées autour de mes poignets et les referme en un temps record.

Me voilà haletante, sans voix, attachée et aveugle, alors que Jeremy remet le bandeau en place. Mais qu'est-ce qui se passe ici ? Il ne s'agit pas d'une simple farce d'étudiants dont on peut rire ensemble. Jeremy a dit qu'il utiliserait presque tous les moyens pour mener ses projets à bien. Pourquoi ? Mes pensées palpitent dans ma tête au même rythme que mon cœur pendant que j'essaie de déchiffrer ce qui vient de m'arriver. Je sens l'intensité de l'énergie dans la pièce, comme si elle imprégnait l'air. Qu'est-ce qui le rend si dominateur ? Qu'est-ce qui m'échappe exactement ?

— J'avais oublié à quel point tu es têtue. C'est vraiment étonnant.

L'ancien Jeremy est de retour et reprend une conversation normale avec moi. Incroyable.

— Têtue ?

Ma voix est perçante, car l'émotion me submerge encore.

— Comment peux-tu... ?

— Je t'en prie, baisse le ton. J'aurai du mal à te nourrir avec un bâillon, déclare-t-il calmement.

— Tu n'oserais pas...

Il m'interrompt immédiatement.

— Tu vois bien de quoi j'ai été capable jusque-là, ma chérie. Tu sais que je le ferai. Plus tôt tu t'abandonneras à moi, plus de liberté tu obtiendras, chuchote-t-il, comme si nous conspirions ensemble.

Que veut-il dire par là ?

Je remue sur le siège tout en essayant de m'habituer au fait d'avoir les poignets attachés dans le dos. Même si nous avons exploré ensemble diverses pratiques sexuelles, Jeremy n'a encore jamais mené les choses aussi loin. Il n'y a jamais eu cette urgence, ce refus de négocier. Je reconnais maintenant que tout ça me dépasse bel et bien. Je ne comprends pas ce qui provoque cette situation, et pourquoi...

Parfois, je me sens très proche de lui, dans tous les sens du terme. L'instant d'après, je suis obligée de me demander si je le connais un tant soit peu. Je suis une mère, bon sang ! Mais comment j'ai fait pour me mettre dans une situation pareille ? Qu'est-ce qui va se passer si je ne parviens vraiment pas à en sortir maintenant que je suis ici ? Est-ce qu'il plaisante ? Est-ce qu'il joue ? Est-ce qu'il me teste ? En me poussant jusqu'à l'extrême ? Si c'est le cas, cela fonctionne. Je suis perdue, paniquée et atrocement excitée, même si c'est contradictoire et frustrant.

* * *

— Bon, ne gâchons pas ces martinis.

Jeremy me lève le menton et fait couler avec précaution le liquide froid dans ma bouche. Je ne lui parle pas ; honnêtement, je ne sais pas quoi dire. Je peux à peine bouger, pétrifiée à l'idée d'aller à l'encontre de ses souhaits après ce qui vient de se passer. Comme c'est sans aucun doute ce qu'il espérait, je reste assise en silence, comme un mannequin.

C'est comme si chaque cellule de mon corps était électrisée, dans l'attente de son prochain geste, sur le qui-vive. C'est étrangement revigorant. Je sens son regard fixe qui essaie de pénétrer mes pensées. J'essaie de modérer ma respiration, mes émotions, mes pensées...

En vain. Le liquide soyeux atterrit de nouveau sur ma langue et coule dans ma gorge. Je ne l'y encourage pas. Je ne l'en empêche pas. Je suis figée par une sorte de peur de l'inconnu que je ne peux définir. C'est excitant et tentant, même si je me sens complètement vulnérable, car je ne peux compter que sur Jeremy. Ai-je d'autres choix que d'accepter pour le moment cet enchaînement bizarre d'événements sans protester ni me plaindre ? Pourtant, en acceptant ce sort, je suis aussi obligée d'admettre que je ne me suis jamais sentie aussi spéciale ni adorée par quelqu'un de toute ma vie.

Nous avons probablement fini nos martinis, car quelqu'un m'aide à me relever. Jeremy glisse un bras autour de ma taille sous mes bras liés. Nous nous éloignons sans un mot. Soudain, mes pieds se dérobent, et Jeremy me porte sans mal en haut de l'escalier.

Je me sens alors toute petite, encore plus fragile et dépendante, puisqu'il peut soulever mon corps avec si peu d'efforts. Je n'ai aucun moyen de me défendre physiquement contre lui, et mes défenses émotionnelles sont systématiquement infiltrées.

Je n'ai jamais autant compté sur quelqu'un. Je suis d'habitude si autonome que ce geste de possession totale me fait perdre tous mes moyens.

J'entends une porte s'ouvrir et sens un courant d'air frais m'entourer. Il me dépose directement dans un fauteuil. J'entends le bruit de la ville en contrebas et je perçois l'air chaud et humide sur ma peau. J'imagine que la soirée est aussi belle que la journée qui vient de passer. Je suis contente d'avoir laissé derrière moi l'atmosphère tendue de l'autre pièce. Mon corps entier frissonne de soulagement à la pensée de ce nouvel environnement et de tout cet espace autour de moi.

— Tu as froid ?

Manifestement, il m'observe avec autant d'attention que je l'imaginais. Avant de pouvoir me retenir, je secoue la tête pour répondre à sa question. Tant pis si je voulais l'ignorer. Je reste assise aussi immobile et droite que possible. Je sens qu'il essaie encore de déchiffrer toutes mes humeurs et réactions.

— Aimerais-tu un peu de musique, ou préfères-tu le silence ?

Il a toujours eu le chic pour contraindre les autres à répondre autrement que par oui ou par non. Je soupire intérieurement, mais ne dis rien. C'est son jeu, son règlement ; alors, je suppose qu'il va décider.

— Va pour la musique, alors.

Un jazz doux et léger commence dès qu'il a fini de parler. Je suis surprise : on dirait de vrais musiciens, et je penche la tête en direction du son. Cette musique calme et mélodieuse m'est familière, mais je n'arrive pas vraiment à la reconnaître à ce stade.

Un léger arôme taquine mon sens olfactif, et je m'accorde un instant pour l'identifier. Je détecte de la coriandre très fraîche, du piment, du gingembre, peut-être de l'huile de sésame. Je me rends compte que Jeremy m'offre de sentir et de m'imprégner du parfum de l'un de mes plats thaïs préférés. Il l'approche avec précaution de mes lèvres pour me taquiner un peu. Je le laisse jouer à son jeu idiot.

— Mon Dieu, tu es tellement belle assise ici, si magnifique, si vulnérable, si têtue. La nuit est spectaculaire. Laisse-moi te la décrire. La pleine lune se lève à l'est ; elle est splendide ; il n'y a pas un nuage dans le ciel. Les lumières blanches de la ville brillent tout autour de nous. Nous sommes sur le toit de l'hôtel, et les uniques clients. Tu n'as pas besoin de t'inquiéter qu'on nous reconnaisse. La table est simple, mais raffinée, comme toi. J'ai commandé ta nourriture préférée, ton vin préféré et ta musique préférée. Nous pouvons enfin partager ces choses avec style, sans regarder à la dépense. Alexa, j'ai longtemps attendu de vivre ce moment avec toi, et il est encore plus parfait que dans mes rêves. Tu es à moi tout entière. Te voir assise ici, attachée et aveugle, si immobile et si courageuse, me va droit au cœur. Je te libérerais bien les poignets, mais le fait de te contempler dans cette situation me donne une trique tellement incroyable que je vais m'accorder ce plaisir égoïste un peu plus longtemps.

Ses mots me laissent sans voix, et mon corps réagit comme il le ferait sous ses doigts. J'entends de la musique flotter autour de mes oreilles.

— Veux-tu bien m'accorder cette danse ?

C'est une question rhétorique, puisqu'il m'aide à me lever. Il libère mes poignets de derrière mon dos pour les rattacher aussitôt autour de son cou. On dirait bien que je vais danser malgré tout. Pense-t-il honnêtement que, aveugle, je vais m'enfuir en courant du haut d'une tour ? Cette pensée volette avec désinvolture à travers mon esprit...

Mon cerveau reconnaît finalement le riff que jouent les musiciens depuis notre arrivée. Les hanches de Jeremy se mettant à bouger, je me déplace maladroitement avec lui, je n'ai pas vraiment le choix. Il me tient serrée contre lui, jusqu'à ce qu'on atteigne une forme de synchronie. Il pose ma tête sur son épaule, et je sens les fibres lisses de sa chemise, ainsi que la chaleur de son torse en dessous. Je suis intriguée par le choix spécifique de cette chanson. Je ne résiste pas au rythme de son corps. J'inspire. J'expire. Les paroles flottent au milieu de la musique. Il sait que je l'adore.

Le saxophone, la guitare, la batterie et les percussions balaient d'une caresse l'angoisse que j'ai ressentie plus tôt, et je glisse sans effort entre ses bras, tandis qu'il me mène avec assurance autour de la piste de danse. Soigneux et adroit, Jeremy fait disparaître ma tension jusqu'à ce que je fonde littéralement dans ses bras. Son contact est exquis, mais ni trop ni pas assez. L'alchimie sexuelle entre nos corps est encore une fois impossible à ignorer.

Nous dansons, nous mangeons, nous buvons, nous parlons, nous nous embrassons, nous rions.

Je suis aveugle, mais plus attachée.

Je m'autorise à repousser cette peur que j'ai ressentie dans la salle du bas dans un coin distant et rabougri de mon esprit. Peut-être que ce soir compte autant pour lui que pour moi, peut-être qu'il s'agit de nous, je ne sais pas. Finalement, cette pensée fait pencher la balance, et je peux dire que je suis là maintenant plus par choix que par contrainte. Vient ensuite le dessert, un festival de sensations gustatives : une ganache de chocolat lisse, soyeuse, avec une touche de quelque chose – de l'orange peut-être ou un autre agrume –, recouverte d'une pâte croustillante au goût de beurre, et accompagnée d'un vin de dessert liquoreux qui me laisse la langue pâteuse. Je suis aux anges.

— Alex, tu chanterais pour moi pendant que le groupe est là ?

Je souris.

— Ça fait des années que je n'ai rien chanté.

— Je t'en prie, nous sommes seuls. Tu choisis la chanson. Il y a même une guitare pour toi.

Jeremy adorait nous écouter, ma copine Amy et moi, quand nous faisions un bœuf ensemble, les dimanches après-midi de pluie.

Au début, j'étais gênée, mais on s'est habituées à sa présence dans ces moments-là. Même si j'ai absorbé une quantité d'alcool considérable depuis mon arrivée, je suis surprise de ne me sentir qu'un peu éméchée et pas totalement ivre.

Peut-être s'est-il écoulé plus de temps que je ne le crois, ou alors c'est le degré d'émotion pure et d'énergie nerveuse dans mon corps qui a brûlé tout l'alcool. L'idée de faire une chose que je n'ai pas tentée depuis des années me plaît soudain.

— Pourquoi pas ? Une seule alors.

Il a l'air surpris et excité que j'accepte aussi promptement. J'ai envie que l'ambiance reste la même plutôt que de revenir à mon hostilité. Je pense aux paroles de la chanson sur laquelle nous venons de danser et me demande de quoi est vraiment faite notre relation, ce qu'elle signifie pour lui. Je m'en rappelle une autre que nous chantions et qu'il adorait accompagner de percussions improvisées sur des couvercles de casserole.

Elle parlait d'amitié et a toujours été spéciale à nos yeux. Jeremy m'aide à m'installer avec la guitare, et je lui demande de me laisser avec le groupe.

— J'attendrai à la table. Savoure ce moment ! m'encourage-t-il avec un baiser sur la joue.

Il me faut un peu de temps pour me sentir à l'aise avec la guitare et trouver le bon ton. Le bout de mes doigts s'est adouci après toutes ces années sans jouer ; les cordes me paraissent rugueuses et dures. Je m'adapte à cette sensation et glisse ma main le long du manche de la guitare. Je dois me guider au toucher plutôt qu'à la vue, mais, heureusement, je connais les paroles et les cordes par cœur. Je commence...

Une larme coule de mon œil gauche au moment où je finis la chanson sous les applaudissements retentissants du groupe. C'était incroyable de chanter à nouveau, de jouer, de faire quelque chose que je pensais avoir oublié. J'ai adoré ça ! Euphorique, je remercie à l'aveugle les musiciens de cette occasion, et ils m'aident à reposer la guitare. Je ne peux m'empêcher de penser que je ne l'aurais jamais fait sans être aveugle... Au moment où je me lève, Jeremy fond sur moi pour me serrer dans ses bras.

— C'était fantastique. Tu étais incroyable !

Il s'arrête.

— Est-ce une trace d'émotion que je détecte sur votre visage, docteur Blake ?

— Je crois que j'ai retrouvé ma voix, dis-je en me demandant pourquoi j'utilise ces mots.

Une autre larme roule sur ma joue. Je ne parviens pas à comprendre pourquoi je me sens aussi émue, mais le chant et la musique touchent une corde sensible en moi, une corde que personne n'a effleurée depuis de nombreuses années. Je me rappelle avoir lu une fois qu'il était important de comprendre d'où viennent nos larmes, car elles sont en lien direct avec notre cœur.

Qu'est-ce qu'il est en train de me faire ? Un autre pétale s'ouvre.

Jeremy avance ses lèvres vers les miennes et, avant de pouvoir dire quoi que ce soit, il m'embrasse de façon si exquise et délicate, provoquant un effet si divin, que cette sensation et ce souvenir resteront gravés dans ma mémoire à jamais.

* * *

Notre soirée sur la terrasse touche à sa fin, car j'entends les membres du groupe rassembler leurs affaires et nous dire au revoir. J'ai l'impression d'avoir été lancée sur des montagnes russes depuis l'instant où je suis arrivée dans le hall de l'hôtel.

Je n'ai jamais ressenti d'émotions aussi intenses dans un laps de temps aussi court et tumultueux. Je me délecte de la brise tiède et légère, et me prélasse dans les bras de Jeremy. Pour être honnête, je me sens épuisée d'avoir lutté contre lui et euphorique d'être si proche de lui. Peut-être que je devrais simplement me laisser aller, comme il le souhaite.

Quelle est la pire chose qui pourrait arriver ? Il ne mettrait jamais en danger nos réputations professionnelles ; elles signifient trop pour lui. Quant à moi, je veux être avec Jeremy. Mère, femme, épouse, universitaire, toutes les parties de mon être veulent Jeremy, l'ont toujours voulu pour être totalement sincère avec moi-même, et mon corps n'a assurément besoin d'aucune explication logique. J'ai une terrible envie de prolonger la perfection du moment que nous partageons.

Je suis beaucoup plus calme maintenant. L'ambiance créée par la musique, le chant, la danse, le dîner, les baisers, et peut-être même l'obscurité – même si je n'oserais jamais l'admettre – est tout simplement grisante, comme si j'étais au septième ciel.

Je sens une énergie chaude et légère en moi, une substance pétillante que je crois n'avoir jamais ressentie avant. C'est une sensation inhabituelle, mais je m'imprègne avec bonheur de sa présence.

— À quoi penses-tu maintenant ? me demande Jeremy, qui joue avec mes mains et pose doucement son pouce sur ma lèvre inférieure.

Je devine qu'il est d'humeur joueuse.

— Je me dis que j'ai envie de toi, tout de suite.

— Oh ! vraiment ?

Il rit.

— Et penses-tu pouvoir passer à l'acte ?

— Mmm, oui, en fait, je le crois, maintenant que j'ai retrouvé mes mains.

Je trouve sa ceinture, défais la boucle, descends rapidement sa braguette et fais glisser son pantalon sur ses fesses fermes et rondes.

— Tu as besoin d'aide ?

— Peut-être que je ne vois rien, Jeremy, mais je sais ce que je cherche.

Je devine son sourire, tandis que son impressionnante bosse enfle à l'intérieur de son slip. Je joue un peu avant de supprimer l'obstacle qu'il représente. Mes paumes caressent avec envie la chair de son sexe, mes doigts sont impatients de masser ses testicules. Il grogne dès l'instant où je le touche.

— Tu aimes toujours que je fasse ça de cette façon, après toutes ces années ?

— Certaines choses ne changent pas, répond-il.

Je me mets à genoux et continue à caresser ses testicules tout en resserrant mon étreinte à la base de son pénis. Je fais aller et venir tout doucement le bout de ma langue sur son extrémité et lui soutire une giclée de jus salé qui déferle nonchalamment, puis je m'arrête. Ses mains me caressaient les cheveux ; à présent, il me tient fermement la tête – pour garder l'équilibre ? Pour me signifier son désir ? Je me stabilise, les paumes agrippant ses fesses fermes et musclées, et je continue à le taquiner, puis j'accueille un peu plus de sa chair dans ma bouche, caresse après caresse. Ma langue relâche son attention, elle le désire ardemment. Ma bouche l'enveloppe, son membre tendu taquine le fond de ma gorge, et je le recueille volontiers en moi. Son sexe lisse et dur m'emplit la bouche à mesure que je le laisse progresser.

J'adore lui faire ces choses et je ne peux nier le feu qui s'allume entre mes cuisses pendant que je continue à le sucer longuement. Plus fort, plus loin. Jeremy émet un puissant grognement, et je sais qu'il est proche, qu'il y est presque.

Je ralentis un peu, joue, me délecte de son désir pour moi, avant de l'enfouir jusqu'au fond de ma gorge et d'envelopper la base de son sexe avec mes lèvres. Je sens la palpitation qui précède l'explosion sur le point d'inonder ma bouche.

À la dernière seconde, je me retire tout en maintenant ma prise sur ses testicules. Une convulsion l'agite au sommet de son orgasme, alors que sa semence atterrit quelque part derrière moi.

Agenouillée, j'attends qu'il reprenne ses esprits, puis je dépose un léger baiser sur le bout de son sexe avant de me lever en essuyant d'un coup de langue le résidu. Son souffle est bruyant, irrégulier.

— Pourquoi tu te retires toujours à la dernière minute ? J'adorerais te voir avaler.

— Tu sais que je n'aime pas ça.

— Tu as déjà essayé ?

— Pas exactement, et ce n'est pas dans mes projets.

— Alors, le problème ne vient pas de moi.

— Non, pas de toi, Jeremy. C'est simplement quelque chose que je ne fais pas.

— Mais les sensations sont tellement incroyables

quand tu fais tout le reste. Ce serait le paradis si tu avalais.

Ah ! voilà une belle occasion qui se présente. Je me demande s'il est prêt à négocier.

— Me rendrais-tu la vue si j'acceptais d'avaler ton sperme ?

Je le taquine.

— Aussi tentant que ce soit..., eh bien, disons que j'adore te voir aveugle.

— Bon, nous voilà dans une impasse, conclus-je.

Il m'embrasse sur la bouche, longuement et profondément, tandis que sa main rampe sous ma robe, puis trouve et caresse mes petites lèvres. Ses doigts se mettent à explorer, à sonder. Je soupire et resserre mes mains autour de son cou pour essayer de résister à la tentation d'accompagner son geste.

Ses doigts poursuivent leur exploration magique, et mes jambes perdent leur stabilité sur le sol de la terrasse.

— Un jour, tu me garderas dans ta bouche du début à la fin, déclare-t-il avec assurance.

— On verra ça.

Je soupire et j'essaie de rester à la verticale.

— En effet, on verra.

Il rit tout en libérant ses doigts de leur mission, me soulève une fois encore et m'emporte dans la chambre.

Ma robe disparaît avant que j'aie pu me rendre compte qu'il me l'enlevait, puis ses doigts reprennent leur quête avec une plus grande intensité que sur la terrasse. Le toucher de Jeremy est encore plus adroit et précis que dans mes souvenirs. Les quelques fragments de concentration qui me restaient quittent mon esprit, et mes gémissements résonnent dans le silence de la pièce. Alors que mon cerveau s'est épuisé dans sa tentative d'assimiler la réalité de ces dernières heures, mon corps accueille goulûment l'expérience physique qui lui est offerte. Je finis par m'assoupir, blottie dans la chaude étreinte de Jeremy. Je dors d'un sommeil profond, calme et étrangement satisfaisant.

* * *

Je ressens un contact étrange sur mes pieds. J'essaie de le repousser, de l'effacer de mon rêve, mais c'est comme une démangeaison dont je ne peux pas me débarrasser. Qu'est-ce que c'est ? Quelqu'un ? Quelque chose ? Je me retourne pour essayer d'ignorer cette gêne, mais ce chatouillis sur mes pieds est incessant.

Bon sang, il est encore là... Ce serait un doigt ?

Non, trop dur.

Une brosse ? Non.

Une plume peut-être ? Possible.

Ces pensées idiotes me font perdre le sommeil. Il fait toujours noir ; pas encore besoin de se réveiller, alors. J'essaie de repousser ce truc à coups de pied cette fois. Ah oui, ça marche. Je me réinstalle dans la douceur merveilleuse du lit, des draps impeccables et de l'oreiller en plumes.

Tiens, il est très différent du mien. Cette idée me fait réfléchir à l'endroit où je me trouve. Oui, me dis-je, tandis que des souvenirs étranges envahissent mon esprit, j'ai dû faire un rêve très, très bizarre... Je tends la main en me demandant si je vais découvrir une présence dans le lit à côté de moi. Rien. Personne. J'ignore totalement combien de temps j'ai dormi, quand soudain je me rappelle. Où je suis et avec qui.

La réalité me frappe. J'essaie de forcer mes yeux à s'ouvrir, oubliant momentanément ma situation, et, troublée par le souvenir du même geste la veille et de ses répercussions, j'hésite avant de toucher le bandeau.

Car ce n'était pas un rêve et, d'après ce que je comprends, l'obscurité va durer nuit et jour, du moins pour moi.

Cette chose agaçante sur mes pieds recommence, serpente sur mes chevilles, le long de mon tibia, et vers mon genou. Un endroit très sensible chez moi ; je n'ai jamais supporté d'être chatouillée là. Je me redresse, sur le qui-vive.

— Salut, toi.

La voix de Jeremy. Ce n'était donc pas du tout un rêve.

Je ris nerveusement.

— Salut, toi. Combien de temps j'ai dormi ?

— Tu poses une question dès les premières secondes de ton réveil. Sois une bonne petite fille, Alex. Pas de questions. S'il te plaît, allonge-toi de nouveau et reste tranquille.

J'obéis. Je ne veux pas discuter ses ordres. Je sens le drap qui glisse sur moi et je me retrouve exposée et nue. Les plumes poursuivent leur voyage. Je me tortille pendant qu'elles me titillent en passant sur mon nombril et continuent jusqu'à mes tétons. Je n'ai pas besoin de les voir pour savoir qu'ils réagissent instantanément à ce chatouillement.

— Mon corps me trahit si facilement, dis-je en chuchotant ces mots presque pour moi-même.

— Il l'a toujours fait ; quand commenceras-tu à l'écouter ?

Je réfléchis à la question.

— Lève les bras au-dessus de ta tête et garde-les comme ça, s'il te plaît.

Je fais ce qu'il me dit, car ses instructions directes sont plus faciles à suivre que mon esprit qui dérive. Les plumes jouent sur mes bras, mon visage, mon cou.

Être nue, les yeux bandés, pendant que des plumes caressent mon corps avec douceur et précaution, sans savoir un seul instant où elles vont se poser ensuite, ne ressemble à rien de ce que j'ai jamais vécu.

Leur légèreté me fait penser à celle de papillons voletant dans une douce brise, effleurant à peine ma peau. Ce contact me procure une sensation si agréable que des frissons me parcourent le corps.

— Écarte les jambes, s'il te plaît, m'ordonne poliment Jeremy.

Que ce réflexe soit dû à des années de comportement sexuel défensif ou protecteur, je l'ignore, mais je resserre aussitôt les jambes et baisse les mains pour me couvrir le pubis.

— Intéressant..., murmure Jeremy.

Les plumes interrompent leur croisade, et le silence se fait. Je sens qu'il attend ma prochaine réaction. Mes bras reprennent lentement leur position originale au-dessus de ma tête.

Le silence se poursuit. Ma vulve vibre avec tant d'impatience que je n'ose écarter les jambes, de peur que ces palpitations lui paraissent aussi flagrantes qu'à moi. Comme si elles ne l'étaient pas déjà, me dis-je avec irritation.

— Je te le demande encore une fois : ouvre tes jambes, s'il te plaît.

Je soupire, gênée, mais énormément excitée. J'écarte les cuisses avec une extrême lenteur.

— Encore plus, s'il te plaît.

Sa voix est ferme. Bon sang, il met vraiment un point d'honneur à se faire obéir. Je plie les genoux pour ouvrir mes cuisses plus largement devant lui. Cette palpitation en moi s'accentue aussitôt.

J'essaie de ne pas bouger, alors que le chatouillis recommence, mais c'est extraordinairement difficile. Je commence à me tortiller, essayant d'anticiper son prochain point de chute sur mon corps.

Une tâche impossible, mais je me débrouille pour maintenir ma position du mieux que je peux. Le chatouillis est insistant, taquin, mais léger, presque caressant, sans l'être tout à fait.

Mon corps rêve d'obtenir plus que ce faible contact, désire tant être touché par Jeremy. Mais, pendant tout ce temps, sa peau ne touche jamais la mienne, pas une seule fois. J'ai une envie folle de lui.

Ma respiration se fait superficielle. Combien de temps va-t-il encore me faire subir ça ? Je n'en peux plus. Il me faut une pression plus intense, quelque chose, n'importe quoi de plus fort. Je ne peux pas m'empêcher de laisser glisser mes mains jusqu'à mes seins, tandis que mon dos se cambre sous cette sensation continue. J'ai envie de lui en moi, j'ai un besoin désespéré de son contact physique. Sa patience surpasse tout ce que peut supporter mon corps, et il le sait. Il a toujours adoré tester mes limites, les repoussant chaque fois plus loin quand je pensais que c'était impossible.

— Jeremy.

Je prononce son nom en tendant la main vers lui.

— Patience, ma chérie, patience. Reste complètement immobile et fais exactement ce que je dis, sinon cette situation durera et tu n'obtiendras aucun soulagement.

Plus tu te montreras disciplinée, plus grande sera la récompense.

Je grogne, sachant trop bien qu'il est totalement sérieux.

Sa capacité à titiller, chatouiller et tourmenter chaque parcelle de mon corps a fait ses preuves à de nombreuses occasions à travers l'histoire. Je laisse échapper un soupir de frustration totale. Je suis arrivée trop loin pour dire non, et il sait très bien que je rêve de délivrance.

J'use de tout mon « zen intérieur » pour rester immobile, dans la position qu'il exige, et accepte ce tourment implacable sans plus protester ni me plaindre. J'essaie de compter à rebours depuis cent et, incapable de me concentrer, je me perds dès que j'arrive à quatre-vingt-neuf.

Je me tortille.

Il s'arrête.

Je reste immobile.

Il reprend son jeu de plumes. Je désespère qu'il me touche, mais m'efforce de garder cette position pour lui.

Il est implacable, discipliné et patient.

Pas moi.

Au moment où je suis saturée de frustration et de désir, son corps s'écrase soudain sur le mien. Son pénis palpitant harponne mon vagin si radicalement que je ne peux retenir le cri qui s'échappe de mes poumons. Mes jambes sont maintenant très largement écartées. Il pénètre mes profondeurs et ne ménage pas ses forces, tandis qu'il me plaque les bras au-dessus de la tête. Il me donne coup de reins après coup de reins. C'est fort, c'est rapide et c'est exactement ce dont j'ai besoin. Mon dos se cambre sous sa force, et je projette la tête en arrière. J'ai le souffle coupé, mais ça n'a rien de douloureux. Mon vagin lubrifié l'absorbe goulûment, tandis qu'il explose en moi.

On dirait que sa patience a fini par atteindre ses limites. Dieu merci !

Il s'écroule sur moi, et son poids m'enfonce dans le matelas. Nous restons sans voix, chacun haletant pour retrouver son souffle. Des chatouillis recommencent plus bas, un profond désir à la base de mon ventre. Cette sensation a commencé dans le bain et ne me quittera sans doute pas avant quelque temps. Il enfouit son visage dans mon cou.

— C'était incroyable. Je n'ai jamais vécu un tel réveil de toute ma vie.

— Moi non plus, convient-il.

Il m'embrasse, me mange presque le cou.

— Je t'en prie, ne me fais plus attendre aussi longtemps. Tu m'as presque fait perdre la tête.

Ses lèvres et sa langue continuent à me dévorer avidement, puis il lâche une terrible vérité.

— Je ne te promettrai certainement jamais une chose pareille, ma chérie.

Je grogne. Encore.

— Tu dois être affamée. Mangeons !

Je peux dire en toute honnêteté que mon corps ne s'est jamais senti aussi vivant. Je n'ai jamais ressenti une telle excitation sexuelle depuis mes vingt ans, et elle est bien plus forte qu'à l'époque. Comment pouvons-nous avoir encore ce pouvoir en nous ? Je n'en sais rien. Mes lèvres du haut ont envie de sourire. Mes lèvres du bas vibrent de gourmandise et d'impatience. Je sens l'énergie sexuelle battre dans mes veines, dans mon sang. C'est une sensation des plus étranges : je suis satisfaite, mais j'en veux encore. Qu'est-ce qui m'arrive ? Est-ce que ça vient vraiment de l'absence de stimulation visuelle, qui me permet de ressentir beaucoup plus que d'habitude, ou est-ce la conséquence des montagnes russes émotionnelles sur lesquelles Jeremy m'a embarquée depuis mon arrivée ? C'est comme s'il réveillait des envies sexuelles qui sommeillaient en moi depuis des années et attendaient simplement d'être ranimées.

Je peux seulement conclure qu'il s'agit d'un mélange de toutes ces hypothèses, puisque ma capacité à analyser plus profondément les choses n'est à ce stade plus qu'un lointain souvenir. Je ne peux pas m'empêcher de méditer sur l'ironie de mon sort : j'essaie sans cesse d'entrer en contact avec mon esprit analytique pour ajouter ces derniers éléments à mes recherches, mais chaque tentative est anéantie par la succession des sensations créées par Jeremy.

Il commande à peu près tous les plats qui lui viennent à l'esprit au service d'étage. Nous bavardons, nous rions, nous nous caressons, et ça ne me semble plus aussi bizarre de porter un bandeau.

Sa voix est si rassurante et familière que je me sens presque totalement à l'aise. Le repas arrive, et nous mangeons enfin. Je suis affamée.

— Tu as encore un petit creux ? me demande-t-il en déposant une autre fraise dans ma bouche.

— Franchement, je ne peux plus m'arrêter d'en manger ; c'est une vraie drogue. Il y a quelque chose de spécial dans le fait de manger des fraises fraîches dans un hôtel cinq étoiles. C'est comme si l'un et l'autre avaient été conçus pour aller parfaitement ensemble...

— Eh bien, il n'en reste qu'une. Tiens, mange-la.

Il la dépose dans ma bouche et la retire aussitôt.

— Réflexion faite, tu as probablement eu ta part. Il se pourrait que je garde celle-ci pour moi.

Il défait mon peignoir et je sens la fraise dessiner des cercles autour de mes tétons. Elle voyage sur mon nombril avant de venir taquiner mon orifice. Je sens le fruit juteux aguicher ma vulve.

— Je crois que cette fraise aimerait bien jouer à cache-cache.

Je gémis, tandis que sa langue commence à la chercher.

Quatrième partie

On ne mesure pas sa vie en comptant les inspirations qu'on a prises, mais les moments qui nous ont coupé le souffle.

Anonyme

— Maintenant, il faut qu'on t'habille. Nous avons une longue journée devant nous.

— Une longue journée ? On ne va pas seulement traîner ici et s'amuser ?

N'ayant aucune intention de quitter mon peignoir avant quelques bonnes heures, je ne le prends pas au sérieux un seul instant.

— Encore une question, répond-il impassiblement.

Oh ! pas encore cette histoire de questions, me dis-je. Son ton m'inquiète. Je ne comprends pas ce qui se passe. À quoi s'attend-il ? À ce que je reste muette ? Bien sûr que j'ai des questions. Quelle femme au monde n'en aurait pas, même dans des circonstances normales ? Alors, d'autant plus dans cette situation ! Si seulement il voulait bien se détendre et oublier un peu cette histoire d'interdictions.

Cependant, plutôt que d'exprimer tout haut ces pensées, je me félicite intérieurement d'avoir retenu la leçon de la veille et tente une autre approche.

— Alors, que vais-je donc porter ?

Mon ton est guilleret et stupide.

— Tu ne peux vraiment pas t'en empêcher, hein ?

— De quoi ?

— De poser des questions !

Il semble totalement exaspéré.

— Mais je ne l'ai pas fait ! dis-je d'un ton indigné. Oh ! si, c'est vrai. On dirait que mon cerveau est un peu lent à comprendre.

J'essaie de prendre mon erreur à la légère. Je tends la main pour lui donner un rapide câlin « efface-tout », mais l'espace autour de moi est désespérément vide.

— Tu vas finir par apprendre, Alex.

Je l'entends quelque part ailleurs dans la pièce.

— Mais je ne suis pas sûr que tu apprécieras la leçon.

— Qu'est-ce que ça... ?

J'entends les mots sortir de ma bouche avant de pouvoir les retenir et je m'interromps aussitôt. Je ne comprends pas sa remarque énigmatique, mais je ne vais certainement pas enchaîner avec une autre question, juste au cas où.

— Très bien alors, habillons-nous, dis-je avec autant de légèreté et d'aisance que possible.

— Beaucoup mieux, répond-il doucement avant de m'embrasser sur les lèvres.

De nouveau content. Tout va bien.

Pourtant..., je ne peux pas m'empêcher de penser qu'il me dresse dans un but particulier, comme un gentil chiot.

— Les filles devraient être là d'une minute à l'autre pour t'aider à t'habiller.

Même après le choc de ces mots, le coup à la porte me fait bondir.

— Les filles. Quelles filles ?

Ma voix est étrangement aiguë.

— Pardon, pardon, me reprends-je automatiquement avant qu'il me serve son refrain « Encore une question ».

Je suis de nouveau totalement nerveuse.

— Détends-toi, je vais ouvrir.

Il ne me laisse vraiment pas le choix. J'entends des voix féminines se présenter à Jeremy depuis la porte, quelque chose comme Cindy... Candy... Il me fait une blague, c'est sûr.

— Bonjour, je suis content que vous ayez pu venir. Entrez. Elle est là.

Ma tête commence à tourner. Je m'empresse de chercher le bord du lit à tâtons, tombe du coin par accident et finis étalée par terre. Jeremy se précipite vers moi pour me demander si ça va. Je me sens totalement idiote. Je suis tellement embarrassée que j'ai envie de me rouler en boule et de disparaître sous terre.

Comment a-t-il pu me faire ça ? Mon cœur bat si vite, je ne sais pas quoi penser, quoi faire, ni quoi dire. Il a toujours nourri ce fantasme de deux filles... Il ne ferait pas ça, il ne peut pas ! Il m'aide à me relever.

— Tu es sûre que ça va ? Tu es toute pâle.

J'ai l'impression d'être verte ; j'imagine assez bien qu'il puisse me trouver pâle. Je n'arrive pas à prononcer le moindre mot.

— Les filles sont là pour t'aider à t'habiller avant qu'on s'embarque dans notre grande aventure ! s'exclame-t-il, une fervente excitation dans la voix.

— Je n'ai ni envie ni besoin d'autres aventures, Jeremy. J'en ai eu assez pour remplir une vie entière, dis-je en chuchotant d'un ton sévère, car je ne sais pas à quelle distance de moi se trouvent « les filles ».

Il m'aide à me relever et m'emmène dans la salle de bains. Oh ! mon Dieu. Est-ce qu'il est devenu fou ?

— Ne t'en fais pas, ce n'est pas ce que tu penses. Elles sont là pour t'aider, je te le promets.

Il dégage ses bras de mon étreinte et me livre à elles.

Je me mets à trembler. Chacune de mes mains est placée dans l'une des leurs. J'essaie de m'accrocher à lui, mais on nous sépare.

— Non, s'il te plaît, ne me laisse pas. Je n'ai pas besoin de leur aide. Je me débrouillerai toute seule. Jeremy ?

J'entends la porte se refermer et je me retrouve seule, totalement paniquée, en compagnie de deux étrangères aux prénoms de call-girls, qui n'ont pour moi aucun visage, alors que j'en ai un pour elles.

Je sens de longs ongles au bout des doigts qui retirent doucement mon peignoir. D'instinct, j'agrippe le vêtement et je le resserre autour de ma taille. Les ongles essaient de nouveau, tandis que d'autres mains défont simultanément la ceinture. J'essaie de distraire la fille aux ongles en lui parlant.

— Franchement, ça va très bien, je peux me débrouiller. Ça va, je vous assure.

Elles poursuivent leur quête. Je m'étonne qu'elles me retirent le bandeau. Je suis maintenant toute nue. On me place sur les toilettes. Je me couvre de mes bras. On ouvre le robinet de la douche avant de m'y faire entrer. J'ai la chair de poule, et l'eau crépite sur ma peau.

On me lave les cheveux, on y applique de l'après-shampoing, puis on les masse si délicatement et si soigneusement que je finis par me détendre et me laisser faire avec beaucoup plus de facilité que je l'imaginais. Les ongles deviennent des alliés, tandis qu'ils me savonnent en douceur de leur toucher expert.

Quand quatre mains s'affairent habilement sur votre corps, vous les repoussez ou vous les laissez volontiers terminer leur mission ? J'opte pour la deuxième proposition.

Les produits qu'elles utilisent sentent divinement bon, et leur mousse abondante et voluptueuse me laisse la peau veloutée. Ma peau est rincée avec délicatesse grâce à l'eau brûlante qui déferle sur mon corps.

En silence, on me fait sortir de la douche, et d'épaisses serviettes en éponge viennent sécher chaque parcelle de mon corps. Des mains lisses, douces et enduites de crème glissent le long de mes jambes, de mes bras et de mon buste.

Elles soulèvent un pied à la fois et me massent entre chaque orteil, provoquant une réaction dans divers endroits moins évidents de mon corps. Ouah ! j'ignorais que les orteils pouvaient être si sensibles. Lorsqu'elles ont accompli leur tâche, elles m'aident à renfiler mon peignoir, et je pousse un soupir de soulagement en pensant qu'elles n'iront pas plus loin.

J'ai la sensation d'être douce, sensuelle, régénérée et je sens si bon qu'on me croirait sortie d'un flacon de Coco Mademoiselle, comme le génie sorti d'une lampe. Si j'étais seule, je n'hésiterais pas à m'étreindre moi-même. Mes cheveux sont séchés, puis on me les tresse bien serrés sur la nuque. Je tente d'ouvrir les yeux, mais c'est douloureux, car mes paupières sont toujours très lourdes. Avec ou sans bandeau, je reste donc dans cette obscurité grise et j'avance vers ce nouvel inconnu.

Je perçois un bruissement au moment où on me fait passer de la salle de bains au dressing. Puis mon corps est emprisonné à grand renfort de fermetures et de boucles dans une combinaison en cuir, à laquelle s'ajoutent de lourdes bottes qui m'arrivent à mi-jambe, et des gants qui me vont parfaitement. Chaque partie de mon corps est enrobée de l'arôme et du contact du cuir. De grandes lunettes de soleil viennent compléter mon look, et je perds tout sens de la lumière une fois qu'elles me recouvrent les yeux. Ce bon vieux Jeremy n'a rien laissé au hasard.

Dans un sens, je suis soulagée de ne pas voir à quel point j'ai l'air ridicule. J'ignore dans quel but j'ai été habillée comme ça, mais j'en conclus que Jeremy cultive un fantasme débridé pour le cuir, ce qui m'avait totalement échappé. Ma tenue tinte dès que je bouge, à cause du nombre de fermetures et de clous qui la maintiennent serrée autour de mon corps.

Je me dis que je dois avoir l'air d'une vraie punk, à supposer que le cuir soit noir, ce dont je n'ai finalement aucune idée. Je lui passerais un sacré savon s'il était d'une autre couleur, soit dit en passant. Imaginons qu'il soit d'un affreux rose vif ! Bien que mon corps me paraisse costaud et résistant dans cette combinaison, ma tête me semble, elle, extrêmement vulnérable. J'ignore ce que je fais dans cette tenue de colosse et je n'avais certainement pas envisagé la perspective de quitter l'hôtel. Mais puisque je me trompe depuis le début sur la suite des événements, j'aurais sans doute dû m'y attendre.

— Eh bien, tu as l'air féroce, Alexa, une vraie motarde, une dure à cuire. Si je ne te connaissais pas, je serais mort de trouille.

— Et si je ne te connaissais pas, Jeremy, je ne serais pas habillée comme ça, dis-je, les mains plantées sur les hanches.

— Tout juste, dit-il avec un rire. Tout juste.

En mon for intérieur, j'adore l'idée d'avoir l'air « féroce » et je suis contente de jouer ce rôle, même aveugle comme une taupe.

— Allez, nous n'avons pas une minute à perdre.

Il attrape d'une main mes fesses lisses et gainées de cuir et me conduit vers l'ascenseur. Est-ce que le but est simplement de s'amuser en se déguisant ? De toute façon, comme je ne peux m'empêcher de trouver ça drôle, je lui attrape les fesses en retour et sens qu'elles sont couvertes de la même matière.

— Eh bien, dis-moi... On doit avoir une de ces allures.

— En effet, convient-il, tandis que l'ascenseur descend.

* * *

Nous arrivons à destination et, vu le temps qu'a duré la descente, j'en déduis que nous devons être dans le hall ou le parking de l'hôtel. Je me rapproche de Jeremy, consciente que nous entrons dans le « monde réel », et mon manque d'assurance revient instantanément me hanter. Il me place près d'un mur.

— Ne bouge pas d'un pouce, ma chérie. Reste où tu es, je vais la chercher.

— « La » ?

Mon incertitude se transforme en peur en un millième de seconde. Dès que Jeremy m'abandonne, je plaque mon corps contre le mur. Le rugissement d'un moteur qu'on met en marche me fait bondir de peur, alors que des fumées d'échappement envahissent mes narines. Le son et l'odeur se rapprochent de moi, Jeremy m'attrape par la main et me tire vers le bruit monstrueux.

— Tu es déjà montée sur une moto ? hurle-t-il en hissant ma jambe hésitante par-dessus la bête vibrante.

— Seulement sur une moto tout terrain dans une ferme quand j'étais jeune, réponds-je nerveusement.

— Alors, accroche-toi, parce que t'es en route pour une sacrée balade.

On dirait un ado qui conduit sa propre voiture pour la première fois.

— Mais je ne vois rien !

Il me coince la tête sous un casque et s'assure que mes lunettes sont bien en place.

— Tu n'as pas besoin de voir ; moi, si, me répond-il en criant par-dessus le bruit.

Sous mon corps, le moteur se réveille en grondant. Jeremy croise mes doigts autour de sa taille.

— Il faut seulement que tu te tiennes !

— Tu as un permis pour conduire ce genre d'engin ?

— Tu n'as plus besoin de crier. Je peux t'entendre maintenant que tu as ton casque.

J'entends sa voix qui pénètre directement dans mon oreille. Il ignore ma question. *Oh ! oh !* Je me rends compte que je viens de lui en poser une autre et j'espère qu'il ne l'a pas remarqué.

— Tiens-toi bien, et essaie juste de calmer un peu ta respiration.

Il peut apparemment percevoir mon angoisse grâce au micro du casque.

— Plus facile à dire qu'à faire !

La bête avance brusquement, et je suis presque projetée en arrière. Il ne me reste plus qu'à me tenir à lui aussi fort que possible, car nous prenons ensuite un virage serré. La folle aventure de ce week-end bat toujours son plein...

Pendant un moment, la moto s'arrête et repart plusieurs fois, et il me faut un moment pour adapter mon équilibre aux manœuvres imprévues. Comme Jeremy ne parle pas, je suppose qu'il se concentre sur la circulation, ce qui me réconforte au moins un peu. Maintenant que je chevauche une moto, je ne me sens plus aussi voyante dans ma tenue.

Et l'avantage, c'est que je ne porte plus de bandeau. Nous prenons de la vitesse, et la balade prend un rythme fluide, beaucoup plus confortable sans les secousses que j'essayais sans cesse d'anticiper.

— Est-ce que ça va derrière ?

Tandis que Jeremy réajuste sa position sur le siège, je me rends compte que je le serre si fort qu'il doit avoir du mal à respirer.

— AB ?

Mon étreinte est tellement puissante ; je n'ai aucune envie de la relâcher, de peur de tomber. Mes jambes m'ancrent à la moto, tandis que mes bras enserrent sa taille.

Le haut de mon corps est plaqué contre son dos, de sorte qu'il ne reste pas un millimètre de vide entre nous. Juste au moment où je m'apprête à relâcher mon étreinte pour dire à Jeremy que je vais bien, la moto fait une embardée à droite, puis très rapidement à gauche. Génial, maintenant il double quelqu'un.

— Alex, tu m'entends ?

Sa voix résonne de nouveau dans mon casque.

— Oui, oui. Je vais bien. Je me concentre juste, enfin, pour ne pas tomber, quoi.

Je balbutie ces quelques mots alors que nous prenons encore de la vitesse. « Pour rester en vie » aurait été plus approprié, me dis-je.

— Tu as peur ?

Ses questions continuent à pénétrer mes oreilles.

— D'après toi ? Je ne savais pas que tu conduisais des motos.

— Je le fais depuis des années. C'est génial de t'emmener enfin faire un tour.

— Eh bien, je préférerais vivre cette expérience avec mes yeux.

Je ne peux pas m'empêcher de le lui faire remarquer.

— Je t'en prie, fais attention, Jeremy. Il faut vraiment que je sorte de là vivante. Mon sort est entre tes mains.

— En effet, Alex. Tu commences enfin à le comprendre. Détends-toi et profite de la balade. Nous avons quitté la ville.

— Et j'imagine que tu ne vas pas m'éclairer en me disant sur quelle route nous roulons !

— Tu sais bien que ça gâcherait tout.

Là-dessus, il accélère brusquement et laisse la moto filer sur la route à toute allure. J'en ai le souffle totalement coupé.

Qui aurait pensé que je chevaucherais un jour une bête aussi bruyante dans l'obscurité totale ? Moi, jamais de la vie. Maintenant que je parviens à me détendre un peu, mais pas trop quand même, je dois admettre que c'est une sensation géniale. Heureusement, la carrure de Jeremy m'isole de la force du vent, ce qui me permet de savourer ce moment d'ivresse et la puissance de l'engin. Si les enfants pouvaient me voir ! Ils ne me reconnaîtraient pas. Jordan aurait du mal à y croire, mais penserait que je suis la mère la plus cool du monde. Il voudrait prendre une photo pour la présenter à ses copains et à son maître pendant la rubrique « Quoi de neuf », mais il serait plus impressionné si j'étais seule sur la moto. Elizabeth se montrerait probablement plus soucieuse de ma sécurité et me demanderait si j'ai peur. Je ne peux m'empêcher de me demander si, dans l'évaluation du risque, le rôle et les valeurs des sexes masculin et féminin sont déterminés depuis la naissance. Je n'ai jamais réussi à trouver une conclusion satisfaisante à l'éternel débat entre l'inné et l'acquis, même s'il fournit toujours un sujet de discussion intéressant. Je me demande comment ça se passe là-bas dans la nature et j'espère qu'ils s'amusent bien.

Je ne sais pas où nous allons, ou si la balade est en elle-même une destination. Aucun doute que Jeremy a tout organisé soigneusement pour nos quarante-huit heures ensemble. On peut dire qu'il ne mentait pas quand il disait qu'il ne gaspillerait pas une minute. Alors, je me calme, me blottis contre son dos et pose ma tête sur son épaule. Le rythme du moteur entre mes jambes offre une faible vibration, constante et agréable. Mes autres sens sont totalement occupés à assimiler toute cette expérience. C'est une sensation fantastique et, en toute sincérité, j'apprécie vraiment la balade. Je resserre un peu mon étreinte.

— Jeremy, c'est vraiment incroyable. Je n'aurais jamais rêvé de faire une chose pareille et j'adore ça.

Sa main tapote doucement la mienne, comme pour me montrer sa reconnaissance. Je me fige aussitôt.

— S'il te plaît, s'il te plaît, s'il te plaît, garde les deux mains sur le guidon. Je n'ai pas besoin d'être plus flippée que je ne le suis déjà.

Il rit en reposant la main devant lui.

— D'accord, pas de problème.

— Merci.

Je ne peux pas m'arrêter de sourire, tout comme il m'est impossible de nier que j'apprécie la promenade. Le vent, la vitesse, le moteur, la proximité, tout est grandiose... Même l'obscurité est excitante, d'une façon étrange, surréaliste. Je me laisse submerger par l'exaltation du voyage sans savoir où il me mènera.

Nous finissons par ralentir après un long moment, environ une heure, peut-être plus. Je n'en suis pas sûre et je ne vais pas le demander. Jeremy m'aide à descendre de la moto, car mes jambes sont légèrement engourdies après la balade, puis il m'enlève le casque devenu inutile.

C'est agréable de pouvoir étirer les jambes. Elles tremblent un peu d'être restées dans la même position pendant si longtemps. Mon embarras est plus que réel, et je réajuste nerveusement mes lunettes de soleil.

— Ne t'inquiète pas, personne ne nous regarde.

Il est capable de deviner mon inconfort.

— Tu en es sûr ?

Les mots quittent mes lèvres avant qu'aucun filtrage n'ait eu le temps de se produire.

— Oui, j'en suis sûr. Parce que je vois, et toi, non.

— D'accord, j'ai compris.

Mon nez inspire goulûment l'oxygène autour de nous, maintenant que les gaz d'échappement se dissipent. Cet air a quelque chose de vraiment frais. Son odeur, associée à la douce brise et aux chants d'oiseaux, me rappelle de tendres souvenirs d'enfance avec mes cousins pendant les vacances scolaires.

Je reste immobile, jusqu'à ce qu'il attrape ma main. Nous commençons à marcher.

— J'ai du mal à croire que tu ne m'as jamais parlé de ton permis moto.

J'essaie d'avoir l'air indignée.

— Il y a beaucoup de choses que tu ignores à mon sujet, Alex. Espérons que cela changera au cours des prochaines années.

Prochaines années ? Je remarque que, même quand j'essaie de prendre un ton léger et décontracté, il se débrouille pour introduire un lourd sous-entendu, et ça ne cesse de me prendre par surprise. Nous nous arrêtons, et je l'entends commander deux cappuccinos, sans sucre, et « dans des gobelets à emporter, s'il vous plaît ». Une fois encore, l'absence de toute consultation est un peu stupéfiante. *Laisse courir...* Je me détends.

— Du café, et parfait en plus...

Je m'aperçois que ça me met sur une piste. Il doit être dix ou onze heures, ce samedi matin.

Ou peut-être que Jeremy a organisé jusqu'aux cafés pour me faire croire que c'est l'heure de la pause du matin. *Arrête de penser à l'heure*, je me sermonne. *Tu n'as aucun moyen de maîtriser le temps, alors, oublie-le.*

— J'ai pensé que ce serait plus facile pour toi qu'une tasse avec une soucoupe. Fais attention quand même, c'est chaud.

J'ai l'impression de m'entendre avertir les enfants quand je sors quelque chose pour eux du micro-ondes. Il place le gobelet entre mes mains, me conduit vers une table à l'extérieur et m'aide à m'asseoir.

Je porte lentement la boisson à mes lèvres, imaginant avec délices son arôme et son goût. En tout cas, je n'ai pas vraiment besoin de caféine pour me réveiller, car mes sens sont plus qu'en alerte. L'adrénaline qui circule déjà dans mes veines s'en charge très bien toute seule.

— Excellent café.

Je viens d'avaler une longue et prudente gorgée.

Je commence à comprendre combien la conversation humaine dépend de l'échange de questions ou s'appuie sur des indicateurs visuels. L'absence des deux rend mon bavardage creux et superficiel. C'est presque comme si nous étions à notre premier rendez-vous et qu'il ne se passe pas très bien. J'échoue lamentablement à entretenir la conversation et je ne sais pas si Jeremy est en train de me tester là-dessus ou s'il me laisse délibérément dans l'incertitude.

J'ai sans doute pris l'habitude de poser des questions à mes interlocuteurs pour alimenter la discussion. Vu le domaine dans lequel je travaille, j'imagine que c'est compréhensible.

Peut-être que je trouve difficile de développer d'autres stratégies à court terme quand je me trouve dans des circonstances imprévues... Comme il est étrange que je remarque ces choses seulement maintenant, assise à côté de Jeremy, un café à la main, vêtue de cuir et incapable de voir.

— Je me demande à quoi tu penses, dit Jeremy, rompant finalement le silence entre nous.

Je reviens à la réalité.

— C'est amusant que tu me le demandes. Je réfléchissais en fait à l'importance des questions, directes ou indirectes, dans la conversation humaine. Et je me demandais s'il m'arrivait d'intervenir activement dans une discussion autrement qu'en interrogeant les autres.

Et à l'instant où je prononce ces mots à haute voix, l'idée que cela puisse être vrai m'horrifie. C'est seulement une pensée sous-jacente à ce stade, mais, plus j'y réfléchis, plus ça me semble pertinent.

Lorsque j'ai fini de spéculer, un silence atrocement long s'installe.

— Jeremy ?

Est-ce qu'il m'a laissée ? Est-ce qu'il est parti aux toilettes ?

— Tu es toujours là ?

Je jacasse toute seule comme une dingue, et il n'est même pas là ! Je maudis mes yeux aveugles encore une fois.

— Oui, je suis toujours là, dit-il calmement, prenant ma main depuis l'autre côté de la table. Je suis vraiment content que tu commences à comprendre ces choses sur toi-même. Trouves-tu juste de toujours poser les questions et de ne jamais faire entendre ton avis ? Tes pensées ? Tes sentiments ? Tu es si absorbée par ton identité professionnelle qu'elle a empiété sur tes relations personnelles. Tu es tellement occupée à essayer de résoudre les problèmes des autres. Je pense parfois que tu t'oublies. Que tu oublies qui tu es. Ce que tu représentes.

Je suis un peu prise de court. Enfin, c'est un euphémisme. Je suis totalement prise de court.

— Tu penses vraiment que je suis comme ça ?

— Oui. Tu as toujours eu cette tendance, et ça s'est accentué avec ta profession. C'est pour ça que, comme je m'y attendais, tu trouves si difficile d'arrêter de poser des questions ce week-end et de te laisser aller.

Je me sens soudain beaucoup plus jeune que Jeremy, toute petite psychologiquement, d'une certaine façon. Coincée quelque part entre la relation parent/enfant et docteur/patient. Cette idée est extraordinairement pénible pour moi. Je ne pourrais dire de source sûre combien elle l'est pour lui, mais ce n'est pas très difficile à deviner.

— Au fait, qu'est-ce que ça te fait de ne pas être stimulée visuellement ?

Sa curiosité prend un léger ton analytique.

— Eh bien, ce n'est pas comme si je n'avais reçu

aucune autre stimulation..., dis-je pour essayer de détendre l'atmosphère.

— Non, sérieusement, Alex, dis-le-moi.

Puisqu'il vient de m'offrir ses impressions sur mon manque de franchise, je décide de lui répondre honnêtement.

— C'est vraiment très dur, comme vous deviez vous y attendre, docteur Quinn. Certains aspects sont plus difficiles à supporter que je ne l'aurais imaginé... Parfois, j'ai juste envie de hurler de frustration, et à d'autres moments, je suis tellement prise au dépourvu que c'est, enfin..., c'est...

Je sens mes joues se réchauffer.

— Continue.

Il me caresse la joue, encourageant gentiment mes mots à sortir.

— C'est tellement étrange d'être incapable d'anticiper, enfin, de ne rien voir venir, vraiment. Aucune action, aucun mot, je ne sais jamais si nous allons encore prendre un virage ou nous arrêter complètement. Je perçois nos conversations un peu comme cette balade à moto, métaphoriquement parlant.

— Et le reste du temps ?

Je remarque que je ne tiens plus en place et me tortille sur mon siège. J'ai l'habitude d'être celle qui pose les questions, pas celle qui y répond.

— Le reste du temps, je ressens une excitation nerveuse à l'idée de ne pas savoir ce qui va suivre, si je vais être touchée, caressée ou même fessée !

Je rougis en repensant à cette claque extrêmement rapide sur mon postérieur, qui m'a tellement surprise avant le dîner.

— Je ne sais pas où tout ça va me mener et je suis

vraiment tentée de, enfin, tu sais, de m'abandonner à toi..., mais c'est tellement difficile.

— J'espérais que tu réagirais de cette façon, et tu as vraiment dépassé mes attentes. Si seulement tu pouvais me faire un peu plus confiance et t'ouvrir. Je veux effectivement que tu t'abandonnes à moi ce week-end, plus que jamais. Je veux révéler la vraie Alex, la femme qui se cache derrière une façade bien maîtrisée depuis beaucoup trop longtemps. Nous connaissons les secrets de l'autre mieux que personne. Nous n'avons rien à perdre et tout à gagner. Et, franchement, si j'ai pour but de découvrir un remède contre la dépression, ce que j'espère accomplir d'ici un an ou deux, tu représentes la vraie mission de ma vie.

Comment et quand suis-je devenue la mission de sa vie ? Ses mots me fichent une trouille pas possible, car je sais quel type d'homme il est et qu'il ne dit pas les choses à la légère – jamais. Même si ses remarques sont difficiles à entendre, je perçois une sorte de vérité en elles, que cela me plaise ou non.

Jeremy a toujours été capable de lire dans mon jeu, de deviner ce que je ressentais ou désirais avant que j'aie pu l'exprimer, ce qui lui a constamment permis d'avoir un temps d'avance sur le processus de mes pensées. On dirait que ce week-end se déroule de la même façon. Nous n'avons jamais été capables de laisser l'autre totalement s'éloigner.

— Si c'est ce que tu crois, alors, pourquoi est-ce que je me sens toujours un peu nerveuse avec toi, Jeremy ? C'est comme ça depuis qu'on se connaît, et je ne peux pas croire que ce soit encore le cas après toutes ces années.

Je poursuis, le ton légèrement frustré.

— Regarde dans quel état je suis maintenant : totalement dépendante de toi. Tu sais à quel point je tiens à mon indépendance, combien j'ai travaillé pour l'obtenir, et c'est exactement ce que tu viens de me prendre. Tu peux me demander de te céder, mais jusqu'où vais-je encore pouvoir aller ? Qu'est-ce qu'il te faut de plus ? Est-ce que je suis vraiment le point de mire de tes projets, Jeremy, ou est-ce que ce ne serait pas plutôt ta propre personne ?

— Voilà des questions intéressantes, docteur Blake, auxquelles je vais vous donner une réponse unique et sincère. Tu sais qu'avec moi, tu peux toujours t'attendre à l'inattendu. C'est ce que je t'offre, ce qui ne peut pas être maîtrisé. La peur, l'excitation, l'anticipation, le plaisir, l'inconnu, la confiance, l'abandon, tout ça en même temps. Quelque part dans ton psychisme, ce mélange se révèle grisant. Pourquoi je fais ça ? Parce que je sais, au fond de moi, que tu adores ces sensations et qu'elles finiront par te libérer des contraintes et des limites que tu t'es imposées. Réfléchis-y, Alex. Si j'étais absent de ta vie, la chose qui te manquerait serait la liberté. Même si tu te sens en colère ou frustrée à cause de moi, ça n'est jamais que de courte durée. Je suis prêt à prendre ce risque pour que tu obtiennes des récompenses phénoménales.

Il s'interrompt momentanément, tandis que je reçois ses mots comme un coup de massue.

— Nous ressentons ensemble le summum de la tension sexuelle, et, honnêtement, on a beau essayer de l'ignorer depuis des années, elle ne s'éteindra jamais.

— Eh bien, ça fait beaucoup de choses à intégrer pour une femme aveugle.

La puissance de ses mots ouvre des pistes de réflexion, alors que je tente d'assimiler des tas de pensées et d'émotions à la fois.

Est-ce que cela peut être vrai ? Est-ce que j'adore ça ? L'inconnu ? L'inattendu ?

Qu'entend-il par liberté ? Il ne cesse d'utiliser ce mot...

Croit-il honnêtement que nous sommes destinés à être ensemble de cette façon ?

J'ai l'impression qu'il lit en moi comme dans un livre ce week-end, de façon cohérente, réfléchie, intelligente et à la vitesse qu'il désire.

— Et sois-en sûre, ma chère Alex, ta promesse est toujours d'actualité, et je continue à compter.

— Pardon ? dis-je, distraite par le soudain changement de sujet, toujours plongée dans la précédente conversation.

Il répète sa déclaration.

— Tu te rappelles certainement que je suis un excellent statisticien !

Son ton est très lourd de sous-entendus.

— Oui, bien sûr, Jeremy, comment pourrais-je l'oublier !

Ma réponse en est tout aussi chargée. Je ne m'en souviens que trop bien, en effet. Je me tortille sur mon siège, alors que me revient ce souvenir – pénible au début, mais mémorable.

— Quelle nuit d'anthologie ! L'une de mes victoires les plus agréables, et, pour finir, l'une de nos plus grandes découvertes au sujet de ton incroyable corps...

La voix de Jeremy s'estompe. Nous repensons au passé, et je laisse mon esprit dériver vers cette période de nos vies.

Il y a depuis le début une rivalité entre nous à la fac. Nous aimons savoir qui est le meilleur dans quelle matière et parions souvent entre nous. Jeremy et moi suivons tous les deux un cours optionnel de méthode quantitative et avons fait un pari : celui qui sera le meilleur dans cette matière pourra choisir une chose à laquelle l'autre devra obéir toute une nuit sans se plaindre.

Après lui avoir volontiers serré la main, j'ai imaginé Jeremy en train de nettoyer mon appartement nu, de préparer le dîner, de me masser et, d'une façon générale, en train de se soumettre à mes ordres.

Oui, me suis-je dit, c'est une excellente idée de pari, d'autant plus que j'ai eu la meilleure note à chacun de nos devoirs. Je n'ai jamais vraiment pensé que je pourrais ne pas gagner ; après tout, cette matière n'est pas sa spécialité.

Les notes nous sont finalement annoncées : Jeremy a obtenu un demi-point de plus que moi, parce qu'il a fourni une explication plus complète à la dernière question. Je me dirige tout droit vers le bureau du professeur Jarlsberg pour revérifier avec lui ma feuille d'examen, question par question.

Chose exaspérante, mais compréhensible, Jeremy m'accompagne. Il est à la fois incapable et peu disposé à cacher le sourire idiot qui semble bien trop large pour son visage. Aucun argument, aucune protestation ne convaincront le professeur d'augmenter ma note d'un demi-point, ou de baisser celle de Jeremy, et pourtant Dieu sait que j'insiste. Le sourire de Jeremy semble doubler de volume, si tant est que ce soit possible.

— Pas un mot, lui dis-je sévèrement en agitant mon doigt devant lui avant de sortir en trombe.

Jeremy ne dit rien mais son visage parle pour lui.

Je l'évite volontairement le reste de la journée, ou alors c'est lui qui a fait le choix prudent de me laisser tranquille. Nos chemins se croisent en ville plus tard ce soir-là à l'anniversaire d'un copain, dans un bar gay chic, tout près d'Oxford Street. J'ai réussi à me calmer et je ne suis plus anéantie par ma défaite. Environ une heure plus tard, alors que nous sommes tous absorbés par notre discussion, il se penche vers mon oreille.

— Je crois que je vais récupérer mes gains maintenant.

— Pardon, qu'est-ce que tu as dit ?

Il répète sa phrase.

— Ici, maintenant ?

Je suis un peu gênée de m'être montrée aussi énervée un peu plus tôt, car je ne suis pas vraiment mauvaise perdante d'habitude, mais il faut bien dire que je ne perds pas souvent.

— Bien sûr, qu'est-ce que je peux faire pour toi ? T'offrir un verre ?

Je me lève pour aller au bar. Il m'attrape rapidement par la taille et me fait pivoter d'un geste.

— Par ici. Suis-moi.

Je m'arrête, un peu confuse parce que je ne sais pas où nous allons. Ce serait malpoli de partir sans dire au revoir. En plus, je ne suis pas là depuis longtemps et je m'amusais bien avec mes copains. Il sent mon hésitation.

— Tout de suite !

Son étreinte se resserre tandis qu'il m'emmène fermement vers l'escalier.

— Qu'est-ce que tu... ?

Il porte ses doigts à mes lèvres pour me faire taire, alors que nous continuons à descendre. Je ne savais pas que cet endroit existait dans ce bar. Il ouvre l'une des énormes portes des toilettes unisexes, me fait passer devant lui, ferme la porte derrière nous et s'assure qu'elle est bien verrouillée. C'est comme si nous étions dans une chambre forte. L'un des murs est entièrement couvert d'un miroir encadré, mais tout le reste est tapissé de moquette : sol, murs et plafond. Il s'en dégage une certaine impression de luxe, surtout quand on considère le but rudimentaire de la pièce.

— Ça permet d'étouffer les bruits, dit Jeremy à titre d'explication, tandis que je contemple le décor.

— Ceux de dehors ou de l'intérieur ?

Il lève un sourcil et me lance un sourire bizarre.

— Hmmm... Bonne question.

Oh ! bon sang, qu'est-ce qu'il peut bien avoir en tête ?

— Tu as besoin d'y aller ?

Sa question me surprend. Il m'indique les toilettes.

— Oh !... Non ! Et certainement pas avec toi ici.

Je prends un ton indigné.

Il se lave les mains à l'eau tiède et les essuie soigneusement.

— Enfin, bon sang, Jeremy, qu'est-ce que tu veux ?

— J'ai gagné, tu as per...

Il s'interrompt.

— Disons que tu n'as pas gagné.

Je lâche un soupir exaspéré et lève les yeux au ciel. Son regard s'assombrit, tandis qu'il se dirige vers moi.

— Rappelle-moi quelle était la condition de notre pari, Alex.

Oh ! c'est donc ça...

— « Sans se plaindre », Jeremy.

— Bien, je suis content que tu t'en souviennes.

Tourne-toi et place les mains sur le miroir, au-dessus de ta tête.

— Quoi ?

Il me fait pivoter, et je me retrouve face à mon reflet dans le miroir, tandis que Jeremy se tient juste derrière. Même avec mes immenses talons, il est plus grand que moi.

— Tout de suite !

Il attrape mes mains avec impatience.

— D'accord, d'accord.

On dirait que la nuit va être très longue.

Je fais ce qu'il dit et tortille mon popotin dans sa direction pour détendre l'atmosphère. Je sens son érection enfler derrière moi. Ah ! Jeremy, ça t'excite tant que ça ! Nous laissons échapper tous les deux un petit rire amusé, tandis que nos regards se croisent dans le miroir. Ses yeux brûlent d'excitation.

Il remonte ma jupe autour de ma taille et fait descendre mon slip sur mes chevilles, attendant que je l'enlève complètement. Je lâche un soupir résigné et lève le pied gauche. Il s'assure que mes jambes sont largement écartées.

— S'il te plaît, dit-il poliment, comme s'il m'offrait une chaise pour m'asseoir.

Qu'a-t-il donc en tête ?

Il m'embrasse dans le cou et enroule son bras autour de ma taille, ne perdant pas un instant pour diriger une main plus bas et prendre mon sexe dans le creux de sa main.

— On va bien s'amuser. Ne décolle pas tes paumes du miroir, Alex. Et je ne plaisante pas.

Il sort un objet de sa poche et le pose sur la petite étagère près de lui, en dehors de mon champ de vision.

Puis il commence à jouer. Il glisse une main dans le creux de mon dos, sous ma jupe relevée – qui était plutôt courte, de toute façon –, et l'autre devant mon corps, où ses doigts magiques se lancent dans une quête alléchante. Mes sucs internes lui offrent un chemin lubrifié et facilitent son accès.

Mes yeux se voilent à mesure qu'augmentent l'effet et la précision de son massage intime. Il m'observe attentivement. Je commence à gémir alors que retombe le stress de la journée, remplacé lui-même par une tension sexuelle croissante. Ma paume glisse de sa position, laissant une empreinte humide dans son sillage.

— Ne bouge pas les mains.

Je tente de bien écarter les doigts, afin de m'assurer une prise plus ferme. Oh ! bon sang... Il poursuit son assaut, et je sais que je suis tout près maintenant, sur le point d'atteindre la délivrance que je désire tant. Comment est-ce que ça peut arriver aussi vite avec lui ? Ses doigts et son pouce travaillent en parfaite synchronisation et je suis près..., tout près... de l'immensité..., de l'immobilité..., de perdre toute conscience... et d'exploser dans la beauté et l'émerveillement de ce qu'il peut faire à mon corps. J'appuie la tête contre le miroir entre mes mains et mes coudes, tandis que mon corps se convulse en suivant le rythme créé par Jeremy. Mais je sens soudain la présence d'un intrus – un intrus troublant, tiède, imposant, qui glisse dans mon anus. Mes sphincters se resserrent automatiquement autour de lui.

— Mais qu'est-ce que c'est que ça ?

Je halète en prononçant ces mots et retrouve l'équilibre, ou presque...

— Un plug. *Ce sont mes potes qui viennent de le créer. Ils veulent mettre à profit leurs études de*

commerce et de science pour développer un business de jouets sexuels. Alors, je leur ai proposé de tester ce modèle pour eux.

Comment peut-il me faire subir les choses les plus scandaleuses, puis reprendre aussitôt une conversation normale ? Au sujet de jouets sexuels ? Il arrive même à me distraire momentanément de ma situation.

— Et qu'est-ce qu'il fait entre mes fesses, Jeremy ?

— Tu as un cul magnifique, Alex. J'ai envie de l'explorer plus en profondeur et, puisque j'ai gagné notre pari, ce soir j'en ai le droit. Le mieux dans tout ça, c'est que je suis sûr que tu ne vas pas te plaindre une seule fois.

Sur son visage explose un sourire malicieux, et je me rends compte que je n'ai pas osé bouger d'un pouce depuis qu'il a introduit cette chose en moi.

Plus je me tends, plus je sens sa présence et j'essaie de l'éjecter, mais il ne bouge pas. Je n'ai même pas envie d'en approcher la main. Horrifiée, je dévisage Jeremy dans le miroir.

— Le thème de notre soirée est Marco Polo, déclare-t-il fièrement, tandis que je garde ma position de statue.

Il plaisante, j'espère.

— Tout comme il est parti à la découverte des terres inconnues du monde, je vais explorer et découvrir les territoires inconnus de ton corps.

Oh ! bon sang ! Il est sérieux et il a l'air très content de lui.

— Respire, Alex, et, au fait, tu as le droit de bouger. Ça ne te fera rien, tu ressentiras simplement quelque chose d'étrange, jusqu'à ce que ton corps s'adapte à ces nouvelles sensations.

— Depuis quand es-tu un tel expert dans ce domaine, Jeremy ? dis-je en bredouillant avec rage.

— Disons simplement que je me suis bien renseigné.

Il se penche pour me soulever le pied. Mon corps tressaille en réaction à ce mouvement forcé, tandis qu'il remet mon slip en place d'un geste adroit. Ses doigts cherchent le plug *à tâtons, le font bouger un peu, et j'en ai brusquement le souffle coupé. Il redonne ensuite à ma jupe une position respectable.*

— Parfait. Merci d'avoir mis une jupe courte ce soir, très pratique. Tu es prête à aller retrouver les autres ? Ça fait un moment qu'on est là maintenant.

Je le dévisage, horrifiée. Je n'avais pas encore songé que je devrais rejoindre la bande. Jeremy a les yeux qui pétillent en voyant l'expression de mon visage.

— Ou peut-être que tu préférerais y aller les fesses à l'air ?

— Mon Dieu, non !

Je me fige de peur à cette pensée. Le coin de ses lèvres frémit.

— Quel trou du cul tu peux être, Jeremy.

— Oh ! ma chérie, crois-moi, je sais que ce jeu de mots était involontaire. Quand je pense que la soirée ne fait que commencer...

Dans le miroir, je remarque avec étonnement mes joues rouges et un éclat postorgasmique sur mon visage. Je m'attendais plutôt à me trouver le teint blême à cause du plug *importun.*

— Je t'assure que tu rayonnes plus que quand nous sommes arrivés ici et je suis sûr que ça va s'accentuer au fil de la soirée.

Je le regarde, perplexe, en attendant plus d'explications.

— J'ai la ferme intention de retirer le plug *de la même façon que je l'ai introduit, mais tes orgasmes*

seront bien plus spectaculaires en dehors de ces quatre murs, je peux te le promettre.

Ses mots empourprent un peu plus mes joues, et je ressens dans ma vulve de chaudes palpitations qui ricochent contre le plug. *En faisant un pas prudent vers la porte, je remarque que la brûlure provoquée par l'objet intrus s'est apaisée et qu'elle est maintenant remplacée par un magnétisme sexuel étrange et alléchant. Ça me surprend.*

— Chaque fois que tu le sens en toi, pense à moi quand je te touche et à ce qui va suivre. En attendant, allons boire quelques verres pour te détendre, afin que tu ne donnes pas l'impression d'avoir un balai dans le cul !

Il me donne une petite claque sur les fesses, et je me tends. L'objet réaffirme aussitôt sa position dans mon corps, et mes tétons se durcissent instantanément. Bon sang ! Jeremy le remarque tout de suite.

— Mon Dieu, j'adore ton corps, AB. C'est comme s'il me parlait directement.

Tout en essayant d'ignorer les clins d'œil et les sourires de Jeremy depuis le groupe à côté de nous, je me félicite d'avoir réussi à reprendre la conversation avec mes collègues de labo, Josh et Sally. Je me suis faite à l'idée que l'objet intrus restera là jusqu'à ce que Jeremy l'en retire, surtout que je n'ai aucune envie d'y toucher. Et à vrai dire, ce n'est pas si désagréable, c'est même pas mal du tout, mais je ne le reconnaîtrais jamais devant lui. Nous sommes au cœur d'une discussion très animée, lorsque, soudain, ce putain de plug *commence à vibrer en moi. Je tressaille violemment et jette ma boisson en l'air. Le pauvre Josh est trempé. Cette intense sensation ne ressemble absolument à rien de ce que j'ai déjà pu expérimenter. J'essaie de m'excuser auprès de Josh, mais il m'est seulement possible de m'accrocher à la table et de poser la tête dans mes mains, tandis que je me mets à transpirer et à haleter. Ce connard de Jeremy ferait mieux d'éteindre son machin vibrant ! La sensation est si forte que je peux à peine lever la tête pour le fusiller du regard.*

— Alex... Mince alors... Qu'est-ce qui ne va pas ? Tu te sens bien ? Viens, assieds-toi...

M'asseoir ? Oh ! que non. Mais comment expliquer ça à mes plus proches, mes meilleurs amis ?

Heureusement, il l'éteint.

— Vraiment... Ça va... Ça va aller.

Je souffle par intermittence.

Jeremy s'approche de moi à pas nonchalants, surjouant l'inquiétude à mon égard.

— Alex, tu n'as pas l'air bien. Je devrais sans doute te ramener chez toi ?

— Oui, peut-être que c'est une bonne idée.

Je lui lance un regard furieux en réponse à ce qu'il vient de me faire, mais, pour une fois, je suis totalement d'accord avec lui. Un nouveau moment de ce genre en public, et je suis sûre de craquer. Je me rends compte avec horreur que j'ai désespérément besoin de l'orgasme qu'il m'a promis.

— On y va. Maintenant !

Il perçoit l'urgence dans ma voix et rassemble efficacement nos affaires. Nous lançons à chacun un rapide au revoir et partons aussitôt.

À la maison, il déflore mon anus avec précaution, considération, tendresse et amour. Ce n'est pas aussi douloureux que je l'aurais cru. En fait, plus je me détends, plus je suis ouverte. Ça laisse donc assez de place à Jeremy pour faire bouger l'objet en moi. Dans cet espace étroit, le contact me semble étrangement plus intime qu'une pénétration vaginale, comme si Jeremy affirmait son pouvoir sur moi, comme si je lui appartenais tout entière. Les sensations sont totalement différentes, plus concentrées dans le bas de mon dos et dans mes cuisses. Au même moment, les doigts experts de Jeremy titillent et caressent mon clitoris et mon conduit vaginal jusqu'à provoquer en eux une intensité palpitante. Que puis-je dire de plus ?

Simplement que cette chose qui m'a tant effrayée n'aurait pas dû me causer la moindre angoisse. Jeremy m'assure qu'un tel succès peut être attribué à une préparation et une organisation appropriées. Allongés côte à côte, nus sur le lit, nous sommes émerveillés par nos corps et par l'expérience que nous venons de partager. Absolument époustouflante. Peut-être que je n'aurais pas dû lutter aussi longtemps contre lui... Bah, de toute façon, ça valait le coup d'attendre.

— Devine quoi ? J'ai choisi le sujet sur lequel va porter ma thèse.

Je lui fais cette fière déclaration, tandis que chacun effleure l'autre de caresses indolentes.

— Enfin ! Vas-y, raconte.

— Je vais me baser sur les écrits de Sabina Spielrein et étudier plus spécifiquement le lien entre le masochisme et l'ego en rapport avec le corps féminin.

— Eh ben, AB... C'est un sujet plutôt costaud. Il a été approuvé ?

— Oui, ce matin même. Je suis très excitée.

— Une raison particulière pour que tu aies choisi ce sujet ?

Jeremy me fixe droit dans les yeux, impatient d'entendre ma réponse.

Soudain embarrassée par son regard et le ton de sa question, j'essaie de ne pas relever et roule sur mon ventre avant d'enfoncer la tête dans l'oreiller.

— Alexa ? Tu n'es quand même pas en train d'essayer de te cacher ?

Il essaie doucement de me retourner.

— Oh ! Alex, je ne te laisserai certainement pas t'en tirer de cette façon.

Qu'est-ce que j'ai encore déclenché ? Pourquoi ne lui ai-je donc pas donné une simple réponse académique comme au professeur Webster, ce matin ?

Il finit par me renverser. J'ai maintenant le visage à découvert. Il s'assoit à califourchon sur mon ventre et se met à me chatouiller sans merci. Bien entendu, je hurle.

— Non, arrête, s'il te plaît, je déteste ça.

Je tente de reprendre mon souffle entre ses attaques.

— Pas question, pas avant que tu me promettes de tout m'expliquer.

Je suis piégée sous son corps, et ses doigts sinueux poursuivent leur assaut.

— D'accord, d'accord, j'en peux plus, je t'en prie, arrête.

Il attend patiemment que je reprenne mon souffle et plaque mes mains de chaque côté de ma tête, de sorte qu'il voit mon visage en entier. Je décide de tout lui raconter aussi vite et brièvement que possible.

— J'ai toujours rêvé de me retrouver attachée, les yeux bandés, pendant qu'on me flagellait et qu'on me procurait du plaisir, et je veux comprendre la cause profonde de ce fantasme, parce que je le trouve extrêmement embarrassant. Voilà, fin de la discussion.

Il me regarde d'un air interrogateur, un petit sourire aux lèvres. Je le supplie intérieurement d'en rester là.

— Intéressant.

Il me dévisage pensivement pendant que le silence s'installe entre nous.

— Cette soirée t'a plu, Alex ?

— Oui.

— Beaucoup ?

— Vraiment beaucoup.

— Tu t'y attendais ?

— Non, pas vraiment.

— Je serais plus que ravi d'être directement impliqué dans les recherches qui serviront à ta thèse.

— Merci. Je n'oublierai pas ta proposition.

— Merci de m'en avoir parlé.

Je ne peux pas croire que je sois tirée d'affaire...

— Enfin, bref, je suis enchanté que tu aies enfin commencé à te découvrir toi-même. Ça veut dire que mon plan fonctionne exactement comme je l'avais prévu.

— Oh là là, rien ne m'inquiète plus que toi et tes plans, Jeremy.

— Ne sois pas si cynique, ma chérie. Regarde ce que tu as déjà accompli, alors qu'il nous reste encore un long chemin à parcourir.

Il ne fait que me taquiner, j'en suis sûre. Enfin, sa réponse me semble un peu trop enthousiaste pour que je me fie totalement à cette intuition.

— Juste par curiosité, as-tu finalement vérifié par toi-même les hypothèses de ta thèse, comme on en avait parlé ?

— Non, Jeremy, et, d'ailleurs, tu l'aurais su si je l'avais fait.

— Oh ! et pourquoi ça ?

— Tu as vraiment besoin de me le demander ? Comme si je pouvais faire ces choses-là avec quelqu'un d'autre que toi.

— Tu n'imagines pas à quel point tu me fais plaisir, Alexa, à bien des égards.

Je ne suis pas totalement sûre de ce qu'il sous-entend par là, mais je suis sûre à cent pour cent de vouloir m'éloigner de ce sujet, et vite.

— Parfait, je m'en serais voulu de jouer les rabat-joie pendant ce voyage que tu as si soigneusement préparé pour moi.

Je termine mon café et pose le gobelet vide sur la table.

* * *

J'ai vraiment besoin d'aller aux toilettes maintenant. La situation risque d'être embarrassante. Je ne peux pas croire que je sois obligée de lui demander de m'accompagner ; c'est tellement gênant. C'est dans ces moments que ma dépendance devient franchement horrible. Mais est-ce que j'ai le choix ?

— Pas de problème, c'est juste là.

Il m'aide à franchir la porte. Sa main se faufile entre mes jambes et ouvre une fermeture qui part de mes fesses, passe entre mes jambes et remonte vers mon ventre. Franchement, je ne peux pas croire qu'il vienne de faire ça.

— Les toilettes sont juste derrière toi. Ne t'en fais

pas à propos de tes sous-vêtements : tu portes une culotte flottante, c'est plus pratique dans ton cas.

Je perçois le sourire dans sa voix.

— Je te laisse. Je t'attends dehors.

N'a-t-il donc omis aucun menu détail pour ce week-end ? Rien laissé au hasard ? Sans doute que non. Jeremy a toujours été un planificateur méticuleux, et, manifestement, ce don n'a fait que s'affiner avec les ans.

Des fermetures et une culotte flottante. Mon Dieu ! Je me demande s'il les a choisis pour me faciliter les choses en cas de besoin urgent ou s'il avait une autre idée en tête.

Je frémis à cette pensée et j'essaie de me concentrer sur la tâche à accomplir dans l'immédiat.

— Bon, fin prête ? demande-t-il.

Je hoche la tête.

— Super, viens avec moi. Allons te harnacher.

Et merde ! Ce sont les seuls mots qui me viennent à l'esprit.

Mes pieds restent plantés dans le sol, tandis que, par anticipation, mon estomac s'embarque sur de nouvelles montagnes russes. Peur, calme, peur, calme, peur, peur...

— Harnacher..., dis-je d'un ton hésitant. Je ne faisais que répéter. Ce n'est pas une question, bien sûr.

Mieux vaut clarifier les choses.

Il m'emmène en silence et à l'aveugle.

— Ne t'inquiète pas, tu vas adorer ça.

— Adorer ça ? Mais quoi ?

Mon ton se fait suspicieux. Je cherche une chose que j'adore impliquant le port d'un harnais. Rien ne me vient.

On place des sangles sur mes épaules, et j'entends un « clic, clic ». Des mains rudes font de même autour de mes jambes ; puis autour de ma taille, « clic, clic ». C'est tout ce que j'entends. Mon angoisse augmente.

— Jeremy ?

Ces mains ne ressemblent pas aux siennes. Je sens une odeur de tabac froid.

— Ça va comme ça ?

La voix d'un inconnu. Je m'aperçois que c'est à moi qu'il parle, tandis qu'une sangle est resserrée et réajustée. On tire, on serre, on ferme, et puis j'entends un dernier claquement.

— C'est mieux, dit la voix. Je crois bien que vous êtes tous les deux prêts. T'en fais pas, ma belle, tu te sentiras mieux une fois dans le bain. Y a que la première partie qui fout la trouille.

L'homme rit et me tapote l'épaule comme pour me rassurer. Ma voix s'étrangle dans ma gorge, et je suis incapable de répliquer que je ne vois rien à travers ces lunettes de soleil. Mes jambes commencent à se liquéfier. Dans le bain ? La première partie qui fout la trouille ? Même si je tente de former des mots avec ma bouche, aucun son n'en sort.

J'essaie désespérément de comprendre ce qui se passe sans pouvoir m'appuyer sur ma perception visuelle. Je porte des vêtements ; ça ne peut qu'être un bon signe, pas vrai ? Mais les fermetures, l'accès entre mes jambes, les sangles, les boucles me semblent tous très, très inquiétants. Mon esprit est envahi d'images d'orgies et de jeux sexuels débridés. Comment peut-il me faire ça ? Et pourquoi ? Tout ça va trop loin. Je ne peux pas faire ces choses, je ne les ferai jamais... Je ne suis pas comme ça. Mon souffle se fait court, et mon esprit se fige alors que la panique s'installe.

J'entends la voix de quelqu'un.

— Alex ?

Elle vient de quelque part au loin. Mes genoux se dérobent, j'ai la tête qui tourne, je lutte pour respirer. Je m'effondre, mais quelqu'un me rattrape juste avant que je heurte le sol.

— AB, tu vas bien ?

— Non, pas bien du tout.

Je ne sais trop si c'est mon esprit ou ma voix qui prononce ces mots.

— Prends ton temps, respire.

Les bras puissants qui m'enlacent m'aident à marcher malgré mes jambes chancelantes.

— Tout va bien, je t'ai rattrapée, c'est ça, un pas à la fois.

Oui, un pas à la fois, c'est ça, fini cette sensation, fini le vertige. Bons conseils, se félicite mon esprit, cependant que nous montons des marches et poursuivons notre chemin.

— Là, assieds-toi, tu veux boire de l'eau ?

On me dépose sur un siège matelassé et ferme.

Oui, de l'eau, bonne idée.

— Alex, de l'eau ?

J'ai déjà dit oui, mais je m'aperçois que c'était dans ma tête. Peut-être ne m'a-t-il pas entendue. Je réponds d'un signe. Je sens de l'eau sur mes lèvres et j'avale une gorgée, et puis un peu plus. J'ai besoin de prolonger cet instant pour reprendre le contrôle de mon esprit et de mon ventre, et pour dire à Jeremy qu'il faut qu'on arrête tout ça.

Respire profondément... Mon estomac continue à s'agiter, mais le vertige disparaît grâce à l'oxygène.

— Continue à respirer. Bien, c'est mieux, dit une voix.

En fait, je me demande si c'est celle de l'homme ou de Jeremy.

Inspire, expire, inspire, expire, me dis-je dans un effort de concentration.

— Alex, je t'en prie, réponds-moi, ça va ? Tu m'entends ? Je veux savoir ce qui t'est arrivé.

— Je, je suis, je suis un peu...

J'entends une porte se refermer tout près de moi. Les sons me parviennent étouffés.

— Tout va bien, je suis là, juste à côté de toi, ma chérie. Je ne te quitterai pas, tu peux me croire.

Il y a quelque chose de modérément rassurant dans son ton.

— Je ne peux pas, je...

Les mots ont toujours beaucoup de mal à trouver le chemin de mon cerveau à mes lèvres. J'avale une autre gorgée d'eau.

J'entends un autre déclic autour de ma taille, et mes nerfs craquent.

— Je ne vais pas me laisser atteler à une espèce de machine à sexe complètement dingue, Jeremy.

Ma voix est rauque, agitée.

— Il faut que ça s'arrête. Comment tu peux me faire ça ? Avec un type qui sent le tabac, en plus. Je ne peux pas croire que tu aies pu me mettre dans cette situation. Tu ne peux pas faire ça. Je ne me laisserai pas faire.

Je sens monter mes larmes et j'avale ma salive pour essayer de les contenir.

— C'est trop, tu m'as poussée trop loin.

— Alex.

Jeremy passe son bras autour de mes épaules.

— C'est vraiment ce que tu crois ? Tu pensais que j'allais te faire ça ?

Les larmes jaillissent, et mon corps est secoué de sanglots.

— Je ne peux pas, Jeremy, je ne le ferai pas. Je ne suis pas comme ça.

Je bredouille en pleurant...

— Ma chérie, je ne te demande rien de tout ça. Ce week-end est censé t'amuser, pas te bouleverser.

— Mais comment ne pas être bouleversée, Jeremy ? Regarde dans quel état je suis.

J'entends des moteurs se mettre en marche, une hélice, du mouvement.

— Quoi ? On est dans un avion ?

Le lent tournoiement s'arrête, et l'appareil avance soudain en accélérant.

Je me sens écrasée contre mon siège, mais nous sommes subitement emportés dans les airs, et l'atmosphère se met à bercer tendrement l'avion qui grimpe de plus en plus haut. Mes larmes s'arrêtent net.

Je rejette le bras de Jeremy qui m'entourait les épaules et lance mon poing aussi fort que possible vers l'endroit où doit se trouver son torse.

— Salaud !

Je hurle.

Il m'attrape le poignet juste avant l'impact.

— Espèce de connard !

Conscient que je suis prête à recommencer, il ferme la main autour de mon poing, repasse un bras autour de mes épaules et m'ancre solidement dans le siège.

Je perçois le rire silencieux qui secoue son corps. Je me sens sur le point d'exploser à force de lutter contre lui.

Ses bras affirment leur puissance et me retiennent encore plus fermement.

— Allez, AB, je n'y peux rien si tu as l'esprit mal placé. Je pensais juste t'emmener faire une balade en avion, et voilà que tu penses à une machine à sexe ? Il faudra que tu me racontes ce que tu avais exactement en tête...

— Oh ! la ferme, Jeremy, la ferme.

Il est pris d'un fou rire incontrôlable. J'en profite pour me libérer brusquement les bras et les croise sur ma poitrine, prête à me défendre.

Je ne lui réponds pas. Je me sens furieuse, dupée, embarrassée.

Je ne peux pas lui répondre, car, pour être honnête, je ne sais pas très bien moi-même à quoi je pensais. D'où m'est donc venue cette idée, pourquoi mon esprit a-t-il immédiatement sauté sur cette conclusion plutôt que sur une autre ? Il y a de quoi s'inquiéter.

Tandis que Jeremy se tord toujours de rire, j'en profite pour lui donner un violent coup de coude dans les côtes. Il s'en étouffe presque, et cette vision apaise un peu ma fureur. Je décide que j'ai assez supporté ces lunettes, ces écrans qui me couvrent les yeux, et j'espère vivement que l'effet des gouttes s'est dissipé. Je me dépêche de lever la main pour retirer les lunettes de mon visage, mais Jeremy la repousse tout aussi rapidement, encore une fois. Ne me quitte-t-il donc jamais des yeux ?

— Ne fais pas ça, Alex. On a déjà vécu cette scène hier soir, et tu sais exactement ce qui va se passer.

Il me bloque les deux poignets d'une seule main, comme s'il était tout à fait prêt à demeurer dans cette position le reste du voyage. Aucun remords. Aucune excuse. Je bouillonne en silence pendant ce qui me semble une éternité.

Son ton redevient léger, tandis qu'il enfouit son visage dans mon cou, l'air de nouveau amusé.

— Enfin, tu dois l'admettre, c'est très marrant.

Je ne peux pas le croire.

— Cette situation n'a absolument rien de marrant, réponds-je d'un ton de défi.

— Mais est-ce que tu as vraiment pensé..., vraiment cru... ?

Il recommence à rire. L'expression de mon visage semble suffire à le calmer, et il se ressaisit.

— Tu pensais que c'était quelque chose de très grave, manifestement. Je ne t'ai jamais vue réagir de cette façon... Tu tremblais.

Il s'arrête, prend un ton plus doux.

— Il est vraiment important que tu comprennes comment et pourquoi tu ressens ces émotions. Tout ça fait partie du processus. Tu vas apprendre tellement de choses sur toi-même, dit Jeremy plus sérieusement.

Connard condescendant. C'est la seule pensée qui me vienne en entendant ces mots, en dépit de toute vérité potentielle en eux.

— Est-ce que c'était si effrayant que ça pour toi ? La peur était-elle insupportable ?

— Je ne veux plus faire ça, Jeremy. S'il te plaît, ne m'y oblige pas. Je n'en peux plus, je vais avoir une crise cardiaque.

— Alors, tu as de la chance que je sois médecin et que je puisse te secourir. D'ailleurs, tu es en parfaite santé.

— Être en parfaite santé ne veut rien dire dans ces conditions. Du reste, comment peux-tu le savoir ?

À ce moment-là, je sens une soudaine bouffée d'air et suis assourdie par un puissant rugissement.

Qu'est-ce qui se passe encore ? De nouveau, quelqu'un tire sur mes sangles, serre, ferme, vérifie.

— Tu n'as pas encore deviné ?

Jeremy me crie dans l'oreille par-dessus le souffle du vent et le bruit du moteur.

— On va sauter en parachute, comme on l'a fait le jour de tes vingt-cinq ans ! Tu te souviens, tu as essayé d'y renoncer aussi, mais tu as adoré ça après l'avoir fait.

Étant donné le bruit du moteur et le vent violent qui m'entourent, je sais qu'il ne plaisante pas. Soulagement, peur et excitation se répandent rapidement dans mon corps. Je secoue la tête d'incrédulité.

— J'ai besoin de m'assurer qu'un taux suffisant d'adrénaline circule dans ton système, afin que tu aies de l'énergie pour plus tard ! crie-t-il.

Ses paroles sont mêlées d'insolence et de sincérité.

— Eh bien, ça devrait marcher sans problème, dis-je nerveusement. Mais aveugle ?...

— Tout ça fait partie du processus.

Je m'accroche désespérément à Jeremy, qui se tient debout, attaché à moi, et tente de m'armer de courage. Puis je crie en direction de sa voix :

— Le seul fait que j'aie déjà sauté en parachute – et *adoré* ça, admets-je secrètement – ne veut pas dire que j'ai envie de le refaire maintenant. Pas comme ça !

La pression de son corps s'intensifie, me pousse en avant, et je sais que le moment de sauter est proche.

— OK, Alex. Trois, deux, un...

Je suis précipitée dans le vide. Nous tombons, tombons, tombons, tandis que l'air pénètre par tous les orifices de mon visage, arrache l'air à mes poumons et fait faire un saut périlleux à mon estomac. Soudain, la pression force sur mes bras et mes jambes, qui s'écartent en croix. Le bruit du vent recouvre rapidement le son continu et lointain du moteur. Tout bruit artificiel, créé par les mains de l'homme, s'évanouit rapidement, tandis que nous volons en toute liberté.

Il n'y a vraiment rien de semblable à l'expérience d'un plongeon depuis un avion. On saute plein d'espoir et entièrement lié à la personne qui tire sur les cordes. La force de l'oxygène qui m'envahit la tête submerge mon corps tout entier.

Mon estomac me remonte aussitôt dans la gorge au moment où je plonge vers la terre, et je perds tous sens de stabilité. Au lieu de durer une seconde ou deux, notre descente dure et dure encore, alors que je guette le coup sec d'une voile qui s'ouvre. Mais rien ne se passe, et je poursuis ma chute libre. La descente s'éternise.

Mon estomac continue à faire des bonds pendant que mon corps file à travers le vide de l'atmosphère. Comment ce néant peut-il refouler chaque muscle, chaque parcelle de peau, chaque cellule avec une telle force ? Et je continue à tomber. Le bruit est énorme, et mes oreilles sont sur le point d'exploser.

Pour la première fois, je suis contente, tant la pression est intense, que mes yeux soient scellés et couverts. Je sens soudain de l'humidité autour de moi et frissonne en supposant que nous traversons un nuage. Nous tombons, tombons toujours. Mon estomac finit par s'adapter. Je parviens à me détendre, à bel et bien savourer la vitesse.

C'est encore mieux que la première fois. C'est une sensation écrasante, dévorante, c'est l'instant présent qui me procure une montée d'adrénaline. Ma forme d'ecstasy, d'héroïne, de speed, tout ce qu'on veut... Un souvenir très clair me revient soudain. Celui d'un client me racontant qu'il avait essayé l'héroïne une fois et n'y toucherait absolument plus jamais. Je lui ai demandé si c'était si atroce, et il m'a répondu : « Au contraire, c'était bien trop bon. Si incroyablement grandiose que, si vous y revenez une deuxième fois, vous n'arrêterez plus jamais. »

Seul Jeremy pouvait savoir que ma fureur se dissiperait rapidement grâce à cette montée grisante d'adrénaline. Une pensée me traverse l'esprit : je pourrais facilement devenir accro à Jeremy.

Là-dessus, j'ai envie que la chute s'arrête. Soudain, je n'ai plus envie d'adorer cette sensation. Est-ce que l'ouverture du parachute ne devrait pas interrompre notre chute à présent ? Maintenant, je ne suis plus du tout contente de ne rien voir. J'ai besoin de voir à quelle distance du sol nous nous trouvons.

Nous tombons depuis si longtemps que mes poumons sont presque incapables de s'adapter à la force de l'oxygène qui pénètre en eux. Mon cœur bat plus vite, ma peur s'accélère.

Si c'est de l'adrénaline que veut Jeremy, c'est réussi. Mon cœur bat, bat, bat plus fort et plus vite. J'ai l'impression que tout en moi se retrouve en chute libre pendant ces quelques secondes de ma vie, tout est mis en danger, tout a le potentiel d'être détruit.

Et je suis incapable d'empêcher, d'arrêter, de maîtriser la catastrophe. J'ai déjà fait de nombreux rêves de ce genre. Je tombe, tombe, j'attends désespérément que la chute se termine, je veux me réveiller, être sauvée, tout faire pour ne pas heurter le sol.

Dans mes rêves, je me demande toujours comment j'ai fait pour me retrouver dans cette situation, ce qui a provoqué la chute au départ.

Est-ce que mon conscient est finalement entré en collision avec mon inconscient ? Et s'agit-il de la conséquence, de la conclusion ? Ces rêves étaient-ils prophétiques, ou suis-je passée à côté de certains signes ? Où est Carl Jung quand j'ai besoin de lui ?

S'il vous plaît, je prie quelqu'un, n'importe qui, *s'il vous plaît, faites que tout se passe bien, faites que je survive et revoie mes enfants, s'il vous plaît, s'il vous plaît, s'il vous plaît, faites-moi sortir de là en un seul morceau. Je ne veux pas mourir ; je ne suis pas prête à mourir...*

Comment peut-on toujours être en train de tomber ? De quelle hauteur avons-nous sauté ? Trois mille mètres ? Cinq mille ? Est-ce que nous avons vraiment volé si haut, et même encore plus ? Je m'aperçois maintenant que j'étais trop stressée et distraite pour remarquer quoi que ce soit à ce moment-là, y compris le fait de me trouver dans un avion. Enfin, on devrait bientôt...

Nous nous arrêtons, brusquement.

Silence.

Le harnais se resserre entre mes jambes, et il me semble que nous nous sommes complètement immobilisés. Le silence me donne l'impression d'être sourde, maintenant que les vibrations dans mes oreilles ont disparu. Nous commençons à flotter... doucement, calmement. *Merci*, dis-je sans bruit, *merci*. Un soulagement bouleversant s'empare de mon être.

Je perçois très bien les battements de mon cœur qui propulsent le sang dans mes veines, mais le bruit s'est calmé, la pression s'est relâchée, et mes membres flottent en toute liberté. Ils retombent mollement à mesure que la tension se dissipe. Nous planons avec un calme exquis, merveilleux et naturel. Tout est tellement paisible. Mon estomac se réinstalle quelque part près de mon nombril, mais je ne suis pas en mesure de confirmer qu'il a retrouvé sa place initiale. Il ne doit pas en être trop loin, cependant. Je souris maintenant, soulagée et ravie de cette expérience. Je suis heureuse, libre, euphorique, bouleversée d'être vivante. Des larmes tièdes inondent mes yeux au moment où mes émotions se libèrent.

Boum. Boum. Mes genoux se dérobent sous moi au moment où un choc précipite mon corps contre le sol, et puis... plus rien.

Je ne suis pas sûre d'être toujours consciente. Des bras m'enveloppent, mes pieds touchent à peine le sol. Ces bras m'entourent solidement. Une étreinte. Une vraie étreinte. Je sens qu'il me détache et me tourne face à lui. J'enfouis ma tête dans le torse que je devine être celui de Jeremy et laisse l'ivresse de l'adrénaline et du soulagement déferler en moi.

Je tremble. J'enfouis ma tête plus profondément. Les bras se resserrent autour de moi. Je sanglote. Et sanglote encore. Je ne peux pas m'arrêter. Je déborde. Tremblante. Grelottante. Des sanglots longs, forts, entiers, violents. Pendant un long moment.

Pas un mot n'est prononcé.

Les bras ne me lâchent pas, restent bien serrés.

Ils ne me lâchent pas. Il n'y a pas besoin de parler. Ces bras ne m'abandonneront pas.

Mon souffle finit par reprendre un rythme normal après quelques profonds soupirs.

Après un long moment, un doigt me soulève le menton, des lèvres effleurent les miennes et s'attardent un instant. Un bras entoure fermement mon corps et m'emmène. Tantôt je marche, tantôt je me laisse porter.

Aucun mot ne semble nécessaire, tandis que nos corps bougent ensemble. Puis des préparatifs silencieux ont lieu autour de moi, des bras m'installent sur une couverture. Le soleil est chaud, la brise, douce. Je suis toujours aveugle. Je sais que je le serai jusqu'à ce que les quarante-huit heures soient écoulées. Mais cela ne me dérange plus, maintenant, je n'ai plus la volonté ni le désir de lutter contre cet état. Je l'accepte. Je suis calme.

Le bruit des préparatifs a cessé. Je reste immobile.

Pas un bruit. Pas un mot. Juste le vent, les oiseaux, l'odeur de sel dans l'air, les vagues de l'océan qui vont et viennent doucement à leur rythme universel. Une pression sur mes épaules ; elles descendent vers le sol. Un contact léger sur ma joue. Je sens un corps qui se rapproche du mien. J'essaie de trouver un visage.

Le voilà. Je le rapproche du mien et respire son odeur. Je le tire vers mes lèvres, vers ma langue. Il me faut ce visage. J'ai besoin de l'embrasser profondément, de pénétrer sa bouche. J'ai besoin de transmettre la profondeur de mon émotion.

De transmettre le désir, l'urgence, la force profonde au cœur de mon être, restée en sommeil pendant de si nombreuses années. Il faut que ce visage comprenne bien ce qu'il a provoqué en moi par le passé, ce qu'il me fait subir aujourd'hui, ce que je traverse.

Mon corps se tortille et palpite sous le sien. Il y a trop de barrières entre nous, trop d'obstacles physiques. Nous ne sommes pas assez proches. C'est intense et frustrant. Je lutte pour trouver des ouvertures, pour trouver un moyen de retirer ces barrières. J'ai besoin de proximité. J'en ai terriblement envie. Je ne peux pas. Mes tentatives sont déjouées. Mes mains n'y parviennent pas, elles sont perdues, écartées, embrassées. La palpitation continue au fond de moi. Mes mains sont retenues, coincées sous le poids de son corps. Comme les sanglots un peu plus tôt, cette palpitation se calme aussi avec le temps. Mon souffle reprend un rythme normal, et, pour finir, les battements de mon cœur ralentissent. Tout comme les siens.

— Tu es étourdissante, entière, dévorante.

Il respire doucement près de mon oreille. Ses mots intensifient le désir entre mes jambes, et j'attends une fois encore que l'envie disparaisse. Il réussit toujours, après toutes ces années, à déclencher cette sensation préorgasmique à l'aide d'un regard, d'un contact ou d'une remarque. Et, plutôt que l'effet se soit dilué au fil du temps, il a maintenant atteint une intensité que je n'aurais jamais cru possible.

— Est-ce que tu te sens comme moi ?

Je hoche la tête, trop bouleversée pour parler, n'osant pas reconnaître la vérité sous-jacente de ses paroles.

— Qu'est-ce que tu m'as fait ?

C'est tout ce que je parviens à chuchoter.

— Tu sais que je t'aime, Alexa.

Son ton est sérieux, sa voix, débordante d'émotion.

— Oui, je le sais. Et tu sais que je t'aime, moi aussi.

— C'est étrange, n'est-ce pas, de vivre un amour comme le nôtre, qui n'est basé sur aucun des critères traditionnels ?

— Les choses ont toujours été... étranges entre nous... Intenses..., ludiques..., grisantes...

— C'est un amour qu'on n'a jamais pu expliquer, accepter...

— Nous l'avons au moins compris très jeunes.

Enfin, vraiment ? Je me pose la question en silence.

L'humeur de Jeremy semble avoir changé. J'ai l'habitude qu'il passe de l'espièglerie à la provocation, de la détermination à la réflexion, mais, cette fois, c'est légèrement différent. D'un côté, il semble me parler et, d'un autre, être perdu dans ses propres pensées.

De sombres allusions subsistent encore derrière ses mots. Je ne sais pas si c'est par réticence ou par incapacité que j'évite de chercher une explication. L'interdiction de poser des questions ne m'aide pas précisément, puisque je me mets dans le pétrin dès que je le fais. Et maintenant, il me dit qu'il m'aime. Si mon corps vit actuellement sur des montagnes russes, mes émotions sont en train de le rejoindre.

Je me sens épuisée, engourdie.

Vivante.

Calme.

Fébrile.

Légère.

Pleine d'énergie.

Bouleversée.

Effrayée.

Lascive.

Unique.

* * *

Allongée sur le dos, je m'appuie sur les coudes. Jeremy me propose de l'eau. Je me rends compte à quel point j'ai soif, et ce besoin basique devient soudain une priorité urgente. Je renverse la tête et avale, avale, avale.

— Merci.

— Tu as faim ?

— Je ne sais pas trop.

Il me passe un sandwich dont j'avale une bouchée.

— Hmm, peut-être que oui.

Nous mangeons, parlons et parlons encore. Nous bavardons, mangeons et buvons, et le mur que j'ai prudemment construit pour me protéger de mes sentiments pour lui au fil de la dernière décennie s'écroule un peu plus.

— Je peux te demander quelque chose ? dit la voix près de moi.

Je ressens aussitôt une pointe d'angoisse et m'empresse de la refouler.

— Bien sûr. Que veux-tu savoir ?

— Est-ce que ça t'arrive encore de le faire par-derrière ?

Il doit deviner ma perplexité, car sa main glisse sous mon entrejambe et applique une petite pression en direction de mes fesses.

— Tu sais, par là.

— Tu as de ces questions ! Non, je ne le fais pas. Enfin, pas depuis que je l'ai fait avec toi.

Je ne m'attendais pas le moins du monde à ce changement de sujet.

Mon anus doit se rappeler les sensations de la première fois, car il commence à réagir à notre discussion.

— Pourquoi ?

— Pourquoi le devrais-je ?

— Alex, dit-il impassiblement.

— Cette interdiction de poser des questions est ridicule !

Il revient au sujet qui l'intéresse.

— Mais tu adorais ça.

— *Tu* adorais ça, et c'est pour ça que tu le faisais. C'était ton obsession, depuis la nuit du *plug*, et on dirait bien que ça l'est toujours.

— Mais ton corps aimait ça.

— Je n'en suis pas si sûre...

— Oh que si ! Ton corps adorait ça.

Il me fait rouler sur le ventre et pose simplement la paume de ses mains sur mon derrière gainé de cuir. Des étincelles me traversent aussitôt le corps, comme pour prouver qu'il a raison.

— Eh bien, peut-être que oui, il a fini par aimer ça, mais *moi*, pas, dis-je rapidement en essayant de clore le sujet.

Pourquoi parle-t-il de ça ?

— Ton corps et toi êtes donc dissociables ?

— Oui, manifestement.

— Vraiment ? Tu es en train d'admettre que ton esprit et ton corps pourraient bien penser et ressentir les choses différemment ?

Oh ! Et voilà, notre éternelle discussion...

— Pourquoi essaies-tu de me piéger avec tes mots, Jeremy ? Franchement, ce week-end, tu me fais douter de toutes les suppositions que j'ai pu faire au cours de ma vie. Et ça me perturbe beaucoup.

— Ah ! Tout devient plus parfait d'heure en heure, dit-il, riant avec assurance.

— Je ne trouve pas ça vraiment amusant, en fait.

Je ne dis rien de plus dans l'espoir qu'il changera de sujet de conversation.

— Je te pose cette question parce que je participe à des recherches qui portent exactement sur ce sujet.

— Quoi, sur le trou du cul ? Et la sodomie ?

Maintenant, c'est à mon tour de glousser, car je

vois exactement ce que ce type de recherches aurait pu impliquer à l'époque de la fac. Aucun doute que Jeremy se serait porté volontaire avec joie.

— Non, pas le trou du cul, Alex, dit-il plus sérieusement avant de rire. Enfin, pas encore, mais je serai heureux de tenter des choses avec le tien dès que tu seras prête.

En fin stratège, il caresse mon postérieur gainé de cuir.

— On en reparlera plus tard. Maintenant, il faut qu'on y aille.

— Vraiment ? On est tellement bien au soleil. Ce serait génial de rester ici un peu plus longtemps et de faire une sieste, tu ne trouves pas ?

Je m'étends sur le flanc pour dormir.

— En effet, mais ce n'est pas possible. Je ne vais pas perdre quelques heures précieuses en te laissant dormir, alors qu'on dispose d'un temps limité. Je dois profiter de chaque minute.

— Qu'est-ce que tu veux faire de plus, Jeremy ? Boissons, bain, dîner, danse, chant, sexe, orgasmes, petit-déjeuner, moto, café, *saut en parachute* (je le prononce avec emphase) et maintenant pique-nique. Est-ce que ça ne suffit pas à occuper une semaine, et a fortiori une journée ? On a déjà tout fait. Reposons-nous un peu, juste une petite demi-heure. Il nous reste plein de temps.

Je prononce ces mots sans avoir la moindre idée du temps qu'il reste ou de l'endroit où nous nous trouvons. Je tends la main pour essayer de le trouver et de le tirer vers moi, mais il s'est déplacé.

— Tu n'as pas changé, hein ? Il reste encore tellement

de choses à expérimenter, à éveiller en toi, et nous avons si peu de temps.

— Est-ce qu'un saut en parachute ne représente pas l'expérience ultime ? Je te le promets, Jeremy, je me sens bel et bien éveillée, sans doute plus que je l'ai été depuis des décennies.

Les souvenirs du matin me reviennent, et cette sensation de palpitation se ravive entre mes cuisses.

— Je peux t'assurer, ma chérie, que les choses ont à peine commencé.

Il me caresse les joues et m'embrasse légèrement sur les lèvres. À peine commencé ? Que peut-il faire de plus ? Les battements de mon cœur s'accélèrent – encore une fois.

— Il y a une incroyable innocence en toi, Alexa, même après toutes ces années.

Je ne sais trop si je dois me sentir offensée ou non.

— Il faut qu'on y aille maintenant. Nous allons remédier à ton innocence. Il n'y a pas de temps à perdre.

— Non. Je ne bouge pas. Quelle innocence ? De quoi tu parles ?

Je n'utiliserais jamais ce mot pour me décrire. Je reste obstinément assise.

Il m'ignore complètement.

— Si tu ne veux pas bouger, il va falloir que je m'en charge. On doit vraiment tout faire soi-même, de nos jours.

Il me soulève de la couverture en me saisissant les fesses d'une main ferme, comme pour insister sur notre conversation. Après avoir fait quelques pas, il me dépose sur un siège chaud, attache une ceinture de sécurité autour de moi et réajuste les lunettes de soleil pour s'assurer qu'elles sont bien en place et que je reste dans l'obscurité la plus totale.

— Nous sommes dans une voiture ?

Le moteur se met bruyamment en marche, en même temps que la transe tribale qui sort des haut-parleurs, et nous voilà partis. Nous devons être dans une décapotable, car le vent me fouette les oreilles une fois encore, tandis que nous reprenons la route. Au moins, le voyage de retour vers l'hôtel sera un peu plus confortable.

Bien qu'à la réflexion, après une longue balade à moto, un tour en avion, un saut en parachute et maintenant ce trajet en voiture, j'ignore totalement où nous sommes et où nous allons.

On a peut-être franchi les limites de l'État, qui sait ? Ma curiosité atteint son sommet, et c'est certainement ce que souhaite Jeremy. Malgré tout, je n'envisage pas un instant de lui poser des questions. Je reste assise en silence et savoure l'espace psychique que la musique offre librement à mon esprit.

Cinquième partie

L'œil – il ne peut faire autrement que voir,
Nous ne pouvons ordonner à l'oreille de rester insensible,
Nos corps sentent, où qu'ils se trouvent,
Contre, ou bien de notre propre gré.

W. Wordsworth, 1847

Notre voyage se poursuit, et je suis surprise d'avoir autant d'énergie après l'intense fatigue émotionnelle que j'ai pu ressentir. C'est comme si Jeremy avait découvert et libéré une source fertile dans mon corps, que je considérais avant comme un désert stérile. Des phéromones semblent suinter des pores de ma peau. Je ne me suis jamais sentie aussi intensément vivante, aussi sensuelle, torride, féminine. Je songe à mon mariage avec Robert, et mes sentiments me paraissent indifférents, presque inexistants. Mais comment pourraient-ils rivaliser avec la magnitude du séisme créé par Jeremy – qui d'autre serait capable de provoquer un tel bouleversement émotionnel en moi ? Mes pensées sont interrompues par la voix de Jeremy, alors qu'il pose sa main sur mon genou.

— Est-ce que ça t'ennuie si nous abordons certains aspects de mes recherches maintenant, pendant que nous roulons ?

— Non, pas du tout.

— Je voulais juste m'en assurer, parce que tu semblais plongée dans tes réflexions.

Je secoue la tête pour en chasser mes pensées.

— Je t'en prie, j'aimerais beaucoup que tu m'en parles.

— D'accord, super. Comme je l'ai dit plus tôt,

médecins et professeurs de pays divers collaborent à la recherche des liens entre physiologie et neuropsychologie cognitive en ce qui concerne l'activité sexuelle. Je me retrouve maintenant fortement impliqué dans ce projet, suite à mes recherches sur les liens explicites entre les problèmes relatifs à la sexualité et la dépression. Pour faire court, j'ai eu la chance de rencontrer Samuel il y a quelques mois à Hong Kong, quand nos deux vols ont été annulés à cause d'un nuage de cendres volcaniques, et nous avons eu l'occasion unique de discuter de notre travail en détail.

— Ah ! Ça explique pourquoi il était si au courant de ce que tu faisais.

— Samuel t'a sans aucun doute informée, quand vous vous êtes retrouvés pour le déjeuner, de ses recherches sur l'orgasme féminin, les divergences scientifiques et la controverse médicale concernant l'éjaculation.

Je hoche la tête, totalement absorbée par ses paroles. J'adore quand il passe en mode professionnel, et son travail me fascine. Je perçois la passion dans sa voix.

— Nous avons fini par chercher toutes les pistes qui nous permettraient de développer une formule produite par la sérotonine naturelle, sans effet négatif sur l'équilibre chimique du cerveau humain du moyen au long terme. Après de nombreux tests et analyses dans nos labos, nous avons découvert qu'il y avait des liens potentiels entre nos zones de recherches, susceptibles de réduire considérablement les risques de dépression chez l'être humain – certains scénarios soulignant particulièrement l'importance du concept de « jeux pour adultes ». Cela nous a indirectement menés à analyser les sécrétions générées par l'orgasme féminin pour chaque groupe sanguin.

— Eh bien, ça a l'air incroyable.

C'est du Jeremy tout craché. Voilà pourquoi ses recherches l'ont fait connaître dans le monde entier. Je ne peux pas m'empêcher d'être impressionnée par ses capacités et par la façon avec laquelle son esprit divergeant fonctionne pour trouver ces solutions qui échappent complètement à d'autres. Il est toujours prêt à explorer l'improbable.

— Nous croyons qu'il y a un autre lien potentiel, un lien que nous n'avons pas encore exploré en détail et qui se rapporte à notre discussion de tout à l'heure.

Il s'arrête, et je sens une légère hésitation dans sa voix.

— Ce lien implique la connectivité sensorielle, les voix neuronales qui peuvent exister entre le corps et le cerveau pendant l'activité sexuelle, et les hormones correspondantes sécrétées et libérées. Nous avons besoin de trouver un chercheur en psychologie avant de pouvoir avancer dans nos projets d'expérimentation. Tes compétences spécifiques nous paraissent très précieuses, surtout sur un projet de cette nature, et notre commission d'étude m'a spécifiquement demandé d'en discuter avec toi et d'évaluer ton intérêt pour ce rôle.

Jeremy sait très bien qu'il peut tout obtenir grâce à un peu de flatterie professionnelle, et le sujet dont il parle est cher à mon cœur. Il mène bien sa barque, et le moment est, comme d'habitude, parfaitement choisi, surtout vu l'état dans lequel je me trouve (et dont il est, en fait, responsable).

— Tu es vraiment un homme intelligent, Jeremy.

— Merci, mais tu es aussi une femme intelligente, dit-il avec un sourire dans la voix. Je peux te fournir plus d'informations, si tu es prête à y réfléchir. Ça veut dire que tu travaillerais en lien étroit avec moi, Samuel, Ed – le professeur Applegate, aux États-Unis –, le docteur Lauren Bertrand en France, une éminente chimiste, ainsi qu'avec le professeur Schindler, un neurobiologiste allemand, plus un ou deux autres chercheurs britanniques, dont la participation doit encore être confirmée. Ton travail avec nous supposerait quelques voyages, tu sais, de temps en temps...

Il hésite à poursuivre, car il sait que les déplacements à l'étranger ont été un problème pour moi autrefois.

— Nous tenons tous beaucoup à collaborer avec vous, docteur Blake ! Alex, ton travail nous a été vivement recommandé, et ça n'a rien à voir avec mon lien avec toi. C'est toi que l'équipe a choisie en premier pour remplir ce rôle. Ta conférence de vendredi nous a tous totalement convaincus, ajoute-t-il sérieusement.

— Eh bien ça alors, je ne sais trop quoi dire... C'est incroyable, Jeremy.

Je suis secrètement aux anges qu'ils aient pu songer à moi et tellement contente qu'on puisse toujours avoir une conversation professionnelle après tout ce que nous avons traversé ces dernières (mais nombreuses) heures. Quelle occasion de travailler avec des esprits aussi éminents, chacun venant d'un domaine différent ! On dirait le rêve d'une carrière qui se réalise. Je pense à Elizabeth et Jordan. Ils sont plus grands maintenant, ils passent toute la journée à l'école et ont leurs propres amis, leurs propres activités. Je pense à toutes nos allées et venues pour aller les chercher ou les déposer quelque part : entraînements de football, leçons de piano, danse, gym. Les enfants mènent eux aussi une vie bien remplie, de nos jours. Désormais, ils sont plus capables de s'en sortir en mon absence, conclus-je, et je serais contente de faire un petit voyage de temps à autre. Ça me ferait du bien de vivre ma propre vie. Le travail plus flexible de Robert s'adapte mieux que le mien aux horaires de l'école. J'ai relégué tant d'autres opportunités au second plan pour me consacrer à ma famille… C'est peut-être le moment de dire oui. Comment me sentirai-je si je laisse échapper une chance pareille ?

— En fait, j'adorerais participer à vos recherches. Comptez sur moi, dis-je résolument.

— Sincèrement ? C'est formidable ! Nous sommes sûrs qu'avoir quelqu'un comme toi dans l'équipe fera toute la différence dans l'application concrète de nos analyses.

Décidément, il est branché en mode flatterie, me dis-je.

J'ai l'impression de recevoir une distinction après des années de dur labeur. Je suis super contente.

— Et, juste pour que tout soit bien clair, j'attends de toi que tu t'impliques personnellement dans le développement conceptuel de nos théories *et* dans leur application. Alors, fini de rester sur la touche, Alex. Tu comprends ce que je veux dire ?

Mon estomac fait un saut périlleux complet au moment où je comprends le sens de ses paroles.

— Vraiment ?

Est-ce que j'ai toujours envie d'accepter ?

— L'exploration de territoires inconnus et les découvertes déterminantes ne se font pas sans défier les usages, et ce principe doit d'abord s'appliquer à nous-mêmes. Ta volonté de participer et de découvrir les deux facettes du processus d'expérimentation jouera un rôle prépondérant dans notre réussite. Nous dépendons de ta motivation ; par conséquent, elle n'est pas négociable pour nous.

Mon amant s'est instantanément transformé en mon nouveau patron. Sans que je comprenne pourquoi, mon entrejambe se réchauffe à l'idée de ce qui pourrait m'attendre. Mince alors ! Les deux facettes de l'expérience ?

Notre voyage se termine aussi brusquement que notre discussion. J'avais pensé que le trajet de retour vers l'hôtel serait beaucoup plus long. En quelques secondes, Jeremy se trouve à la portière et m'aide à sortir de la voiture avec précaution.

— Eh bien, nous y voilà. Comment te sens-tu ?

— Légèrement choquée par tes dernières remarques, toujours aveugle, bien sûr, mais sinon parfaitement bien.

Il émet un petit rire pendant que je m'étire.

— Puis-je m'occuper de la voiture, monsieur ?

La voix me fait sursauter. Je n'en ai pas entendu d'autres depuis un bon moment.

— Bien sûr, merci.

J'entends le rapide tintement des clés.

Il me prend la main et me fait monter quelques marches. Je sens qu'il observe mon visage et attend sans aucun doute le moment où je vais l'interroger sur les lieux, mais je reste délibérément silencieuse. J'entends une porte s'ouvrir.

— Bienvenue, monsieur.

À proximité, une voix masculine enjouée nous salue.

Je suis déçue qu'il ne prononce pas un bonjour ou un bonsoir pour me donner une idée de l'heure qu'il est. Est-ce que tout le monde conspire pour me maintenir dans le flou ? Où peut-on se trouver maintenant ? Tout me semble très formel ici. Me voilà aveugle une fois encore dans un nouvel environnement, et j'ai l'impression d'attirer les regards. Je porte une main hésitante à mes yeux.

— Tiens-toi tranquille, Alex, tout va bien. Personne ne va rien remarquer.

— Facile à dire pour toi.

Je m'accroche un peu plus fermement à sa main.

— Veuillez vous diriger vers la réception, monsieur. On s'est occupé de vos bagages.

— Nos bagages ? Nous n'en avons aucun, dis-je en chuchotant, tandis que nous avançons.

Le bruit de nos pas résonne dans l'étendue de la pièce. Les semelles de caoutchouc de nos bottes couinent sur le sol de marbre.

— Bienvenue, docteur Quinn. Nous attendions votre arrivée. Nous sommes heureux que vous soyez à l'heure. Tout est arrangé, veuillez me suivre. Si nous pouvons vous être utiles en quoi que ce soit, n'hésitez pas à vous adresser à nous.

— C'est très aimable à vous. Merci.

Nous avançons de quelques pas, puis quelqu'un appuie sur le bouton de l'ascenseur.

— Votre journée a-t-elle été bonne jusqu'à présent ?

— Très bonne, merci, et nous sommes très impatients de nous installer ici.

— C'est parfait, monsieur. Nous espérons naturellement que vous apprécierez l'expérience que nous vous proposons.

J'ai l'impression d'être à la fois la femme invisible et l'énorme pustule sur un visage que tout le monde peut voir, mais choisit soigneusement d'ignorer. Le trac recommence à me retourner l'estomac... Ça devient une habitude. Les portes de l'ascenseur s'ouvrent, et, pour une raison que j'ignore, j'ai la sensation que nous descendons au lieu de monter. On me fait sortir de l'ascenseur.

— Comme prévu, cet étage entier est à vous, et il n'y aura aucun dérangement, sauf au cas où cela a été prévu. Nous vous souhaitons un très agréable séjour.

— Merci beaucoup. Nous avons bien l'intention d'en profiter.

J'entends le bruit de l'ascenseur disparaître au loin. Ce nouvel environnement me place encore dans une situation incertaine. J'avais mémorisé presque toute la disposition de l'ancienne suite, ce qui m'avait au moins fourni un certain réconfort.

Jeremy me prend les mains et m'emmène jusqu'à un canapé.

— Tiens, assieds-toi, essaie de te détendre. Tu veux boire quelque chose ?

— Oui, ce serait super, merci, dis-je, soulagée.

Il me tend un verre bien frais, rempli d'un mélange au parfum de fruits rouges. Je reconnais un goût de canneberge, de framboise et de myrtille mixées dans du yaourt crémeux. Pas du tout ce à quoi je m'attendais.

— Eh bien, ça, c'est un vrai cocktail d'antioxydants.

— Malade, tu ne me servirais à rien, Alex. Je dois faire en sorte que ton système immunitaire fonctionne à cent pour cent.

Quelle étrange explication !

— Ça t'ennuie si je prends une douche rapide après ce verre ? J'aimerais beaucoup pouvoir enlever ces vêtements.

— À la première question, ma réponse est oui, et, concernant la deuxième, je vais te donner un coup de main.

Il a l'air un peu distrait, mais j'ignore totalement pourquoi. Il pose mon verre et défait les fermetures et les boucles ici et là, un peu partout. C'est un tel soulagement de retirer ces lourds vêtements. Je me sens plus légère d'au moins cinq kilos.

Il m'aide à enfiler un t-shirt, ainsi qu'un pantalon de jogging, et je lui suis reconnaissante de ne pas me laisser en simple culotte flottante. J'étire mes pieds et enfonce les orteils dans l'épaisse et somptueuse moquette. Je me sens tellement mieux sans ces bottes.

Il me redonne mon verre après m'avoir raccompagnée jusqu'au canapé.

— Et la douche ?

— J'ai répondu que oui, ça m'ennuyait que tu prennes une douche. Il n'est pas encore l'heure de la toilette.

Je suis un peu stupéfaite de cette réponse autoritaire.

— Eh bien, tu as vraiment des délais très stricts à respecter, Jeremy. Je n'avais pas compris qu'on était à la minute près !

— Il y a encore beaucoup de choses que tu n'as pas comprises, ma chérie, me chuchote-t-il à l'oreille, d'un ton soudain inquiétant.

Un frisson me parcourt le dos.

— Est-ce que tu te sens plus à l'aise maintenant ?

Sa voix est redevenue normale.

— Oh ! euh, oui, ça va beaucoup mieux, mais j'aimerais toujours prendre une douche.

Je trouve sa cuisse et la caresse de la main.

— Je peux peut-être te convaincre de la prendre avec moi ?

Je commence à me lever doucement de mon siège.

— Non. Maintenant, assieds-toi.

Cette fois, je suis atterrée par son ordre. Ses mains

me repoussent fermement vers le canapé. Je suis bouche bée.

— Assieds-toi, s'il te plaît. Nous devons terminer notre discussion, arriver à un accord.

Son ton s'est légèrement adouci.

Génial. J'ai besoin d'une douche, et il veut qu'on discute.

— Très bien. Moi, je continue à sentir mauvais, et toi, tu parles. Ensuite, j'irai prendre une douche.

Le ton plein de défi, je fais en sorte que ce soit une affirmation plutôt qu'une question.

Il replace mon verre entre mes mains et se rapproche de moi sur le canapé.

— Tu sais que je te respecte ?

— La plupart du temps, j'imagine.

— Alex !

Un seul mot peut lui donner l'air tellement autoritaire. Si seulement j'avais ce talent. De toute évidence, nous allons avoir une conversation sérieuse.

— Oui, d'accord, je le sais.

— J'ai envie de jouer avec toi, de provoquer en toi une certaine nervosité. Je veux t'emmener là où tu n'as *jamais* osé aller, te donner une chance d'accepter ta sexualité comme tu n'as jamais cru possible de le faire.

Me voilà en surchauffe totale encore une fois ! Sa voix engageante et séduisante me titille à la fois le sexe et l'esprit. Comment parvient-il à me faire cet effet ? Avec de simples mots, bon sang ! Je calme ma respiration et m'accorde un instant pour assimiler sa déclaration.

— Nous jouons l'un avec l'autre depuis le jour où nous nous sommes rencontrés, Jeremy, et j'ai l'impression d'être embarquée, depuis le début du week-end, dans un tourbillon de « jeux » physiques, psychiques et émotionnels, pour reprendre ton terme. Où peux-tu donc encore m'emmener ?

— Mais ça t'a plu jusqu'à présent, non ? Tu l'as dit toi-même.

Je soupire avant de répondre.

— Bien que je déteste l'admettre devant toi, oui, j'ai adoré ça. Mais, en même temps, je trouve ça effrayant.

Je m'interromps en repensant à notre conversation dans la voiture et au lien entre ma réaction et les théories sur le jeu.

— Tu sais, certains psychologues pensent que le jeu est sans doute la source la plus puissante de joie que les humains peuvent expérimenter, car il inclut à la fois l'amusement et la peur. Certains croient que le jeu peut même protéger de la dépression...

Je m'interromps à l'instant où le mot sort de ma bouche et, enfin, je comprends tout. J'ai été si distraite par la mise en scène de Jeremy que je me suis révélée incroyablement longue à la détente.

— C'est ce que tu veux explorer plus en profondeur. C'est ce que tu mets en place depuis le début, en me faisant expérimenter tour à tour l'amusement et la peur !

— Exactement, Alexa. J'espère que tu me comprends maintenant. Il s'agit de démontrer que le jeu « réel » est essentiellement une crise d'angoisse simulée.

— Eh bien, j'en ai vécu un paquet depuis vendredi. Donc, si c'est ce que tu espérais, c'est bel et bien réussi.

Je ne peux pas m'empêcher de me demander si quelque chose m'échappe encore... Y a-t-il autre chose derrière tout ça ? J'ai l'impression qu'il me garde volontairement dans l'obscurité, au sens propre comme au sens figuré, depuis qu'on s'est rencontrés. Maintenant, il me dévoile peu à peu le véritable but de ce week-end. Est-ce que son objectif est de créer des expériences qui me permettent d'en apprendre plus sur ma gestion du stress, ou du « jeu » comme il appelle ça ? Ou bien suis-je seulement un pion sur un plus grand échiquier ?

— J'ai participé à des études analysant l'amygdale du cerveau, ce noyau spécialiste de la peur, et sa façon de transmettre les messages au lobe frontal du cerveau.

Évidemment.

— Et j'ai particulièrement envie d'examiner le circuit de la récompense associé à la dopamine et la libération de substances telles que les opioïdes. Notre première analyse de données montre une corrélation inattendue avec le travail de Sam du point de vue du plaisir. C'est pourquoi nous avons besoin de l'étudier plus minutieusement.

Ses remarques font apparaître quelque chose de totalement nouveau pour moi. Son intelligence est plus remarquable que jamais.

— Je dois admettre que je n'avais jamais imaginé pouvoir me sentir ainsi. Pas une seule fois, dans ma vie, mon corps et mon esprit ne se sont retrouvés dans un tel état d'alerte, ou plus stimulés, plus excités, dirais-tu sans doute. Je bourdonne littéralement des pieds à la tête, à la fois de peur et de plaisir.

— Génial, c'est fascinant. Cela veut dire que tout fonctionne.

Il semble perdu dans ses pensées.

— Qu'est-ce qui fonctionne, Jeremy ? Jusqu'où veux-tu aller au juste ?

— Et deux questions de plus, Alexa.

Je suis totalement exaspérée. Ce qu'il ignore tout à fait.

— Je veux aller plus loin dans le jeu, je veux repousser les limites de ce que nous pouvons faire ensemble.

— Repousser les limites. Tu crois vraiment pouvoir aller encore plus loin ?

Ma voix est soudain aiguë, saccadée. Encore des questions !

— Oh ! désolée, je ne voulais pas demander...

Ma voix s'estompe, je ne sais pas quoi dire. Il est en train de me transformer en muette soumise et aveugle.

Mon Dieu ! J'ai un nouvel éclair de lucidité. La boucle est bouclée. Bien sûr qu'il y a autre chose à comprendre ; c'est toujours le cas avec Jeremy, non ? Comment ai-je pu être aussi naïve ? Ma thèse ! Il veut vraiment m'emmener là où je n'ai jamais osé aller. Je savais que je n'aurais jamais dû lui donner une copie de ce fichu truc. J'étais sûre que je le regretterais un jour. Qui aurait pensé que ça reviendrait me hanter après tant d'années ?

— Je vais repousser tes limites plus loin que je ne l'ai jamais fait, mais je veux que tu saches qu'il ne t'arrivera rien, que je veille sur toi.

— Et tu veux que je sois le cobaye de tes recherches, Jeremy, hein ? Admets-le simplement.

— Oui, c'est vrai.

Je suis un peu choquée qu'il l'avoue aussi volontiers.

— J'ai besoin de ton corps et de ton cerveau des deux côtés de l'expérience, comme tu le sais. Je crois sincèrement que nous sommes sur le point de découvrir un remède et tu es l'une des rares personnes à pouvoir nous aider. Ton rôle est primordial.

— Je serais évidemment ravie de participer à la

découverte d'un remède contre la dépression, Jeremy. Mais j'ai vraiment plein de questions à te poser.

Quelques-unes jaillissent spontanément dans mon cerveau, juste pour lui en apporter la preuve... silencieuse, bien sûr.

Par quel moyen veux-tu repousser les limites ?

Qu'est-ce que ça signifie ?

Qu'est-ce qui est différent cette fois ?

Et si je ne veux pas ?

Comment sais-tu que rien ne m'arrivera ?

Est-ce que tu es fou ?

Est-ce que *je* suis folle ?

Dans quel pu**in de pétrin est-ce que je suis en train de me mettre ?

— Bien sûr, je comprends, et je te répondrais si je le pouvais, honnêtement, mais, dans ce cas particulier, ça ne peut pas marcher ainsi. Pourquoi crois-tu que je t'ai imposé cette condition, ce week-end ?

J'ai parfaitement joué à son petit jeu. Ses deux conditions du week-end : pas de vision, pas de questions. Et qu'est-ce qui a provoqué ma peur et mon angoisse ? Ces deux interdictions, précisément ! Peut-être que mon cerveau ramollit en atteignant l'âge mûr. Pourquoi n'ai-je pas compris ça plus tôt ? Il a soigneusement mis au point la situation dans laquelle je me trouve maintenant, afin de m'obliger à décider au final si je prendrai ce risque personnel pour le bien de l'humanité. Une décision à laquelle je vais, pour la première fois, vraiment réfléchir, il le sait. Vais-je poursuivre avec lui l'exploration de mes côtés les plus sombres, chose que je n'ai jamais osé faire jusqu'à ce stade de ma vie ?

Ça m'effraie. Ça m'excite. Est-ce que je peux faire le grand saut ? Jusqu'où veut-il aller ? Jusqu'où veut-il que j'aille, moi ? Est-ce que je peux faire face ? Je n'en ai absolument aucune idée. J'avale une autre gorgée de la boisson aux fruits rouges pour oublier ma tension croissante.

— Toutes tes questions recevront une réponse en temps voulu, je te le promets, déclare-t-il doucement, comme s'il lisait dans mes pensées.

On sonne à la porte, et il fait entrer quelqu'un.

— Si madame veut bien m'accompagner.

Je me fige. J'ai du mal à déterminer si cette voix est féminine ou masculine.

Jeremy devine ma réaction et m'entoure de ses bras.

— Tout ira bien. Je serai bientôt avec toi, je te le promets. Il faut juste qu'on se change. Prends donc la douche dont tu rêvais.

— Pourquoi tu ne peux pas venir avec moi ? Ou alors je pourrais rester avec toi ?

Je suis choquée d'être devenue aussi dépendante.

— Les choses ne fonctionnent pas de cette façon ici. Je te promets qu'on se retrouve dans dix minutes environ.

— S'il te plaît, Jeremy, ne m'oblige pas à y aller.

Je me sens comme un enfant, un premier jour d'école, que la maîtresse détache de ses parents en l'amadouant. Il me prend par le bras pour m'aider à me lever. Il dépose ma main dans celle, très douce, de l'inconnu, qui m'emmène hors de la pièce.

— Je serai bientôt avec toi.

Je sens ses yeux sur moi alors que je m'éloigne d'un pas mal assuré. Est-il inquiet ou amusé à l'idée de me jeter une fois encore dans la cage aux lions ? Difficile à dire. Je suppose qu'il ressent un mélange des deux, et c'est totalement déconcertant.

Je n'aurais pas dû m'inquiéter autant. L'inconnu et moi parcourons un long couloir et entrons dans une pièce chauffée. Sans bruit, il me retire chaque vêtement avec soin et beaucoup d'égards. Il m'emmène aux toilettes, et je suis soulagée de pouvoir me soulager. J'entends qu'on ouvre le robinet d'une douche et je sens la vapeur à proximité de ma peau. Je suis entièrement nue, mais cela n'a plus d'importance. J'avance d'un pas vers l'eau brûlante et je laisse échapper un soupir lorsqu'elle déferle sur mon corps et mes cheveux. Je reste ainsi un certain temps, jusqu'à ce qu'une main me saisisse le bras et entreprenne de le frotter. Contrairement au contact doux et savonneux de ce matin, ce nettoyage est vigoureux et contrariant.

Mon autre bras reçoit le même traitement, ainsi que mon dos, mon buste, mon ventre, mes fesses, chaque jambe et chaque pied. Mon corps perd des couches de peau et, même si le geste est brutal et rigoureux, il me fait du bien. Comme si ce processus était utile. J'envisage de crier : « Arrêtez, ça fait mal ! » ou « Je ne suis quand même pas si sale ! », mais je reste silencieuse. Je laisse les mains fermes continuer à me frotter jusqu'à ce que leur mission soit achevée. C'est presque comme si j'étais contente que les couches sales de ma peau soient frottées. Est-ce que ça me rendra propre ? D'un point de vue physique, oui. D'un point de vue émotionnel, ce nettoyage effleure à peine la surface.

L'eau s'arrête de couler, et on me fait enfiler un peignoir tiède et magnifiquement doux. Je reste immobile, perdue un instant dans le monde inconnu que j'ai accepté de rejoindre. On m'emmène quelque part, mais je suis à peine consciente de ma situation.

— Ce n'était pas si mal, hein ?

Il me faut un moment pour comprendre que, fidèle à sa parole, Jeremy est de nouveau près de moi.

— Non, pas si mal. Mais où est-ce qu'on peut bien être ?

— Alexa, s'il te plaît, je t'en supplie, plus de questions – pas ici !

Sa voix résonne dans la pièce, son ton est plus nerveux et inquiet à chaque mot.

— D'accord, d'accord, je vais essayer.

— Merci. Tu devines où nous sommes ?

— Pas vraiment. Ça résonne beaucoup, mais les sons sont étouffés, d'une certaine façon. J'entends de l'eau qui goutte quelque part.

J'espère que nous sommes seuls.

— Allez, viens, je veux te faire toucher quelque chose.

Il me fait monter quelques marches et pose ma main sur ce qui ressemble à du marbre froid. Je pose mon autre main dessus et commence à la faire glisser un peu plus bas.

— On dirait un torse.

Je la laisse descendre encore plus bas.

— Et maintenant, des fesses, dis-je en riant. Je t'en prie, dis-moi que nous ne sommes pas en peignoirs dans un musée, Jeremy.

— Non, pas tout à fait, mais nous sommes bien entourés de statues.

C'est très bizarre de caresser une sculpture. On n'en a jamais le droit dans un musée ou dans une galerie. Ce serait pourtant drôle de faire glisser ses mains sur la statue de David à Florence.

— Fais le tour et place-toi devant.

Je déplace mes mains avec précaution autour du

torse et sens un très gros sexe en érection. Mince alors ! Maintenant, c'est sûr, il ne s'agit pas de David. D'un geste très osé, je caresse toute sa longueur et son épaisseur.

— Tu aimes ça ?

— Je préférerais que ce soit le tien.

— Je suis très heureux que tu me le confirmes. Que penses-tu de celle-ci ?

Il me fait gravir une nouvelle volée de marches et place mes mains sur un autre buste de marbre.

— C'est celui d'une femme.

Je retire rapidement mes mains.

Jeremy les repositionne sur les seins, ses mains posées sur les miennes pour les maintenir en place.

— Tu trouves ça si difficile ?

— Je n'en ai jamais touché d'autres que les miens.

— Ils sont seulement en marbre, Alex. Touche-les, pour moi.

Je laisse mes doigts et ma paume s'attarder autour de chaque sein, tandis qu'il se tient juste derrière moi.

— Fais rouler les tétons entre ton pouce et ton index.

Je me demande pourquoi ce geste est si érotique.

— C'est exactement l'effet que je te fais, ma chérie, avec de simples paroles.

Ses mains serpentent sous mon peignoir pour recueillir mes seins dans le creux de ses paumes et confirmer la vérité de cette déclaration. Mon bas-ventre se contracte en signe d'assentiment.

— Viens.

Il me prend par la main et m'emmène plus loin.

— Allonge-toi. Il faut que je te remette des gouttes.

Il m'installe sur un banc dur. On dirait une étroite plaque de marbre. Je m'allonge, parfaitement consciente qu'ainsi j'accepte les conditions de ce week-end sans manifester la résistance qui m'a causé tant de tensions nerveuses et d'angoisses.

— Merci.

Son ton semble sincère.

De nouveau, il applique avec méthode la procédure qui garantira ma cécité permanente. J'accepte calmement mon sort, mais je ne peux m'empêcher d'essayer d'ouvrir les yeux par réflexe. Mes paupières sont si lourdes qu'elles ne se décollent pas du tout.

Pour la seconde fois, je reste allongée en attendant que les gouttes et la pommade fassent complètement effet. Jeremy fait glisser les pans de mon peignoir de chaque côté de mon corps, me dénude les bras et m'invite à poser les mains au-dessus de ma tête. Je sais qu'il aime me voir dans cette position lorsque l'accès à mon corps est libre de toute entrave.

Avec lenteur et méthode, il place mes jambes de chaque côté du banc. Je me retrouve ainsi ouverte à lui. C'est comme s'il essayait, par cette douceur et cette intensité, de compenser l'acte médical qu'il vient d'accomplir sur mes yeux. Mon pouls s'accélère par anticipation.

Il embrasse légèrement mes tétons, les prend avec douceur entre ses dents et fait rouler sa langue autour de leur extrémité. J'ai maintenant l'impression qu'ils ressemblent à ceux de la statue. Oh ! qu'il est doué pour ça ! Mon cerveau se brouille. Mon corps se couvre de chair de poule sous son toucher. Sa bouche poursuit son travail minutieux le long de mon ventre. La concentration de Jeremy est profonde, intense. Mon corps ondule sous ses caresses délicates... Ma peau est extrêmement sensible, vivante, et je ressens des picotements à cause du nettoyage vigoureux qu'elle a subi un peu plus tôt. Mon désir pour lui est tellement vif. On dirait que des années se sont écoulées depuis qu'on s'est unis sexuellement pour la dernière fois, alors que ça fait seulement quelques heures. Je suis consciente de sa proximité lorsqu'il qu'il se penche entre mes cuisses.

Mon excitation est telle que je suis déjà sur un petit nuage. Sans bruit, il souffle doucement en moi. Cette sensation est exquise. Au début, seul son souffle me touche, puis ses lèvres le rejoignent avec soin et lenteur, et, enfin, sa langue vient s'unir au rythme qui fait vibrer mon corps. C'est terriblement divin. Mon sang afflue et bat dans mes veines. Mon corps se gonfle d'impatience, comme si je n'avais jamais autant désiré cet homme.

Et puis, d'un seul coup, Jeremy s'arrête. Je suis au supplice, mon désir insatisfait, prisonnier. Sentant son visage tout près du mien, je tends la main, le tire vers moi et embrasse ses lèvres dans un élan désespéré.

— Qu'est-ce que tu cherches à me faire ? S'il te plaît, ne me laisse pas comme ça. J'ai besoin de toi, j'ai envie de toi, je t'en prie.

J'ai la tête qui tourne, mon cœur bat à tout rompre.

— Chaque chose en son temps, ma chérie. J'ai besoin de te rendre plus lascive que jamais.

— Lascive ? C'est totalement injuste.

Je crois bien que je boude. Comme c'est puéril !

— Je sais que c'est injuste, MB, mais ça vaut le coup d'attendre, je te le promets.

Enfin, comment trouve-t-il la force d'imposer aux autres une telle domination ? Et pourquoi je n'y arrive pas ?

Ses bras m'obligent à me lever. Mes jambes tremblent sous la force du désir contenu de mon sexe gonflé, et il me prend par les mains, puis nous rapproche doucement, très doucement l'un de l'autre jusqu'à ce que je retrouve mon équilibre. Je sens de l'eau tiède danser autour de mes pieds. Son index se pose sur mes lèvres. Il m'avertit de rester silencieuse et empêche toute question de s'échapper de ma bouche.

Je me tiens maintenant nue devant lui, et lui seul j'espère, sans même un bandeau, ni des lunettes de soleil derrière lesquels me cacher, juste mes paupières fermées, scellées. Il me guide en bas d'une rampe, et mon corps plonge un peu plus à chaque pas dans le liquide velouté. Ses bras me soulèvent pour me déposer un peu plus loin. Ainsi, mon corps trempe entièrement dans ce liquide ; je me sens comme un bébé à qui on donne un bain chaud et doux. Je ressens un relâchement presque serein, mêlé tout de même d'un sentiment d'appréhension, de prémonition. Je m'empresse de chasser de ma tête cette dernière impression.

— Prenons simplement le temps de nous détendre et de nous imprégner de ces sensations.

Je ne discute pas.

Ses mains glissent dans le creux de mon dos et me poussent doucement plus loin jusqu'à ce que je sois tout à fait immergée et flotte dans l'eau. C'est une sensation incroyable. Pour une raison que j'ignore, j'ai l'impression que Jeremy nettoie mon corps, qu'il le prépare dans un but plus large. Me viennent à l'esprit des images de baptêmes auxquels j'ai assisté et le symbolisme qu'incarne le rituel de l'eau purifiante. Le silence qui nous entoure, associé à la flottabilité du liquide dans lequel je baigne, fixe ces images dans mon cerveau.

Le seul son amplifié est celui de l'eau qui lape les bords du bassin. C'est comme si nous avions été placés dans une sorte de cocon d'eau magique. Une fois encore, je ne peux m'empêcher de me demander où nous pouvons bien nous trouver.

Flotter est une sensation merveilleuse. J'essaie de m'en imprégner, alors que je sens Jeremy dériver sereinement à côté de moi dans cette étrange piscine. J'imagine son corps vu d'en haut, telle une version flottante de *L'Homme de Vitruve* de Léonard de Vinci. Magnifique. La température de l'eau semble en parfait accord avec celle de la pièce, ce qui donne l'impression surréaliste de se trouver dans un utérus.

Nous passons d'un bassin à l'autre : l'un, brûlant, surprend par sa température quand on y entre. La chaleur de l'eau me fait tourner la tête au début, mais, dès que mon corps s'y adapte, le plaisir est sublime ; l'autre, froid, revigore et nettoie. Les battements de mon cœur et ma circulation sanguine s'accélèrent, et je me sens soudain bel et bien vivante. Mon sang afflue en fonction des variations de température, et ma peau s'imprègne avidement des minéraux. J'ai l'impression de rétablir mon équilibre vital. Je suis heureuse qu'aucun de nous ne parle, car le silence m'aide à retrouver ma tranquillité d'esprit et mon calme après la folle aventure dans laquelle m'a embarquée Jeremy depuis que nous nous sommes retrouvés pour « boire un verre ».

J'ai l'impression que c'était il y a une éternité. Une petite voix malicieuse me dit que l'ancienne version de moi-même a disparu à l'instant où j'ai accepté ma cécité. Selon elle, je devrais même reconnaître que je suis en train de renaître. Mais je chasse rapidement cette pensée.

À la sortie du bain, on m'enveloppe dans une serviette. La peau qu'il me reste est vivante et sensible, et cette impression devient encore plus manifeste une fois que je suis allongée sur le ventre. On me repositionne un peu sur le banc couvert d'une serviette. Alors que des mains puissantes commencent à me masser les omoplates et diverses parties du dos, je suis ravie que mon intuition se confirme : il s'agit bien d'une table de massage. Jeremy a vraiment planifié ces dernières heures à la perfection – si l'on excepte l'absence d'orgasme.

On retire brusquement la serviette de mon corps, et un fort parfum d'orange et de miel pénètre mes narines. Je soulève un peu la tête pour humer la douce odeur d'agrume. Quelqu'un la repousse avec précaution, rassemble mes cheveux sur ma nuque et les attache en chignon. Une substance collante atterrit en quantité généreuse dans le creux de mon dos, puis les mains reviennent, et le massage commence pour de bon.

La pommade gluante part à la lente découverte de mes extrémités, et les mains habiles s'assurent que mon corps est minutieusement embaumé par ce mélange enivrant, mais poisseux.

Je laisse mon esprit vagabonder. Je n'ai envie de me concentrer sur rien de particulier. Je sais que, plus j'examinerai ma situation, plus le stress envahira mon corps (pas très conseillé lorsque des mains aussi puissantes que celles-ci parviennent à dissoudre la tension de mes tissus musculaires d'un simple contact). J'essaie de me concentrer sur ma respiration... Ça fonctionne pendant un temps. Mon esprit cherche à comprendre un peu mieux pourquoi Jeremy a tant tenu à me retirer la vue et à m'interdire de l'interroger ce week-end. Sa logique semble en partie sensée, car je ne peux pas nier avoir ressenti une réelle surcharge sensorielle. Sur le plan émotionnel, je suis complètement déboussolée...

Je devrais me détendre et me laisser aller. J'adore les bons massages, et celui-ci est merveilleux.

C'est tellement agréable ! Je deviens aussi douce et visqueuse que la pommade à mesure qu'elle pénètre les pores de ma peau. Qu'est-ce qui me retient ? Je ne peux pas m'empêcher de penser que Jeremy ne m'a pas encore tout dit. Il n'y a rien de normal dans le fait de mettre notre relation en danger dans le seul but d'assouvir un peu ses fantasmes frivoles, parfois terrifiants, n'est-ce pas ? Même si c'est avec Jeremy..., même si je me sens plus sexuellement vivante et sensuelle que jamais... Notre relation signifie-t-elle plus à ses yeux que le petit jeu de ce week-end ?

Mes pensées sont soudain interrompues par la réalité, lorsqu'un certain nombre de bras me soulèvent, me retournent et me reposent sur le banc couvert d'une serviette. Une nouvelle dose de baume parfumé atterrit sur mon ventre, puis des mains plus petites viennent me pétrir le ventre, le buste et les seins. Je tressaille au moment où elles glissent sur mes tétons et j'essaie instantanément de retrouver un souffle normal. *Ce n'est qu'un massage*, me dis-je pour me convaincre. Les mains adaptent leur rythme à ma respiration, et le massage se poursuit, tout comme le flot de mes pensées.

Jeremy avait raison : je me pose trop de questions ; elles semblent se multiplier de manière exponentielle dans mon cerveau, pareilles à des bactéries. Mon corps abandonne tout semblant de chair et d'os, tandis que les paumes obstinées me modèlent comme un morceau d'argile. Que pourrais-je faire maintenant, de toute façon ? Est-ce qu'on m'empêcherait une fois encore de partir ? Je ne sais même pas où je suis. Ma respiration s'accélère lorsque j'envisage à la fois les conséquences de ma présence ici et la réalité d'une tentative d'évasion. Est-ce vraiment ce que je veux ? Au fond de moi, je sais que je ne veux pas partir. J'ai simplement peur, comme toujours au début, d'explorer les endroits qu'il a prévu de me faire découvrir.

Quel salaud de me faire subir ça, de me forcer à chercher une conclusion qui semble impossible à atteindre ! Suis-je si faible que ça ? Et toutes les valeurs auxquelles je me raccroche avec conviction depuis l'enfance, celles qui ont donné de la stabilité, des valeurs et un sens à ma vie ? Je leur tourne le dos à la minute où on me propose un week-end d'insouciance illusoire. Car il ne s'agit peut-être que de ça ? Ou ces recherches ont-elles une véritable importance ?

Mon esprit implose sous le poids de ce dilemme moral et me laisse en état de torpeur. Mon corps est mou ; il ne subsiste plus aucune résistance.

Je suis une simple méduse qui attend le prochain courant pour l'emmener où il voudra. Épuisée aussi bien mentalement qu'affectivement, le corps à présent malléable, comme l'espère sans aucun doute Jeremy, je laisse l'obscurité se refermer sur mon esprit et le désespoir futile disparaître de mes pensées.

Des bribes de souvenirs volettent dans ma brume onirique. Des souvenirs heureux : mes bébés, des fêtes d'anniversaire, des visages souriants, mon fils me disant qu'il m'aime huit cents millions de milliards de fois plus que l'Univers, ma fille m'expliquant pourquoi elle vivra toute la vie avec moi et qu'elle doit pour cette raison se marier avec moi et moi seule. Les souvenirs de mes enfants inondent mon subconscient les uns après les autres. Des moments simples, des moments sans complications, mais pourquoi Robert apparaît-il quelque peu mélancolique, désengagé, dans ces visions de notre cellule familiale ? Je ne l'avais pas remarqué avant. Ces images façonnent mon identité, minute après minute, jour après jour. Mais pourquoi ai-je l'impression qu'il manque toujours quelque chose ? Pourquoi son langage corporel révèle-t-il que quelque chose lui manque à lui aussi ?

Mon débat intérieur s'emballe, hors de contrôle. Jeremy a déjà évoqué la possibilité pour moi d'explorer mon fantasme secret et sombre, celui qui a fourni la base de ma thèse il y a toutes ces années, celui que je n'ai jamais vraiment reconnu comme le mien, sauf très brièvement devant lui. Suis-je assez courageuse ? Je ne pourrais jamais le faire avec quelqu'un d'autre que Jeremy, et il m'offre sur un plateau cette expérience à la fois personnelle et professionnelle.

Et si je refuse de me lancer dans cette exploration, alors que c'est exactement ce que j'ai toujours rêvé de vivre, ne serait-ce que pour comprendre ce désir étrange une bonne fois pour toutes ?

Un fantasme doit-il rester ce qu'il est ou existe-t-il en nous un besoin et un désir de le réaliser, de l'expérimenter personnellement ? Mon esprit semble un peu confus, nébuleux, et je m'abandonne aux mains magiques de la masseuse.

Un bruit de roue me fait revenir à la réalité. Je prends conscience d'un mouvement ; je suis allongée, mais je bouge. Je lutte et j'essaie de soulever mes membres ramollis de la table. Ils sont si relâchés et lourds à la suite du massage que c'est presque impossible. J'essaie encore.

— Restez tranquillement allongée, s'il vous plaît, nous ne serons pas longs.

— Quoi ? Mais où allons-nous ?

Ma voix est rauque, et les mots ont du mal à sortir de ma bouche.

Je me rends compte que j'ai dû m'assoupir... Quelques minutes ? Quelques heures ? Quand même pas ? Nous nous arrêtons.

— Madame. Vous êtes réveillée. Puis-je vous aider ?

Une voix féminine s'adresse à moi.

— Euh..., oui, merci.

Ma politesse naturelle réapparaît.

— Pouvez-vous me dire combien de temps j'ai dormi ?

Des mains m'aident doucement à m'asseoir. Un peignoir, pas le même qu'avant (celui-ci est doux comme du velours et plus lourd) est posé sur mes épaules. Je remarque qu'il n'a pas de manches, ou du moins qu'on n'enfile rien sur mes bras. Le velours glisse sur ma peau soyeuse, qui n'a conservé aucune trace collante d'huile de massage. Pas de réponse. Est-ce qu'on a dit à toutes les personnes que je rencontre de ne pas répondre à mes questions ?

— Madame souhaiterait-elle boire un thé ?

Oh ! Du thé, ça, c'est une surprise.

— Oui, madame le souhaite.

Les mots sortent de ma bouche un peu trop durement, puis je me reprends :

— Ce serait très aimable, merci.

Mes bonnes manières reviennent.

— Pourriez-vous me dire où se trouve Jeremy – enfin, le docteur Quinn ?

Rien. J'ignore totalement s'il est avec moi ou pas, mais je ne sens pas sa présence, si tant est que cette phrase ait du sens.

— Jeremy ?

J'essaie encore.

— S'il te plaît, réponds-moi si tu es là. Il faut qu'on parle. S'il te plaît ?

Ma voix semble plus angoissée à chaque mot.

Typique : il disparaît juste quand j'ai besoin de lui parler.

On place une tasse de thé chaud dans ma main ; il sent délicieusement bon. Son parfum me calme et me fait oublier ma tension croissante. J'inspire profondément, devine de la camomille avec une pointe de vanille peut-être. J'en goûte un peu à la fois pour ne pas me brûler les lèvres. Ce thé est parfait.

À cause du relâchement de mes muscles, la petite tasse pèse lourd entre mes mains. Tandis que j'avale le reste de mon thé, je remarque des bandeaux autour de mes poignets. On me reprend la tasse, ce qui me donne l'occasion de poursuivre mon exploration. On dirait du cuir, et il y a un petit truc qui cliquette dessus et dessous. Chacun mesure quelques centimètres de long et s'adapte parfaitement à mon poignet.

— Jeremy !

Le silence m'entoure.

J'essaie de comprendre comment les bandeaux sont fermés, mais je ne parviens pas à trouver où se rejoignent les deux extrémités. Ils n'ont quand même pas été faits sur mesure eux aussi ! Je sens mon pouls qui s'accélère. Dans ma tête, je passe chaque partie de mon corps en revue afin de localiser tout objet étranger et, sans surprise, j'en trouve deux autres légèrement plus grands autour de mes chevilles. Mon Dieu ! J'ai les jambes en coton. Par pure provocation, j'essaie rapidement de trouver une fermeture ou une boucle à ouvrir.

Il n'y a rien. On les a mis en place pendant que je dormais ?

Je sursaute : quelqu'un passe promptement un autre bandeau autour de mon cou. Je perçois un bruit étrange lorsqu'on le resserre. Je reste un instant sidérée.

J'essaie de m'adapter à cette sensation de constriction, mais il m'est difficile de respirer. Sur ce bandeau aussi cliquettent deux petits objets en métal, l'un fixé devant, l'autre, derrière. Je me fige. C'est ça. C'est de ça que parlait Jeremy. En voulant aller plus loin dans le jeu, repousser les limites.

Que veut-il expérimenter sur moi à l'aide de ces bandeaux ? Et, chose plus importante, que veut-il me faire éprouver dans cet état ? *D'accord*, me dis-je pour essayer de me calmer. *Ce n'est pas comme si j'ignorais que ce genre de chose allait arriver.*

Et, apparemment, cette chose va se produire très bientôt. L'adrénaline qui bat dans mes veines est plus puissante que lorsque j'ai sauté de l'avion. La réalité physique de mes émotions est aussi fascinante que stupéfiante. Si réelle, si intense, si vitale. Suis-je prête à tout arrêter maintenant, alors que ma propre réaction est aussi intéressante ?

Quelles possibilités s'offrent à moi ? Je pourrais parler. Je pourrais crier. Peut-être que c'est ce que je devrais faire, ici et maintenant..., mais je m'abstiens. Je me rappelle que c'est exactement ce que j'ai fait au dîner et que ça n'a servi à rien du tout. Dieu merci, il m'a complètement ignorée à ce moment-là, car la tension sexuelle a trouvé une issue très réjouissante un peu plus tard.

Lorsque me revient ce souvenir, je sens une réelle énergie charnelle traverser mon corps. Oh oui ! Ça valait mille fois la peine de lutter contre ma propre peur pour obtenir une récompense aussi phénoménale.

Tout cela doit faire partie de sa stratégie. Il a tout à fait réussi à me faire céder à la panique, alors que rien de grave ne m'est arrivé, hormis un massage exquis et la découverte de bandes de cuir autour de mon corps. J'aime et je hais qu'il soit capable de me faire ça, de me faire ressentir et vivre des choses qui me semblaient inimaginables. Grâce à lui, j'ai l'impression que chacun de mes battements de cœur compte.

Je vais aller au bout des choses pour Jeremy, pour ses recherches et pour moi-même. Je vais me montrer forte pour lui, et peut-être, mais seulement peut-être, que ça m'aidera à me libérer. De qui, de quoi, je me le demande... De moi-même, probablement...

Suis-je prête à payer de ma personne pour découvrir la vérité plutôt que d'observer les choses depuis le banc de touche ?

Je me tiens debout, en silence, tandis qu'on m'attache les poignets dans le dos.

Je reste silencieuse quand on me couvre la tête d'une capuche de velours.

Toujours muette, je longe un couloir, traînant mes pieds nus sur la moquette épaisse. Sans résister, je laisse sagement des étrangers sans visage m'emmener vers une destination inconnue. Combien de personnes m'entourent ? Je n'en ai aucune idée. Je perçois leur énergie, pas leur nombre.

Une bonne fois pour toutes, il me faut faire face à la dure réalité et déterminer si je fais sincèrement confiance à Jeremy.

Imaginons ma vie sans la présence séduisante, envoûtante et stimulante de Jeremy. Bien sûr que je lui fais confiance, comme toujours. Grâce à lui, ma vie en noir et blanc prend des tons technicolor éclatants.

Mais j'aurais tort de ne pas souligner également sa facilité à créer des drames psychologiques phénoménaux, comme celui que je vis actuellement. Mes pensées sont soudain interrompues par une voix profonde de baryton.

— Amenez-la-moi.

On m'amène à l'homme.

De puissantes mains masculines m'attrapent rapidement le haut des bras.

— Enlevez son peignoir.

On me l'enlève.

On m'écarte les jambes.

La vie est étrange. On passe la vie entière à développer son estime de soi, à apprendre à s'aimer soi-même, à s'instruire, à « s'améliorer », tout ça pour en arriver là ? L'assurance qu'on a acquise, accumulée soigneusement pas à pas au fil des années, des décennies, peut vraiment s'évaporer à une vitesse effarante.

L'apparence, la tenue vestimentaire, le comportement, ce que chacun fait, combien il gagne, son niveau d'instruction, tout ça ne veut plus rien dire lorsqu'on se retrouve désespérément nu après avoir été déshabillé de force, privé de la vue, des bandeaux attachés autour des chevilles, des poignets et du cou comme symboles d'esclavage.

Deux doigts habiles pénètrent mon vagin avec une telle efficacité que mes réflexions s'interrompent immédiatement, et la réalité s'abat sur moi. Je titube en avant, choquée par cette intrusion, mais mon corps est fermement maintenu en place. Mon souffle s'accélère aussitôt.

Quel pouvoir me reste-t-il ? Quelle once de dignité humaine ?

Mais alors, comment se fait-il que, si j'avais un pénis, j'aurais une énorme érection ?

J'ai la sensation de glisser vers un néant psychologique, un endroit de mon propre psychisme où je n'ai jamais osé entrer. Le genre de sensation qu'Alice a dû éprouver pendant sa chute imaginaire dans le tunnel du lapin. Je suis obligée de poursuivre le voyage.

— Notez cet élément, dit le baryton.

Des notes... Je me trouve donc bien de l'autre côté de l'expérience à présent. Qui aurait cru que je me tiendrais un jour devant ces gens sans réagir au viol que mon corps vient de subir ? Moi, jamais de la vie.

— Mettez-la en position.

Je suis muette et aveugle devant eux. Mon consentement semble total lorsqu'on m'incite à m'agenouiller.

Un objet long, fin, lisse et froid glisse sous mes seins. Je retiens brusquement mon souffle. Semblable à l'archet d'un violon, il va et vient sur mon buste, glisse lentement sous mes seins, puis dessus, et enfin sur le bout de mes tétons avec soin et minutie, comme pour se mettre au diapason de mon corps.

C'est une sensation lente et régulière, et je suis soulagée de me trouver déjà à genoux. Mes tétons se durcissent par anticipation, tandis qu'un frisson coupable me parcourt les épaules et le dos.

L'archet glisse d'un mouvement homogène et élégant entre mes cuisses. La tension sexuelle est si forte en moi que je pousse un cri à l'idée de ce qui va suivre. L'archet prépare mon corps pour le prochain jeu.

— Hmm. En effet, J, elle réagit instantanément, comme tu nous l'avais dit. C'est une excellente nouvelle.

J ?… Jeremy ? Il a parlé de moi avec d'autres personnes ? *Bien sûr que oui, puisque je suis là !* réponds-je à ma propre question.

— Jeremy, je t'en prie, parle-moi, dis-je.

Ma voix s'échappe plus faiblement que je ne m'y attendais. À l'évidence, je suis restée muette trop longtemps. Enfin, j'entends sa voix derrière moi. Je suis soulagée de le savoir si proche.

— Oui, Alex. Je suis juste ici.

Il me chuchote ces mots à l'oreille d'un ton rassurant.

— Oh ! Dieu merci, te voilà.

J'essaie de blottir mon visage contre lui.

— Dis-le-moi honnêtement, c'est ce que tu veux de moi, ce que tu veux que j'expérimente ?

— Je n'ai jamais rien autant désiré de toute ma vie, déclare-t-il d'un ton calme, sensuel.

— Vraiment ?

Cette fois, on y est. Suis-je capable de faire ça pour lui, pour moi, pour nous ?

— Je veux que tu accueilles chaque émotion et que tu l'acceptes, sachant qu'elle fait partie de toi-même, de ta sexualité. Je ne te quitterai jamais, je vais veiller sur toi. Tout ce que tu as à faire, c'est te fier suffisamment à moi pour te livrer tout entière au cours de l'expérience. Abandonne-toi à moi, à cette aventure, et rappelle-toi que la peur vaut le plaisir. Toi seule peux décider si nous poursuivons l'expérience, ici, à cet instant. Tu n'as qu'à me dire oui ou non.

Bizarrement, je me dis qu'il ferait aussi bien d'avoir cette conversation avec mon clitoris plutôt qu'avec mon cerveau.

Mes yeux aveugles se remplissent de larmes. Je ne peux plus maîtriser l'intensité de mes émotions. Vais-je céder à ce désir inné qui me hante depuis des années et dire simplement *oui* ? Nos souvenirs communs dansent dans ma tête. La tension. Les jeux. Les taquineries, les supplices. Sa domination. Ma soumission.

Et notre amour pour nos rôles respectifs. Ainsi, il veut repousser les limites. Au fond de moi, j'admets que je veux aussi savoir jusqu'où elles peuvent l'être, et que ce n'est faisable qu'avec lui.

— Oui.

Cette décision me soulage incroyablement. Je laisse échapper un immense soupir et succombe enfin à mon destin, ce destin créé par Jeremy.

— Merci. Tu ne vas pas le regretter. Je te le promets.

Il laisse tomber la capuche et m'embrasse doucement sur les lèvres.

— Maintenant, je vais te réduire au silence, pour que tu ne puisses plus parler. Souhaiterais-tu dire autre chose avant que je le fasse ?

Je secoue la tête. Me voilà prête à pénétrer des territoires totalement inexplorés. Cette pensée me fiche la trouille et m'excite à tel point que c'en est grisant. Il m'ouvre la bouche et m'asperge la langue et le fond de la gorge d'un produit au goût d'agrume. J'éprouve une étrange sensation d'engourdissement et je ne peux m'empêcher de tester son efficacité. Aucun son ne sort : je suis maintenant aussi muette qu'aveugle.

— Veuillez la mettre en position.

Les bras puissants me soulèvent comme une poupée de chiffon et me portent vers un endroit surélevé. Une plateforme ? On dirait presque que la gravité n'a plus d'effet sur moi et que je ne pèse plus rien. Une fois encore, on me place à genoux. Mes jambes sont écartées, puis mes genoux et chevilles sont fixés au sol ferme et spongieux grâce aux liens de cuir.

Comme mes poignets sont toujours attachés dans mon dos, je suis bel et bien bloquée dans cette position.

J'ai envie de cette expérience. Je veux comprendre où elle me mène. Je ne lutte pas. Je suis attachée au sol.

Je ne suis pas libre de voir ; je ne suis pas libre de parler ; je ne suis pas libre de bouger. Je suis libre, tandis que mon corps frissonne d'angoisse, d'expérimenter la peur, l'excitation, la honte et le désir absolus pénétrant chacune de mes cellules. Le fait que ces émotions puissent exister en même temps me semble tellement étrange et fascinant.

— Nous devons encore clarifier quelques points avant de poursuivre, dit la voix de baryton.

J'ai fait preuve de négligence. J'ai oublié d'ajouter à ma liste que je suis libre d'entendre.

— Veuillez l'examiner à nouveau.

Une fois encore, deux doigts s'affairent à l'intérieur de mon vagin. Ils enquêtent un peu plus longtemps cette fois, puis se retirent promptement.

Mon corps réagit à cette intrusion, mais l'impact est moins évident étant donné les liens qui l'entravent.

— Bien. Maintenant, continuons.

J'ai l'étrange sensation d'avoir voyagé dans le temps et de participer à un ancien rite de passage sexuel.

— Le sujet n'a pas besoin de confirmer ce que je dis. Ce sera vérifié en son nom auprès de J. Il est cependant important qu'elle entende ces mots avant qu'on lui retire l'ouïe également.

Je sens ma poitrine se soulever à chaque respiration.

Mon impatience vis-à-vis de ce qui va suivre est perceptible.

— D'après ce que nous avons compris, docteur Quinn, le sujet vous a bien donné la permission de la maintenir aveugle pendant quarante-huit heures ?

Le sujet... Je suis vraiment une chose insignifiante.

Un silence.

— Exact.

— D'après ce que nous avons compris, vous l'avez informée, à plusieurs occasions, que son comportement pendant cette période aurait des répercussions.

— Exact.

— Et que pour chaque question posée, il y aurait des conséquences ?

— Oui.

— D'après vous, a-t-elle compris ces exigences ?

— Oui.

— Enfin, vous avez discuté de notre programme de recherche et elle a accepté d'y participer ?

— C'est exact.

On y est, c'est vraiment en train d'arriver. Je me suis livrée à lui, à eux. Mais je me demande vraiment pourquoi ils appliquent cette procédure intellectuellement alambiquée.

— C'est vraiment de l'excellent travail. Nous pouvons formellement déclarer qu'elle est parfaite pour notre programme. Je suis très impatient d'analyser les résultats.

Eh bien, un retour positif. Jeremy doit être très content de lui. Je me demande si tout ça l'excite physiquement.

— Nous devons aborder les conséquences de ses actes. Combien de questions a-t-elle posées en tout ?

Avant de pouvoir entendre la réponse, des bouchons sont introduits dans mes oreilles. Silence total, cécité totale, mutisme total et exposition totale. Je ne me suis jamais retrouvée en état de choc avant ; je peux seulement imaginer que c'est ce que je subis maintenant.

Totalement dépourvue de..., enfin..., de tout ! Insensible à cent pour cent, gelée dans le temps. Je n'ai maintenant aucun moyen sensoriel de prédire ce qui va m'arriver et absolument aucun moyen de l'en empêcher. Le toucher est l'unique sens qu'il me reste.

Un casque est placé sur ma tête. La sensation est bizarre, un peu pénible au début, et il me faut un moment pour comprendre que, grâce à lui, ils vont bien entendu surveiller l'activité neurale de mon cerveau.

C'est le chaînon manquant dans leurs recherches, et je suis leur cobaye humain. Par réflexe, je tente de maîtriser mes pensées, puis je pousse un cri intérieur.

Je veux tester l'appareil et ses mécanismes de suivi pour voir s'il y aura un écart sur la courbe de leurs résultats. Cette situation est presque trop bizarre pour que j'en saisisse le sens.

Mes poignets sont détachés dans mon dos, puis rattachés devant moi. On m'étire les bras bien au-dessus de la tête. Pas plus loin, s'il vous plaît, je prie en silence. On me stabilise les hanches tout en continuant à tirer sur mes bras. On force ensuite mon corps à se pencher par-dessus une barre recouverte de mousse, jusqu'à ce que mes mains touchent le sol. Mes poignets liés sont solidement fixés à la plateforme, ainsi que mon cou. Dans cette position, mon buste se trouve maintenant plus bas que mes fesses saillantes. Je peux seulement imaginer mes seins qui pendent librement, tandis que mon souffle s'accélère. Je suis en train de comprendre que tout ceci est très réel et pas du tout un rêve. Toutes les mains se retirent de mon corps. Ce qui me retient maintenant est entièrement matériel.

Le bruit de mon cœur qui s'emballe m'obsède. Il bat si fort et si vite que je me demande si c'est la fin. Est-ce à ça que ressemble une crise cardiaque ? Est-ce que j'en ai une, là, maintenant ? Drôle de position pour mourir. Avant que j'assimile totalement la possibilité d'un arrêt cardiaque, mon corps doit faire face à l'intrusion de quelques nouveaux doigts inquisiteurs.

Je sens mes tétons se durcir et mes fesses tressauter. Je retiens mon souffle. Les doigts restent plus longtemps cette fois, impriment une plus forte pression, testent et étirent les limites de cet environnement devenu glissant. Mon corps est envahi de chaleur, tandis que mon vagin se mouille en prévision de ce contact.

Le bruit de mon cœur qui bat la chamade menace de me faire exploser les tympans. Choquée par le vide qu'ils laissent derrière eux, je souffle brusquement lorsque les doigts se retirent.

Puis plus rien, à part mon cœur battant.

Je sens une brûlure si forte et rapide sur mes fesses que je me fige, complètement paralysée.

Un nouveau coup. Une pause.

L'air n'entre plus dans mes poumons. Il n'en sort plus non plus.

Encore un coup. Une pause.

J'ai besoin d'inspirer.

Les uns après les autres, les coups pleuvent encore et encore et encore et encore. J'inspire à chaque coup de sangle qui atterrit sur mes fesses, mais je suis tellement choquée que je suis incapable d'expirer. L'oxygène inhalé se heurte invariablement au cri silencieux bloqué dans ma gorge, ce qui l'empêche de parvenir jusqu'à mes poumons. Mon corps est secoué de spasmes ; toute cette agitation me fait tourner la tête.

Cette sensation cuisante n'a rien de comparable avec ce que j'ai déjà pu ressentir ; la douleur est faible, mais pas inexistante. La brûlure sur la surface de ma peau se fait sentir pendant une ou deux secondes, puis se dissipe tout aussi rapidement. Ça recommence et ça s'arrête. Je suis essoufflée, bouleversée.

Quelqu'un applique un baume rafraîchissant sur mes fesses, d'un geste si doux et séduisant que ce changement d'intensité miraculeux me donne envie de pleurer. Je suis déjà épuisée émotionnellement. Est-ce que je peux vraiment supporter tout ça ? Peut-être que la version finale de ma thèse se serait révélée très différente si j'avais expérimenté les choses personnellement.

Je reçois un nouveau coup, et encore un, et puis un autre plus haut, plus bas, sur les côtés... Je n'essaie plus de compter...

Mon monde se met à marcher au ralenti. Je me divise en deux.

Mon corps s'arque et se rétracte sous l'effet combiné du désespoir et du désir tout en essayant d'éviter le choc du fouet qui retombe sur mes fesses. Je me débats intérieurement, alors que mes fesses gardent leur position rigide, comme si elles en redemandaient. Peut-être qu'elles en veulent vraiment plus ?

On maintient mes hanches fermement en place, puis, une fois encore, les doigts inquisiteurs se glissent sans effort dans mon vagin pour se renseigner à nouveau sur son état. Je sens la vibration profonde dans mon bas-ventre inviter mon corps à profiter de cette expérience tout entière. Ma vulve se gonfle d'excitation, comme si mon vagin accueillait un ami perdu de vue depuis longtemps, et mon sexe palpite, gorgé de désir et humide. Le propriétaire des doigts s'assure à l'évidence qu'on « note » bien chaque information, étant donné leur séjour prolongé en moi.

Les doigts se retirent. Le baume rafraîchissant est de retour. Mes fesses reçoivent des caresses douces et affectueuses, et tentent d'imiter leur rythme. Une fois encore, la tendresse de ce geste et le soulagement me font monter les larmes aux yeux. Qu'est-ce qui m'arrive ?

On me laisse tranquille. Je respire. Je sanglote.

L'obscurité et le silence m'entourent.

Je comprends alors seulement que j'en voudrais plus.

Quelqu'un détache les lanières qui retiennent mes genoux et mes chevilles. Mes jambes tremblent et chancellent. On m'écarte un peu plus les genoux avant de les rattacher au sol, et mes chevilles sont réalignées, puis fixées de la même façon. Oh ! mon Dieu ! Je me demande vaguement pourquoi j'utilise le terme « Dieu » dans ces moments à forte intensité sexuelle. La barre est placée plus haut, et mes fesses écartelées deviennent une cible encore plus évidente, si tant est que ce soit possible. L'essence même de ma féminité et les ouvertures physiques de mon sanctuaire intime se retrouvent pleinement exposées, placées sous le feu des projecteurs, avant d'être examinées par ces spectateurs sadiques, dont j'ignore d'ailleurs le nombre. Je ne peux pas croire que cette scène représente une partie inconsciente de ma personnalité.

Le rythme de mon cœur ne parvient pas à s'adapter à la force de l'excitation impatiente qui déferle dans mon corps tout entier.

Clac ! Pause. Puis caresse douce et fraîche sur ma peau cuisante.

Et ça recommence. Clac ! Pause. Caresse.

Clac ! Pause. Caresse... Mon corps commence à anticiper et désirer le rythme constant du fouet, qui remonte sur mes fesses centimètre par centimètre.

J'essaie de me préparer à l'impact, mais je n'ai que le temps de savourer l'exquise douleur avant la caresse réconfortante et le soulagement de ce contact plus doux. Mon corps palpite dans l'attente de cet effet. Les coups de fouet se déplacent vers l'intérieur de mes cuisses. Ils n'ont plus la même vigueur, mais provoquent en moi la même immense excitation.

J'en veux plus.

J'ai besoin de plus.

J'en reçois plus.

L'association du plaisir et de la douleur me procure une incroyable jouissance, et mon corps ne peut que se délecter de cette embuscade charnelle.

Les coups s'arrêtent. Je retiens mon souffle. Comme je suis totalement concentrée sur mes fesses et mes cuisses, je ne m'aperçois pas tout de suite que quelqu'un me tripote les tétons, puis tire dessus, avant d'y accrocher des sortes de pinces. Cette sensation me traverse directement jusqu'à l'entrejambe. Quelque chose de lourd est fixé autour de ma taille et force mon corps à se rapprocher du sol, tandis que mes fesses maintiennent leur position au-dessus de la barre. Tous mes liens sont contrôlés et resserrés. Preuve est bientôt faite qu'ils sont solidement fixés, car les pinces attachées à mes tétons commencent à émettre un faible courant, et mon corps tout entier se met à lutter. Alléchée par ce nouveau choc, je pousse un cri silencieux. Tandis que je m'adapte à cette sensation, c'est comme si le courant provenant de mes tétons était envoyé directement vers mon clitoris, comme un circuit triangulaire chargé d'énergie sexuelle. Les picotements réchauffent mon corps tout entier, et la douleur devient une vibration taquine, agréable. Mon Dieu, qu'est-ce qu'ils sont en train de me faire ? Je suis devenue une pièce de musée sexuelle, qu'on exhibera sans doute un jour lors de l'une des expositions les plus obscures du MONA, le musée d'art ancien et moderne de Hobart.

Les coups reprennent, et la douleur intrusive revient au premier plan, dans mon corps et dans mon esprit. Ensuite, le plaisir réapparaît, mais brièvement. Puis c'est au tour de la douleur. Mon corps abandonne tout contrôle et passe d'une sensation extrême à l'autre d'un simple claquement de fouet. Je suis le chien de Pavlov.

On dirait que mon corps s'est acclimaté à cette sensation d'agréable douleur, et il me faut un moment pour me rendre compte qu'elle a été remplacée une fois encore par le faible courant se répandant à travers mes tétons.

Les doigts réaffirment leur présence à l'intérieur de mon vagin et fixent quelque chose qui émet une intense vibration près de mon clitoris. Trop près ! Je me fige de panique et de désir. Ma vulnérabilité est absolue.

L'intensité de la vibration augmente, lentement et régulièrement. Je me mets à transpirer de fébrilité sexuelle. Les doigts évitent mon clitoris bourdonnant et consacrent du temps à sonder et à explorer mon vagin, mon périnée. Si je pouvais bouger, je serais déjà effondrée en tas sur le sol. En fait, mon corps ressemble à de la cire fondue qui durcit avec le temps dans le moule délimité par mes liens. Je remarque que la température de mon corps augmente, tout comme mon excitation euphorique.

Les doigts à présent sont chauds, expérimentés, ce sont des doigts hédonistes, et je sens mon vagin qui les accueille plus profondément. Ma gorge muette grogne à la fois de honte et de désir, tandis que j'implore mon esprit de rester vigilant. Les doigts localisent des dimensions que je n'ai jamais découvertes, jamais explorées moi-même. Mon périnée, mon anus, rien n'est laissé de côté au cours de ce processus. Oh ! mon Dieu ! Mince alors, encore ce mot. Les doigts jouent et poussent et pressent et sondent, comme s'ils surveillaient et évaluaient l'impact de chacun de ces contacts sur mon corps. J'essaie désespérément de maîtriser mes réactions, de contenir ces sensations intensément sexuelles, mais ce sont des esprits libres, elles ne veulent pas se laisser tempérer. Les doigts s'installent, se déplacent tantôt avec précaution, tantôt avec insistance, puis leur contact devient régulier avant de s'intensifier. Chaque changement déclenche des vagues explosives à travers mes muscles. Je me demande distraitement si on peut forcer un corps à atteindre l'orgasme. Est-ce que j'ai envie d'en avoir un en public ? Aurai-je le choix ?

Oh ! mon Dieu !...

Des vibrations grimpent en flèche à travers mes tétons et mon clitoris, tandis que mon esprit est submergé de désir. Ma capacité à maîtriser cette embuscade de plaisir n'est plus qu'un trou noir dont l'image s'estompe dans mon esprit. Bien qu'entièrement attachée et fixée au sol, je n'ai bientôt plus les pieds sur terre. Je perçois les vagues menaçantes qui prennent de l'élan à l'horizon. Elles menacent d'anéantir mon esprit et de permettre à mon corps son ultime abandon.

Je me concentre.

Les doigts sondent.

Je résiste.

Ils vibrent.

Je me fige.

Ils visent.

Je renonce.

Ils me titillent.

Je me relâche.

Ils gagnent.

L'instant suivant, je découvre la sensation la plus incroyablement intense, fulgurante, puissante que j'ai jamais éprouvée de ma vie. Elle commence à l'extrémité de mes tétons, déferle à travers mon corps à la vitesse de l'éclair et s'accorde parfaitement avec la pénétration de mon vagin et de mon anus très lubrifiés. Mon corps est pris dans un tel tourbillon que j'ai maintenant l'impression de m'être libérée de mes liens, puis d'être physiquement écrasée contre le plafond.

Toute notion de temps est suspendue ; mon cerveau rationnel cesse officiellement toute activité. Mon cerveau sensoriel prend ainsi les pleins pouvoirs et ouvre grand la porte à tous les sentiments et sensations qui viennent heurter mon corps. Je traverse la stratosphère.

Reddition !

Liberté !

Une extase... pure..., sensuelle...

Des vibrations chaudes, lancinantes émanent du cœur de mon être.

C'est une béatitude absolue, sans fin, qui m'enveloppe vague après vague.

Le rythme, les vagues d'extase me traversent.

Mon corps palpite, vibre... Est-ce que c'est trop ?

Est-ce que je peux en supporter encore plus ?

J'espère bien que oui...

Les vibrations reprennent leur travail intense à l'intérieur de mon être ; elles résonnent au plus profond de moi, mais la sensation est devenue plus régulière, n'est plus aussi déchaînée et écrasante qu'avant. Je ne vais pas tomber du précipice comme un rondin au bord d'une chute d'eau assourdissante.

Finalement, mon esprit se rétablit dans mon cerveau. On me retire les bouchons d'oreille, et les bras puissants me libèrent de mes liens. On me soulève ; je ne suis plus clouée au sol.

Je m'allonge maintenant sur quelque chose de long, doux et chaud, et j'ai la sensation que mon corps tout entier fond comme un marshmallow géant dans un feu douillet. Le rembourrage s'adapte si parfaitement à chacun de mes mouvements. C'est agréable de s'étirer et d'être de nouveau libre.

Je discerne un délicieux chatouillement sur mes seins, qui me tire de mon état liquide.

Mon Dieu, c'est tellement bon !

Maintenant, je le sens sur les côtés de mes seins. Le sang afflue au bout de mes tétons.

Comme c'est érotique ! Je laisse échapper un profond soupir...

Cette fois, on tire doucement sur eux, on les masse.

Chaque téton reçoit une tension légèrement différente, un rythme différent...

Le massage devient plus intense. Une chaleur humide se dépose sur mes lèvres.

J'ai du mal à savoir sur quoi me concentrer.

Une langue chaude force doucement ma bouche à s'ouvrir. Elle me semble familière, mais aussi étrange d'une certaine façon, comme si elle était à l'envers. Je me tortille un peu sous cette douce pression, mais me laisse masser, sucer et lécher sans relâche... De si nombreuses langues rejoignent mon corps (oh oui ! Jeremy, ça vaut vraiment le coup !). Aucun fantasme né de mon imagination n'aurait pu égaler cette réalité. Il m'est impossible de me représenter la scène de l'extérieur, car l'étendue de ces contacts et de ces sensations est beaucoup trop vaste.

Toutes ces attentions procurent une sensation tellement incroyable à mon corps.

Tandis qu'on me dévore la bouche et les seins, mon attention est attirée par de légers mouvements qui remontent régulièrement le long de chacune de mes cuisses. Mes jambes s'écartent aussitôt pour garantir que rien ne gêne leur progression. Oh oui ! allez-y, entrez ! C'est vraiment divin.

Pressions, tiraillements, massages, morsures – il n'y en a ni trop ni pas assez. C'est tellement parfait que je pourrais pleurer. Comme il y a trop de choses sur lesquelles me concentrer, je me laisse aller, je laisse mon corps assimiler l'intensité du désir en moi.

La langue plus bas atteint mon orifice. Elle explore mes profondeurs internes avec un soin extrême, mais sans manquer de détermination ni d'intensité. Comme si elle triait minutieusement des pierres précieuses, fouillant pour localiser quelque chose de rare et de grande valeur.

Ça me coupe le souffle. Langue et lèvres sucent et mordillent sans jamais se laisser distraire de leur mission, jusqu'à ce que la langue localise enfin le joyau qu'elle cherchait. Avec la précision implacable d'un missile, elle pénètre tout entière au plus profond de sa cible. Les langues des autres bouches intensifient leur action afin de reproduire son énergie et son mouvement de pénétration.

Le désir menace de dévorer mon corps tout entier, tandis que les langues se multiplient exponentiellement, cherchant sans relâche un endroit à pénétrer, plus profond, plus loin, plus fort, plus vite.

Mes oreilles, ma bouche, mon cou, ma poitrine, mon nombril, ma vulve, mes doigts, mes orteils, mes poignets, mes chevilles, mes genoux, mes aisselles… J'ai la sensation qu'aucune partie de mon corps n'est laissée indemne.

L'ampleur de mon désir est telle que mon corps s'arque violemment. Ce mouvement ne passe pas inaperçu. Les langues, les lèvres et les dents réagissent aussitôt en intensifiant leur quête insatiable. J'ai besoin qu'elles ralentissent, qu'elles lâchent du lest, mais je souhaite ardemment qu'elles ne le fassent pas.

Elles accélèrent en même temps que les battements de mon cœur, comme un tambour tribal imitant le rythme de la vie. Une violente passion s'éveille au plus profond de mon âme et fusionne avec l'essence de mon corps. Je vibre avec elle sans réfléchir ; mon cœur propulse le sang et le désir orgasmique vers les confins de mon être et s'enroule, tourbillonne sur lui-même, comme pris dans l'œil d'une tornade dévastatrice.

Plus de battements de cœur.

Plus de pouls.

Plus de pensées.

Plus d'esprit.

Je plonge dans l'abysse profond de l'euphorie.

C'est alors qu'un flot violent et redoutable d'énergie pure se déclenche, explose, cogne et bat à travers mon corps, comme si, au cœur de mon être, le Vésuve crachait sa lave sur Pompéi.

L'intégralité de mon monde éclate si vite qu'il ne reste rien..., plus rien...

Et mon corps se tord. Il réagit à une série électrisante d'explosions érotiques encore et encore et encore et encore...

Comme s'il n'avait jamais rien vécu avant... Comme je ne l'en aurais jamais cru capable...

Les incessants va-et-vient à travers chaque orifice de mon corps embrasent ma peau comme de la lave liquide.

Vague après vague après vague de plaisir intense et sublime...

Créant des flots orgasmiques d'énergie...

Comme si mon corps n'avait jamais atteint le vrai orgasme auparavant...

Combien de temps cela peut-il durer ?

Je lâche un cri guttural silencieux, long et violent, même s'il ne peut être entendu.

Et aussitôt je prends une inspiration profonde et rapide, comme si j'étais un nouvel être sexuel respirant pour la première fois, s'approvisionnant d'urgence en oxygène pour survivre.

Mon dos arqué, rigide et captif, finit par se relâcher, cependant que je cherche à inspirer plus d'air et laisse la béatitude toute proche m'envelopper entièrement.

Je grogne de joie, de ferveur, de liberté et d'extase, et quitte ce monde terrestre pour expérimenter la béatitude céleste... Je suis la déesse du sexe de l'Univers...

* * *

— Oh ! Alexandra. Tu es exquise. Quel spectacle !

— Et quelles analyses !

— Absolument. Elles ont dépassé toutes nos prévisions.

Quelqu'un me parle ?

Je suis tellement loin...

Tout ce que je sais, c'est que les vibrations qui traversent mon corps sont carrément incroyables !

Et je suis absolument, complètement lessivée.

— Alex ! Tu m'entends ? Tu vas bien ? Tiens, bois ça, s'il te plaît.

Je sens un délicieux chocolat chaud. Quelqu'un m'aide à m'asseoir. Je me trouve sur une sorte de lit ferme, avec des draps doux en coton.

— Fais attention. C'est chaud.

Quelque chose me touche et porte la tasse à mes lèvres. Le goût est divin, et sa chaleur déferle à l'intérieur de mon buste.

— Jeremy...

Ma gorge laisse à peine échapper un chuchotement.

— Ne force pas, ça va aider ta voix à revenir. Tiens, bois-en encore.

Je termine le chocolat.

— Voilà. Maintenant, viens dans mes bras. Tu es évidemment épuisée, il est temps pour toi de te reposer.

Il m'aide à m'allonger de nouveau, me couvre d'une couette de plumes et semble s'assurer que je ne peux pas tomber. Mon lit est chaud et douillet. Il a raison, je ne me suis jamais sentie aussi épuisée.

— Dors, ma chérie, on parlera plus tard. Tu as dépassé mes rêves les plus fous.

Il m'embrasse tendrement sur les lèvres et me caresse le front. Je commence à dériver vers un état inconscient... Des rêves... Ça me semble une bonne idée.

— Tout est parfait. Notre travail est terminé, du moins pour le moment. Excellent travail, docteur Quinn.

— Nous allons juste rassembler nos affaires et vous laisser tous les deux poursuivre votre voyage.

— Souvenez-vous, J, les vingt-quatre prochaines heures sont cruciales, et la situation devra être surveillée de près pendant les trois ou quatre prochains jours. La confidentialité de cette expérience est primordiale. Elle ne doit ni voir ni parler à quelqu'un d'autre que vous. Nos concurrents seraient prêts à tuer pour ce genre de résultats.

— Bien sûr, aucun problème. Je maîtrise parfaitement la situation.

— Bien joué, messieurs. À la prochaine fois. Toute cette expérience a assurément dépassé nos attentes. Nous avons hâte de découvrir les résultats finaux. Tenez-nous au courant d'ici là.

— Je le ferai.

Des portes se referment en claquant.

Je ne sais pas très bien de quoi parlent ces voix distantes qui tourbillonnent autour de moi. Je me sens si sereine. J'entends vaguement des moteurs qui vibrent sous mon corps...

Et je dérive vers un état d'inconscience totale.

Sixième partie

La sensation varie comme le logarithme de l'excitation.

Loi de Weber-Fechner, 1860

À tâtons, mes doigts examinent avidement les environs. Plaisirs doux et somptueux. Ils explorent un petit mont soyeux et découvrent son sommet.

Je me recroqueville de délice. Qu'est-ce que j'ai bien pu trouver ? Un sein ?

Je le recueille dans le creux de ma main et palpe sa souplesse. Je joue avec sa cime jusqu'à ce qu'elle durcisse et, par chance, j'en découvre une deuxième.

Je la titille en attendant qu'elle se réveille et imite la première. C'est l'oreiller en forme de poitrine le plus doux qu'on puisse imaginer. Si réactif, si généreux, si changeant sous mes doigts. Je continue à jouer, à taquiner... Ces seins sont trop agréables pour que je m'en détache. Une autre main les touche tendrement.

— Ils sont très agréables, n'est-ce pas ? dit doucement la voix de Jeremy.

Je retire mes mains, embarrassée. Je me croyais seule.

— Oh ! je ne m'étais pas aperçue que tu étais là. Je suis désolée.

— Pas de quoi s'excuser, Alex. Ils sont faits pour être touchés.

Je perçois le sourire dans sa voix, ce qui me rappelle que je suis toujours aveugle.

Des bras puissants m'entourent, me bercent.

— Et bien sûr que je suis toujours là. J'ai dit que je veillerais sur toi.

J'ai l'impression que mes pensées sont floues et décousues.

— Est-ce que j'ai rêvé ?

Je souris intérieurement... Ah oui, des rêves et des fantasmes incroyables, jamais je n'en avais expérimenté de pareils. Mon corps frémit instantanément lorsque lui revient le souvenir de ces sensations intenses.

— Est-ce que ça va ? me demande Jeremy de manière pressante, la voix inquiète.

— Oui..., mais je ne sais pas très bien... Qu'est-ce qui s'est passé, Jeremy ?... Où sommes-nous ?

À l'instant où je pose ces questions, je sens une douleur sourde sur mes fesses et m'interromps instinctivement.

— Chut, détends-toi. Tu as vécu tellement de choses.

Il me caresse tendrement les cheveux.

Toujours dans le brouillard, je décide qu'il a raison. Tout en me pelotonnant contre son torse ferme et parfait, je porte une main à mes yeux pour toucher le bandeau.

— Oui, il est toujours là. Tu vas le garder encore un peu.

Il m'embrasse les mains en les écartant de mon visage. Il me recouvre d'une couette chaude.

Je perçois sa voix à l'intérieur de son torse, mais pas ses mots. Elle me berce et adoucit mes pensées, comme des nuages cotonneux traversant un ciel bleu. Si pleinement heureuse de me trouver au chaud, en sécurité et près de lui, je me sens dans un état de pure béatitude. Il pourrait être en train de me lire une histoire, un poème ou un article de journal, ça me ferait le même effet. Je suis incapable de déchiffrer ses mots... D'une oreille, j'entends son cœur battre, et, de l'autre, on dirait de la pluie qui tambourine sur la vitre d'une fenêtre. Je me concentre sur ces deux sons plutôt que sur ses paroles.

Je sors de ma bulle à temps pour entendre :

— Est-ce que tu as faim ou soif ?

Merveilleuse idée.

— Il reste du chocolat chaud ? Il me réchauffe si bien.

— Bien sûr, je vais en refaire.

Le matelas bouge lorsqu'il se lève, et j'ai l'impression de tomber. J'attrape son bras avec inquiétude.

— Ça va, ma chérie, je ne te laisse pas toute seule. Je vais juste te chercher du chocolat. Essaie de ne pas trop te déplacer.

— J'ai une sensation vraiment bizarre quand je bouge, comme si j'étais très lourde.

Je l'entends faire du bruit. On dirait qu'il se trouve dans une cuisine, ce qui me paraît étrange dans une chambre d'hôtel.

Il revient et place mes doigts autour de la tasse. Je n'arrive pas à la serrer assez fermement.

— Laisse, je vais le faire pour toi.

Il porte le liquide chaud à mes lèvres.

— Ahhh ! merci, tu fais du très bon chocolat chaud, Jeremy.

Je me visualise assise ici, les yeux bandés, en compagnie de Jeremy et d'un chocolat chaud, après tout ce que je viens de vivre. C'est comme si on ignorait totalement l'éléphant qui se trouve avec nous dans la pièce. Pour une raison inconnue, cette pensée déclenche en moi un fou rire. Je suis incapable de contenir mon hilarité, comme si j'évacuais toute ma tension nerveuse.

— Qu'est-ce qu'il y a de si drôle ?

Jeremy me prend la tasse des mains avant que je la lâche.

Je suffoque, les spasmes commencent à me donner mal au ventre. J'essaie de répondre à Jeremy, mais les mots ne parviennent pas à sortir, ce qui me fait encore plus rire. Maintenant, j'entends Jeremy s'esclaffer à son tour. Il se moque probablement de moi. Je m'en fiche, je n'ai pas autant ri depuis des années.

C'est à la fois douloureux et agréable. Mes yeux dégoulinent. J'essaie de contenir les spasmes qui me submergent, afin de reprendre de l'air dans mes poumons. Je vais me faire pipi dessus. Je me déplace vers le bord du lit et, toujours paralysée par les convulsions, m'écroule aussitôt sur le sol. Jeremy apparaît instantanément à mes côtés. Il parle à toute vitesse.

— Oh ! bon sang, Alex ! Tu t'es fait mal ?

— Toi...toi...toil...toi...lettes.

Je tente de me faire comprendre entre deux hoquets.

Jeremy me soulève et court me déposer sur les toilettes. Ma vessie explose, je soupire de soulagement et de bien-être. Pendant qu'elle continue à se vider, j'en profite pour relâcher les muscles de mon ventre et inspirer l'air qui m'a tant manqué.

Je regarde Jeremy droit dans les yeux et me demande pourquoi il a l'air si inquiet. Il me faut un moment pour me rendre compte que je suis en train de scruter l'image trouble du visage de Jeremy. Je suis surexcitée.

— Je vois ! Tout est toujours très sombre, et tu es extrêmement flou, mais tu es bien là, devant moi. Quand ?... Comment ?... Est-ce que ça fait quarante-huit heures ?

— Plus ou moins. Les gouttes font sans doute moins d'effet depuis que tu t'es mise à pleurer de rire, et le bandeau s'est détaché au moment où tu es tombée du lit. Donc, oui, tu devrais recouvrer totalement la vue d'ici quelques heures.

Ses mots me soulagent instantanément, mais me procurent aussi une étrange tristesse, car ils m'apprennent que notre week-end ensemble touche à sa fin. Quelle sensation bizarre ! C'est comme si j'ouvrais les yeux au milieu d'une grotte et ne voyais rien d'autre que ce qui se trouve immédiatement devant moi. Comme ma vue n'est pas assez claire pour distinguer plus que son visage flou, il continue à me maintenir en place. Je me sens toujours instable et plutôt gênée d'être assise sur les toilettes en train de le dévisager. Embarrassée, je me dépêche de m'essuyer et, extrêmement contente d'être enfin indépendante, me lève pour me laver les mains. Je fais un pas en avant, mais mes jambes se dérobent aussitôt sous moi, et je m'effondre. Adieu l'indépendance.

— C'est pour ça que je te tiens, ma chérie : tu n'es pas encore prête à t'en sortir toute seule.

Jeremy m'entoure de ses bras et m'emmène jusqu'au lavabo. L'expression de son visage m'amuse.

— Ça va aller, franchement, pas la peine de te tracasser. J'ai juste besoin d'un peu de temps.

Il lève les mains en faisant semblant de capituler, ce que je perçois comme un signe positif. Au prix d'un intense effort, je parviens à m'appuyer au lavabo et à me laver les mains, ainsi que le visage. Tandis que je me retourne pour lui faire face, mes jambes se dérobent à nouveau, et, cette fois, il m'attrape avant que je heurte le sol.

— Mais enfin ! Je ne comprends pas...

— Ça suffit. Tu n'es pas encore capable de te débrouiller toute seule. Et je suis justement là pour t'aider, ajoute-t-il sévèrement.

Là-dessus, il me ramène rapidement dans la chambre et me dépose avec précaution au centre d'un grand lit.

Pour une raison que j'ignore, le fait de me sentir aussi inutile déclenche en moi un nouveau fou rire, et je ne peux même pas relever la tête pour protester.

Je me rends compte que je ne pourrai pas me fier à mes jambes avant un bon moment encore. L'expression de Jeremy me fait bien comprendre que je ne dois bouger en aucun cas.

— Qu'est-ce que je vais faire de toi ? dit-il avec un petit sourire.

— Qu'est-ce que tu m'as fait ? Tu ne crois pas que c'est plutôt ça, la question importante ?

Je note que mon esprit est en train de sortir du brouillard.

— Très juste. Il y a beaucoup de choses que tu aimerais comprendre, j'imagine.

— Quelques-unes, en effet.

— Et si on commençait par ce dont tu te souviens ?

Je le regarde d'un air perplexe. Oh ! c'est reparti... Il ruse pour me faire parler en premier. Il ajoute rapidement, comme s'il lisait dans mes pensées :

— Alex, ma chérie, tu sais que j'ai toujours été honnête avec toi.

— Oui, c'est vrai, parfois même trop honnête.

Ne trouvant pas l'énergie de me disputer avec lui, je laisse défiler les souvenirs de ce week-end dans ma tête. Je leur trouve un aspect étrange, car, au lieu d'images claires, ce sont des sensations qui reviennent m'envahir. Dans certains cas, je crois me rappeler quelque chose, mais ce souvenir ne se présente pas à moi visuellement. C'est plutôt une incroyable bouffée de sensations qui me traverse le corps, tandis que certains aspects me reviennent. C'est vraiment bizarre. Je secoue la tête... Mon cerveau n'est pas prêt pour ce type de surcharge.

— Je me rappelle la peur, l'excitation, la honte, puis la douleur et le plaisir exaltants, si totalement mêlés qu'il me semble impossible de distinguer quelle sensation dominait l'autre. Et puis la tension sexuelle, l'excitation et l'énergie absolue ; comme si la force de la vie elle-même battait dans mes veines, mais j'ai l'impression que tout s'est un peu atténué maintenant.

Mes mots sortent en pagaille, et je sais que je rougis. Il me caresse les cheveux d'un geste compréhensif et remonte la couette pour me maintenir au chaud. Il se montre très prévenant.

— Qu'est-ce qui débloque dans ma tête, Jeremy ? Je n'arrive pas à réfléchir correctement.

— C'est le sédatif. Il devrait avoir complètement disparu de ton organisme d'ici vingt-quatre heures.

— Quoi, tu m'as donné un sédatif ?

— Oui, juste pour permettre à ton corps de prendre le temps de récupérer. Je l'ai mis dans le premier chocolat chaud que je t'ai donné avant qu'on vienne ici. J'aurais dû me souvenir de ta réaction à ce type de médicament. Il va falloir un peu plus de temps que prévu pour que l'effet se dissipe.

Ma tête se met à tourner, lorsqu'un souvenir distant vient m'envahir l'esprit.

J'avais rejoint les filles dans un bar de King's Cross et je m'étais retrouvée à discuter avec des mecs qu'on ne connaissait pas. Un verre plus tard, j'ai commencé à me sentir bizarre, dans les vapes. Mes copines ont appelé Jeremy, parce qu'elles s'inquiétaient vraiment pour moi. Apparemment, les mecs sont partis rapidement une fois qu'ils ont compris que nos copains arrivaient. On a supposé qu'ils avaient trafiqué ma boisson. J'étais totalement abrutie, incapable de me tenir debout, et je ne me souviens de rien d'autre. C'est effrayant de voir à quelle vitesse un truc pareil peut faire de l'effet.

Le lendemain, je me réveille chez Jeremy à une heure indéterminée. Je sens qu'il me secoue un peu en marmonnant. L'esprit totalement embrumé, je me retourne sans comprendre et me rendors. Lorsque je me réveille à nouveau, Jeremy m'offre une tasse de thé, ce que je trouve vraiment adorable. Je sors un bras des couvertures pour prendre la tasse et remarque que ma peau est couverte de traces de marqueur bleues, rouges et vertes. J'essaie de me souvenir de ce qui s'est passé la nuit dernière, mais, mauvais signe, ma tête est totalement vide. Je pose la tasse de thé avec précaution et jette un œil sous les draps. Mon corps est entièrement nu et couvert des mêmes dessins – lignes, flèches, cercles – respectant tous un code couleur. Pas très pressée de vérifier l'état de mon dos, je lâche un grognement de surprise. Mais le sourire insolent de Jeremy confirme mes craintes.

— Eh bien ?

J'attends fermement son explication.

Il saute sur le lit à côté de moi comme un chiot excité.

— Eh bien... Alex..., je m'ennuyais quand tu étais dans les vapes. Ça a duré des heures, mais je ne voulais pas te laisser toute seule. Il fallait que je surveille ton état. J'ai donc décidé de ne pas perdre mon temps et d'étudier un peu.

Mon regard le transperce pendant qu'il poursuit.

— Et, enfin, comme tu peux le voir, ça en valait vraiment la peine.

Il soulève les couvertures du lit. Allongée à côté de lui, j'ai l'air d'une stupide carte routière.

— Enfin, je veux dire que ça m'a été utile. J'ai raté deux, trois choses, mais j'ai trouvé tous les muscles, les organes, les artères...

Il regarde mon visage et s'empresse de continuer tout en soulevant mes membres pour illustrer son argument.

— Je suis ennuyé d'avoir raté ton appendice de quelques centimètres, mais tout le reste était plutôt exact. J'ai eu tout bon au système nerveux : le plexus brachial, le plexus lombal, les principales artères du système circulatoire, les organes du système digestif, mais ça m'énerve, car je crois que je me suis un peu trompé sur le duodénum. Les principaux éléments du système lymphatique : tout bon. Le système reproductif féminin a été très marrant à faire. Bien sûr, j'ai pris soin de ne pas indiquer précisément le vagin, les petites lèvres et le clitoris, mais je me suis débrouillé pour souligner les grandes lèvres et l'anus, par exemple...

Sa main plane de façon élégante, mais intentionnelle, au-dessus de ces parties, à mesure qu'il les mentionne.

— D'ailleurs, ça n'a pas semblé trop te déranger. Ensuite, je suis passé à...

— D'accord, d'accord. J'ai compris.

J'essaie de repousser sa main.

— J'espère pour toi que ça va s'en aller.

Il commence à embrasser les parties mentionnées.

— Et puis il y a mes endroits préférés, les plus intimes, que tout le monde ne connaît pas...

Mon corps est lourd sous ses baisers doux, légers et érotiques, qui réveillent ma chair avec tendresse, mais détermination. Je ne lui résiste pas. La colère se dissipe, tandis que mon étudiant en médecine délaisse sa leçon d'anatomie et se transforme en mon amant pour m'étudier, moi. Je lui permets de jouer avec mon corps, comme s'il était mon maître marionnettiste. Ses doigts magiques transforment adroitement mon ossature de bois en un corps sexuellement éveillé. Comme ils le font chaque fois.

Je reviens au présent en prenant brutalement conscience que rien n'a changé entre nous depuis cette époque. Il suffit de voir l'état dans lequel je me trouve à cet instant précis. Même l'envie d'utiliser mon corps pour ses études n'a pas faibli. Enfin, revenons à nos moutons.

— Combien de temps je vais me sentir comme ça ? Il y a ma prochaine conférence... Quelle heure est-il ?

Inquiète, je cherche une horloge sur les murs flous de la pièce et je m'aperçois que l'obscurité est presque totale – mais c'est peut-être dû à ma vue encore faible. Je ne sais même pas s'il fait jour ou nuit dehors.

— Ça va. Il n'est que vingt heures trente.

— Oh ! bon sang, Jeremy, comment tu peux me faire ça ? Tu ne comprends pas. Je ne peux même pas me lever, alors que je dois présenter mon dossier au conseil d'administration de l'Association médicale australienne dans douze heures. Je n'arrive même pas à penser correctement. Est-ce que tu comprends à quel point c'est important pour moi, pour mes recherches ? Ce sont mes plus féroces détracteurs, et tu me mets dans cet état ! Comment as-tu pu me faire ça ? Je te prenais pour un médecin responsable !

— Alex, je t'en prie, calme-toi. Tu n'as pas besoin de t'inquiéter.

Je l'interromps violemment.

— Facile à dire pour toi. Ta carrière ne dépend pas de ça. À l'évidence, tu n'as plus besoin de chercher un financement pour ton travail. Il paraît que vous vous en sortez très bien dans la vie, docteur Quinn.

Je tente de pointer du doigt l'opulence de la suite, mais ma faiblesse musculaire rend ce geste ridicule. Je poursuis sans me laisser décourager par cette absence complète de coordination.

— Ce n'est pas toi qui vas devoir te présenter devant l'AMA pour expliquer ton travail à des professionnels critiques et hautement qualifiés, dont la plupart préféreraient le discréditer plutôt que le soutenir. Tu ne peux même pas imaginer ce que ça fait ; ils pensent que tu es le nouveau messie de la médecine !

Tremblante d'émotion, je tente de me déplacer vers le bord du lit. J'ai besoin d'eau, de café, de tout ce qui pourra m'aider à dessoûler rapidement. Je tâtonne autour de moi avec l'efficacité d'une otarie échouée essayant d'attraper un pingouin rapide comme l'éclair.

— Si tu continues à bouger, je vais devoir te rattacher. Tu vas te faire mal.

Je suis consciente que je risque encore de tomber du lit, mais reste déterminée à ne pas le laisser ruiner l'avenir de ma carrière. Il faut qu'il le comprenne. Il se déplace vers le bord du lit pour m'éviter de tomber, ou bien pour m'empêcher de sortir, je ne sais pas très bien. Je poursuis mes mouvements d'otarie vers l'autre bord.

— Où sont mes vêtements, au fait ? J'espère qu'ils se trouvent toujours dans le dressing.

— Tu peux t'arrêter un instant ? S'il te plaît !

Il a l'air exaspéré, et je le suis tout autant à cause de la lenteur de mes mouvements.

— Non, Jeremy, en fait, je ne peux pas.

Résignée à faire une croix sur son soutien, j'atteins finalement ma destination et tente de soulever ma jambe de bois à l'aide de mes deux mains pour descendre du lit

— Pourquoi tu t'acharnes ? Tu sais très bien que tu ne vas pas y arriver !

Il attrape ma cheville avant qu'elle ne heurte le sol et l'attache rapidement à mon poignet. Je ne m'étais pas encore rendu compte que les bandes de cuir étaient toujours là. Eh bien, j'en ai de la chance. Il répète le même geste adroit sur mon côté gauche, attache ensemble mon poignet et ma cheville, et déplace tout mon corps vers le centre du lit. Je ne peux presque plus bouger, encore moins marcher. Il m'entoure d'oreillers pour que je puisse au moins rester assise, ce qui me soulage un peu. Me retrouver allongée dans cette position se serait révélé plutôt dangereux, c'est le moins qu'on puisse dire. Heureusement que je fais du yoga.

— Espèce de salaud. Tu ne peux pas me garder prisonnière ici. Je ne suis pas ta foutue marionnette. Pourquoi ces sangles sont-elles toujours là ?

J'explose de rage.

— Elles sont géniales, pas vrai ? Elles me font gagner tellement de temps et d'énergie... Si j'en avais eu à la fac, imagine à quel point j'aurais pu m'amuser avec toi...

Sa voix s'estompe, tandis que son esprit vagabonde.

— JEREMY ! Ce n'est pas le moment de repenser au bon vieux temps.

Ma gorge est enrouée à force de lui crier après.

— Ah oui, c'est vrai, dit-il en revenant vers moi. Bon, est-ce que tu peux rester tranquille et me laisser t'expliquer la situation ?

— Je suppose que c'est une déclaration, pas une

question. On ne peut pas dire que j'aie vraiment le choix !

— Non, en effet.

Même si quelque chose semble l'inquiéter, il vient se blottir contre moi, l'air content de lui. Je lève les yeux au ciel en espérant que son explication sera courte.

— Laisse-moi te dire, avant tout, que tu n'iras nulle part.

Ses mains me font signe de me taire avant que je commence à protester. J'ignore son geste.

— Il faut que je parte, Jeremy. Tu ne comprends rien ou quoi ?

Je commence à désespérer. Je tente de lui expliquer l'importance de cette réunion, combien elle compte pour moi. Exaspérée, je lutte inutilement contre mes liens et me retrouve bientôt en sueur.

— Jeremy, c'est de ma carrière qu'il s'agit, celle pour laquelle j'ai étudié et travaillé si dur, tu es bien placé pour le savoir. Tu dois bien pouvoir me comprendre...

Il pose ses longues jambes en travers des miennes. Son corps m'emprisonne un peu plus, et sa main vient prestement me couvrir la bouche.

— Permets-moi d'être tout à fait clair. Tu ne quitteras pas cette pièce tant que je ne t'y aurai pas autorisée, que ce soit par avis médical ou autre.

Cette fois, sa main se pose sur ma bouche *avant* qu'aucun juron ne s'en échappe. Suis-je si prévisible ? J'imagine que oui, si... la chambre commence à tourner autour de moi... J'ai soudain une sensation très étrange... Tout devient flou..., tourne... Très confus...

* * *

Tout ce que je sais ensuite, c'est qu'une lumière vive est braquée sur mon œil et que quelqu'un me prend le pouls et la tension. J'essaie de lever la tête. En vain.

— Vous avez trouvé une veine ? Il faut poser cette perfusion *tout de suite* !

— Pas encore. On dirait que ses veines sont collabées.

Une voix féminine.

— Allez, donnez-moi ça.

Je sens qu'on me plante une aiguille dans la main.

— C'est fait. Fixez-la. Ma chérie. Tu m'entends ? Regarde-moi, c'est Jeremy.

— Que..., qu'est-ce qui s'est passé ? Qu'est-ce que c'est que tout ça ?

Je regarde autour de moi et remarque une perfusion, un équipement de monitoring, une infirmière.

— Oh ! merci, mon Dieu ! Il faut que tu te détendes. Tu m'entends ? *Est-ce que tu me comprends ?*

— Non... Je crois que je ne comprends rien, Jeremy. Je..., je crois... que je ne comprends rien du tout.

— Non, bien sûr que non, ma chérie, parce que tu ne me laisses jamais le temps de t'expliquer les choses.

— C'est ma faute ? dis-je, perplexe.

— Non, non, ce n'est pas ce que je voulais dire. Tu m'as fait tellement peur. Tu t'es évanouie.

J'ai dû me rendormir, car, lorsque je rouvre les yeux, la chambre est très lumineuse. Je me souviens aussitôt de notre discussion, que tout ce bazar médical est venu interrompre.

— C'est le matin ? Jeremy ! Est-ce que j'ai raté... ?

— Tu n'as rien raté.

Il essaie de garder un ton calme.

— Il n'y a pas de présentation devant l'AMA.

La lumière diminue.

— Tu l'as annulée ? Mon unique chance de présenter mon dossier ?

— Non, ma chérie, reste tranquille, s'il te plaît. Essaie de garder ton calme. Tu es épuisée. Bon sang ! Je t'en ai trop demandé... Je suis allé trop loin.

Il marque une pause.

— Il n'y a jamais eu de présentation devant l'AMA. Tout a été organisé pour qu'on puisse passer assez de temps ensemble, toi et moi.

— Quoi ? Pas de rendez-vous ?

— Tu n'as plus de conférences cette semaine. La seule qui était vraiment prévue, c'était celle de vendredi dernier.

— Quoi ?... Comment ?... Je ne comprends pas...

Je suis si fatiguée que je ne saisis rien de ce qu'il dit.

— Il y a trop de choses à comprendre pour toi dans l'immédiat, mais tu n'as besoin de te soucier de rien. Il faut seulement que tu te reposes, c'est le plus important pour toi.

— Pas de conférences ?... Toutes annulées... Elle était si mauvaise que ça, la première ?... Tu m'as dit que c'était très réussi.

Étrangement, l'incertitude m'envahit. Je me sens vraiment faible.

— Elle était remarquable, tu le sais. Maintenant, ferme les yeux et repose-toi.

Il pose sa paume sur ma joue et adresse un signe de tête à une personne placée derrière moi.

— Non, je ne peux pas me reposer, Jeremy. Qu'est-ce qui s'est passé ? Pourquoi suis-je dans cet état ? Peut-être que j'irai mieux... dans un moment... pour présenter, tu sais..., peut-être... Et... pourquoi ai-je une perfusion ?...

La réalité s'efface.

* * *

Lorsque je me réveille, ma vue est redevenue normale, ce qui me redonne le sourire. Je me demande brièvement où je suis.

Tout est si confus qu'il me faut un moment pour m'apercevoir que Jeremy me dévisage, l'air tendu, depuis le fauteuil dans un coin de la pièce. Il apparaît presque aussitôt à mes côtés.

— Je vérifie juste ta tension, dit-il avant que j'aie l'occasion de prononcer un mot. Comment te sens-tu ?

La lumière transperce mon globe oculaire. J'essaie de détourner la tête, en vain.

— Embrouillée, mais mieux qu'avant, je crois.

Je remarque que je suis toujours sous perfusion.

— Est-ce que c'est nécessaire ?

Ma voix est enrouée.

— Je te le dirai d'ici une heure environ. Nous devons encore vérifier deux ou trois choses.

Il gonfle le bandeau autour de mon bras et se concentre sur ma tension. Mon bras est sensible et m'élance un peu.

— Donc, vraiment pas de conférence aujourd'hui ?

— Non !

L'air inquiet, il poursuit son boulot de médecin. Je me contente de m'énerver intérieurement, pressentant que ce n'est pas tout à fait le bon moment pour répliquer.

Il a toujours été presque impossible de distraire Jeremy en plein travail. Je ne prends donc même pas la peine d'essayer. Il fronce les sourcils en poursuivant ses vérifications d'un geste déterminé.

Il soulève le drap et, pour la première fois, je remarque un tuyau entre mes jambes.

— Oh ! c'est pas vrai !

Je grimace en l'interrogeant du regard.

— Quoi ? Oh ! c'est juste la sonde urinaire, dit-il, l'air désinvolte.

Puis il me recouvre les jambes avec le drap pour que je ne la voie plus.

— C'est parce que tu risques d'avoir des fuites quand je retirerai la perfusion, dit-il de son ton pragmatique.

Je prie soudain pour que la perfusion me replonge vite dans le sommeil.

— Ce n'est pas encore formidable, mais ça peut aller.

Il semble s'adresser à lui-même autant qu'à moi.

— Tu as soif ?

— Mmm, dis-je en hochant la tête. J'ai la bouche totalement sèche.

— Infirmière !

Infirmière ? Bon sang ! La situation pourrait difficilement être plus embarrassante. Il soulève lentement le haut de mon corps et porte l'eau à mes lèvres avec un maximum de précautions. On croirait presque qu'il a peur de me casser. Je lui assure que ça n'arrivera pas..., que je ne risque pas de me casser en mille morceaux, je veux dire.

— Franchement, c'est à moi d'en juger, répond-il toujours en mode docteur.

Je me dis qu'il vaut mieux ne pas protester et, « franchement », comme je n'ai pas l'énergie de débattre avec lui, je me contente de laisser échapper un long soupir.

— Ça ne me plaît pas, tous ces tuyaux, Jeremy. Tu sais bien que je ne supporte pas tout ce qui ressemble à du matériel médical.

— Je sais, ma chérie. Encore un petit moment. J'ai besoin de m'assurer que tu reçois les bons fluides, et, par précaution, il nous reste un seul test à effectuer. Je ne peux prendre aucun risque quand il s'agit de ta santé.

Je suis abasourdie.

— Un test ? Des risques ? De m'évanouir ?

Je me demande si mon trouble est perceptible.

— Rien qui doive t'inquiéter. Je vais entièrement m'occuper de toi, je te le promets.

— Jeremy, tu me fais peur *et* tu me traites comme un enfant. De quoi parles-tu ?

Il baisse son front jusqu'au mien et m'embrasse légèrement sur les lèvres.

— Tu as été incroyable, parfaite. Les résultats de notre expérience, ta connectivité neuronale, eh bien, disons juste qu'ils ont ouvert une toute nouvelle voie de recherches sur le système limbique.

Il fait glisser ses doigts avec lenteur entre mes seins et décrit des cercles délicats autour de mon nombril. Il continue plus bas, introduit doucement la main entre mes jambes, afin de ne pas déplacer le tuyau, et me masse les parties intimes de ses doigts magiques et légers. Son toucher, ses mots déclenchent un profond ronronnement en moi. Le plaisir s'intensifie à mesure qu'il cible son approche. Les vagues d'extase ne me laissent aucun répit, et je lutte pour garder mes esprits, puis je m'assoupis pendant que de délicieux frissons s'emparent de mon corps. C'est comme s'il pouvait exciter mon clitoris à distance. Je ne peux pas comprendre pourquoi je suis aussi réactive à son toucher. J'en oublie totalement de lui demander ce qui se passe ici. La perfusion, la sonde, l'infirmière... Je me suis réveillée dans cet environnement, et ça n'a absolument aucun sens.

Je reviens à la réalité au moment où il retire ses mains et passe à l'infirmière un petit échantillon. Puis elle disparaît rapidement de la pièce. J'ai soudain envie de céder à tout ça. Je ne veux plus lutter ; Jeremy peut faire ce qu'il veut. Le soulagement de mon abandon est presque écrasant. J'essaie d'éviter son regard intense et je finis par fermer les yeux lorsque je sens de grosses larmes me couler sur les joues.

— Tu es bouleversée. Alex, je suis vraiment désolé. Tu as vécu tellement de choses. Trop, d'une certaine façon. Ça a laissé des traces en toi. Je te promets de tout t'expliquer clairement. Il faut juste que tu te reposes un moment. Laisse-moi m'occuper de toi.

Je suis incapable de répondre. En fermant les yeux, j'accepte de nouveau la cécité que je maudissais encore quelques heures plus tôt. Les larmes continuent à couler sans bruit, sans que je les retienne. Je sens les yeux de Jeremy qui cherchent perpétuellement à comprendre, qui tentent de découvrir les faiblesses cachées de mon corps et de mon esprit. Je n'ai nulle part où aller, plus aucune couche sous laquelle me cacher, et je sais que je ne veux plus rien lui dissimuler, plus jamais. J'adore l'idée qu'il ait une compréhension intime de mes endroits secrets, encore plus maintenant qu'ils sont aussi à vif, aussi exposés. Je veux qu'il puisse être libre de m'explorer, de faire des expériences, comme il le veut, dès qu'il le désire. Je n'ai jamais ressenti une telle puissance en moi et en même temps un tel besoin de son pouvoir sur moi.

Alors que je repose entièrement nue à côté de lui, je me sens très fière qu'il ait choisi de m'emmener faire ce voyage, et ce, quelle qu'en soit la raison.

Jeremy passe un bras autour de mes épaules, en évitant soigneusement la perfusion reliée à ma main, et me berce contre son torse. Je ne voudrais être nulle part ailleurs. Je me sens comme un petit enfant dépendant alors qu'il entoure mon corps. Les larmes continuent à couler, et je me sens paralysée, impuissante. Il balaie tendrement les cheveux collés sur mon visage, puis m'embrasse les paupières avec douceur jusqu'à ce que cessent mes larmes.

C'est alors que je ressens une immense fatigue, encore plus forte qu'après un long accouchement. Je n'avais jamais pensé que voir ses yeux, son visage serait un moment aussi émouvant pour moi. Il disait vouloir m'aider à m'épanouir comme une rose, s'assurer que j'expérimenterais plus que je ne l'avais jamais fait, et c'est exactement ce qui s'est passé. Il a su voir des aspects de mon être – physiques, aussi bien qu'affectifs – que je n'avais peut-être jamais découverts, ni explorés moi-même. Il ne reste rien, aucun désir de lutter contre lui, aucun besoin de chercher à mieux comprendre, aucun besoin d'avoir peur. Je suis sûre que, même s'il a repoussé très loin les limites que je m'étais créées, il veillera sur moi sans réserve tant que je serai sous sa protection. Il l'a toujours fait et le fera toujours. Je me livre entièrement à lui. Car, pour une raison inconnue, je sais, au plus profond de mon psychisme que ce qui est arrivé et arrivera est maintenant tout à fait indépendant de ma volonté. C'est étrange, j'éprouve une sensation puissante de liberté depuis cette prise de conscience, exactement comme il l'avait prédit.

Je ne saurais dire combien de fois je me suis assoupie et réveillée, ni combien de temps cet état a duré. Je me rappelle vaguement les allées et venues de Jeremy qui m'examinait encore et encore. Par bonheur, je ne me souviens pas du moment où on m'a enlevé la perfusion et la sonde. J'ignore totalement si c'est le jour ou la nuit, et je n'ai donc aucune idée de l'heure. Je me sens toujours incroyablement fatiguée, mais, à chaque réveil, mon esprit semble s'éclaircir, ce qui est un immense soulagement.

* * *

J'ouvre les yeux pour sourire à Jeremy, allongé à côté de moi.

— Tu es réveillée… Bienvenue parmi nous !

Il me sourit.

— Je dois juste te retourner, ma chérie, pour m'occuper de ton magnifique derrière.

Il allume une seule lumière dans la pièce qui s'est assombrie.

— Oh ! Pas encore ce ton de médecin, je t'en prie.

— Ne bouge pas. C'est peut-être encore un peu douloureux, mais ce sera guéri en un rien de temps.

— Est-ce que j'ai le choix ? dis-je en levant les sourcils.

— Absolument aucun. Je suis tellement content que tu le comprennes enfin.

Ma peau est plus sensible que douloureuse, et je ne peux m'empêcher de penser qu'il dramatise un peu. Allongée là, pendant qu'on s'occupe de mes fesses, j'entends mon estomac gronder. Je m'aperçois que je suis totalement affamée, ce qui ne peut être que bon signe.

— Ne bouge pas. Il faut juste que je fasse un dernier test sanguin, et après tu pourras manger.

— Un dernier ? Combien tu en as fait ?

— Ce sera le quatrième.

Il tend la main vers un plan de travail couvert de matériel médical et prépare deux ou trois choses avant de sangler le haut de mon bras et d'inspecter mes veines avec ses doigts. Je sens à peine la légère piqûre dans ma peau, mais détourne les yeux pendant qu'il continue à bavarder.

— Tu sais que ton sang est spécial, Alex. Le groupe AB est le plus complexe de tous biologiquement. Il existe depuis moins de mille ans et reste plus ou moins un mystère de l'évolution. Seuls environ trois pour cent de la population mondiale appartiennent au groupe AB, ce qui te rend incroyablement unique, mais, bien sûr, j'ai toujours su que tu l'étais. Et je t'en chéris d'autant plus, ajoute-t-il avec un clin d'œil. J'ai récemment assisté à une conférence sur ses caractéristiques, et ce groupe sanguin intrigue à la fois les médecins et les scientifiques à cause de sa nature complexe et surprenante. C'est vraiment une énigme.

Il semble perdu dans ses pensées.

— Hmmm, j'en ai de la chance : un groupe sanguin énigmatique *et* des initiales qui lui correspondent… Quelle coïncidence !

Heureusement, l'aiguille est retirée avant que je m'en inquiète vraiment, car son monologue à propos de mon groupe sanguin m'a fourni la distraction appropriée. Il place rapidement un coton sur la piqûre et replie mon bras. Vaincue, je secoue la tête.

— Alors maintenant, tu mets mon sang en bouteille à cause de son caractère « unique » ?

Je viens de remarquer le nombre de tubes à essai qu'il a remplis.

Pas étonnant que je me sente si faible. L'infirmière sort aussitôt de la pièce avec les flacons.

— Certaines des recherches auxquelles Ed et moi avons participé enquêtent sur la « nouveauté » du groupe AB dans la race humaine et sur ses caractéristiques, et nous avons développé des hypothèses intéressantes. Ta participation à l'expérience nous a permis de confirmer que le groupe AB fournit des résultats fascinants lorsque la femme est anglo-saxonne – donc issue d'une société où la dépression est endémique. Et ces résultats sont encore plus nets si elle a mené une grossesse à terme et n'est pas encore ménopausée, comme c'est ton cas. C'est pourquoi nous devons surveiller tes taux d'hormones et les mettre en corrélation avec les sécrétions fournies par tes orgasmes.

Chaque fois que je crois en avoir fini avec ses révélations-chocs, il recommence. C'est de la science-fiction ou la réalité ?

— C'est ce que tu as remis à l'infirmière tout à l'heure ?

— Exactement. Nos résultats au cours du week-end ont été plus concluants que prévu, et nous nous sommes encore rapprochés de la formule que nous visons. Nous avons analysé le taux d'hormones libéré dans ta circulation sanguine et l'avons mis en corrélation avec les sécrétions de tes glandes de Skene pendant l'orgasme. Les résultats ont confirmé la production naturelle de sérotonine stimulant ton système nerveux. Encore plus que nous l'avions prévu. Puisqu'il nous est maintenant possible de continuer à surveiller tes taux d'hormones et ton activité sexuelle, nous allons pouvoir tester et finaliser la formule qui nous a échappé jusqu'ici.

Cette découverte est à la fois fascinante et quelque peu dérangeante, étant donné ma participation directe à l'expérience. Personne ne mène des recherches médicales aussi avant-gardistes que Jeremy ! Il m'accorde un instant pour assimiler ses paroles, et, soudain, je comprends.

— J'ai exaucé ton plus grand souhait, Jeremy. Je suis officiellement ton cobaye humain.

J'ignore pourquoi cette prise de conscience me stupéfie après autant d'années. Avec le recul, c'est tellement évident.

— Alex, tu sais bien que tu représentes beaucoup plus que ça pour moi.

— Depuis que nous nous sommes rencontrés, je suis ton cobaye, celle sur qui tu t'exerces : prises de sang, injections, pansements et plâtres. Qu'est-ce qui a changé ? Rien. Tu continues à utiliser mon corps, sauf que nous sommes plus âgés et avons plus de responsabilités aujourd'hui. Et, comme tu as naturellement beaucoup plus d'argent, de pouvoir et d'accès aux ressources que nous n'en avions à l'époque de la fac, tu es prêt à prendre encore plus de risques. Quand je pense que j'envisage de te suivre dans cette aventure complètement dingue. Je suis une mère, bon sang !

Étrange que tout cela m'apparaisse seulement maintenant.

— Oh ! allez, Alex, tu as toujours adoré ça.

Il se pelotonne contre moi en me regardant de ses yeux de chiot, m'embrasse et me caresse. J'essaie de le repousser sans bouger le bras, de peur que le sang dégouline partout sur les draps blancs.

— Et, au fait, depuis quand le fait d'être mère t'autorise-t-il à nier ta sexualité ?

Jeremy et ses questions qui tuent… Comment puis-je répondre à ça ? J'essaie de trouver une repartie cinglante, lorsqu'un grognement bruyant monte de mon estomac. L'excuse parfaite pour changer de conversation.

— Je me sens capable de dévorer un énorme hamburger, avec un gros tas de frites. Tu peux faire apparaître ça pour moi ?

— Ça pourrait sans doute se faire, mais tu vas plutôt avoir droit à une délicieuse soupe printanière. Elle est presque prête.

— Non, tu ne m'as pas comprise. J'ai vraiment *besoin* de nourriture bien grasse.

Il commence à rassembler ses dossiers médicaux.

— En tout cas, c'est un très bon signe que ton appétit soit revenu. Ça faisait longtemps.

— Jeremy, c'est injuste, après tout ce que tu m'as fait endurer.

Je cherche du regard un téléphone, mais, n'en voyant aucun, j'essaie de me déplacer vers le bord du lit. Il me retient par les chevilles.

— Pas question, AB. Il faut que tu restes ici. Je suis sérieux : je ne veux pas que tu descendes de ce lit. Si tu bouges, je jure que je t'y attache.

Je me rends compte que j'ai toujours les bandeaux autour des poignets et des chevilles. Sa menace est donc bien réelle, puisqu'il m'a déjà immobilisée tout à l'heure.

— Tu ne vas pas me dire que tu as le droit légal de me garder attachée au lit ?

L'expression de son visage me rappelle l'un de ces thrillers psychologiques où le psychiatre instable parvenait à enfermer, dans leur prétendu intérêt, des patients innocents. Il n'est pas fou à ce point-là, non ? Donnons-nous vraiment autant de pouvoir aux médecins ? Son large sourire me dit qu'il plaisante, dans le cas présent du moins.

— D'accord, d'accord, je vais rester tranquille, mais quand est-ce que tu vas m'enlever tout ça ?

— Quand tu auras mangé toute ta soupe.

— Je ne suis pas un enfant, Jeremy !

— Je peux t'assurer que j'en suis tout à fait conscient, Alexandra. Ton corps a besoin d'une bonne alimentation pour récupérer.

Je mange consciencieusement toute la soupe qu'il veut à tout prix me faire avaler, jusqu'à la dernière goutte.

— Alors ?

Maintenant, j'attends la suite.

— Je vais voir ce que je peux te trouver.

* * *

Me voilà satisfaite, rassasiée et les idées plus claires qu'elles l'ont été depuis mon arrivée vendredi soir. J'appuie la tête contre le torse de Jeremy. Il semble aussi plus calme, plus tranquille que jamais.

D'un geste machinal, il me caresse les cheveux et le visage. Il a toujours été extraordinairement tactile, et c'est ce que j'adore chez lui.

— Je suis tellement soulagée de ne pas avoir eu à me présenter devant l'AMA. Je n'en aurais jamais été capable.

— Hmmm, tu peux en effet me remercier de beaucoup de choses, il faut bien l'admettre, dit-il pour me taquiner. Sérieusement, Alex, tu m'as fait peur pendant un moment là-bas. Comme il te faudra plus que quelques jours pour t'en remettre, tu n'iras nulle part ailleurs d'ici la fin de la semaine.

— Tu sais bien que je ne peux pas rester ici, même si tu sembles ravi de me garder captive. J'ai d'autres engagements, quels que soient tes projets.

— Tu n'as aucun engagement cette semaine. Tu dois seulement me laisser m'occuper de toi. Et tu sais combien je prends mon travail au sérieux.

Je lève le menton et le regarde dans les yeux pour pouvoir déchiffrer ses paroles et évaluer leur véracité.

— Tu ne plaisantes pas ?

— Pas du tout. Mon unique responsabilité est de veiller sur toi jusqu'à ce que je te dépose dans l'avion qui te ramènera à Hobart.

— Mais tu ne peux pas faire ça ! Il reste mes autres conférences. Je ne t'en veux pas pour l'AMA, mais j'ai d'autres...

— Eh bien, si, je peux le faire, et, non, tu n'as pas d'autres conférences. Tu es à moi pour la semaine. Point. Je te promets de n'influer sur ton travail en aucune manière, et, de toute façon, tu travailles en partie pour moi maintenant.

Il semble très content de sa dernière remarque.

— Les différentes facettes de cette expérience ont été soigneusement orchestrées grâce à un financement illimité. Tu comprends ce que j'essaie de te dire ? Notre rencontre de vendredi soir n'est pas le fruit du hasard, Alex. Ce plan tout entier est en place depuis des mois. Nous avons fourni les fonds pour l'excursion de tes enfants en Tasmanie quand elle a failli être annulée, et parrainé tes récentes recherches, ainsi que ta fausse série de conférences cette semaine.

Je commence à comprendre que ce week-end entier était un projet de grande ampleur malgré ce que j'ai pu croire au début. Je suis un pion sur le vaste échiquier de Jeremy.

— Mais pourquoi ?

— Il me manquera toujours quelque chose, tant que tu ne feras pas totalement partie de ma vie.

Sa déclaration me va droit au cœur, telle une flèche de Cupidon. Je reste sans voix.

— Tiens, je pense qu'on peut te les enlever maintenant. Ces bandeaux ne servent à rien désormais.

Il attrape une espèce de baguette magnétique sur la table de chevet et la fait soigneusement glisser le long de la couture des bandes de cuir, qui se relâche aussitôt. Je ne m'étonne pas d'avoir été incapable de les enlever. Je dois avoir l'air choquée, car il entreprend de tout m'expliquer.

— Ces bandeaux étaient verrouillés magnétiquement. On ne peut les enlever que grâce à cet instrument, et ils ont aussi servi à surveiller ton pouls en permanence.

Il a vraiment l'air très content de lui maintenant.

— L'une de tes inventions ?

— Non, malheureusement, mais, comme tu le sais, je travaille avec des gens très intelligents.

Je n'avais donc aucun espoir de lui échapper. Bizarrement, l'absence des bandeaux autour de mes poignets et de mes chevilles me donne la sensation d'être déconnectée, comme s'il me manquait quelque chose d'important.

— Je suis vraiment content que tu commences à te sentir mieux, mais il faut absolument que tu restes au lit et que tu te reposes à présent. Nous aurons plein de temps pour discuter de tout ça plus tard.

Ses ordres ont beau avoir l'air tendres, je sens qu'ils sont fermement non négociables. Il vérifie que je suis bien installée sous la couette, m'embrasse sur le front, puis quitte la pièce et referme la porte derrière lui, me laissant une fois encore dans l'obscurité. Je m'endors en un instant.

Septième partie

Nos yeux sont parfois si aveugles que nous ne voyons pas ce qui se trouve devant nous, jusqu'au jour où l'esprit arrive à maturité. Alors, nous contemplons ces choses, et l'époque où nous ne les voyions pas nous semble un rêve.

Ralph Waldo Emerson

Jeremy n'est pas dans la chambre quand je rouvre les yeux, mais, à mon grand soulagement, la porte est ouverte. Il ne semble y avoir aucun vêtement pour moi dans cette chambre. Je rassemble donc les draps et m'enroule dedans. La lumière qui entre par la porte m'aveuglant un instant, je laisse le temps à mes yeux de s'adapter à la luminosité dont ils ont été privés pendant quarante-huit heures.

Je me sens soudain un peu inquiète à l'idée de franchir le pas de la porte, comme si j'allais pénétrer dans un autre monde. Je me rends compte que cette chambre n'est pas celle de l'hôtel. Pour une raison que j'ignore, j'avais simplement supposé que nous étions revenus à l'hôtel InterContinental et que Jeremy avait pris la décision raisonnable d'installer un lit d'hôpital dans une autre chambre que la suite.

Très surprise de cette découverte, je resserre instinctivement les draps autour de mon corps et pénètre d'un pas hésitant dans ce monde tout nouveau.

— Oh ! tu es levée. Je viens de préparer du thé vert.

Il me regarde un instant et pose aussitôt les tasses sur le banc. Il s'empresse d'aller chercher les lunettes de soleil et de les poser sur mon nez, sans doute pour atténuer l'intensité de la lumière qui frappe mes yeux. Mais mon étonnement, lui, n'est en rien diminué. Je le dévisage, absolument sans voix, à mesure que j'avance dans ce vaste espace, le drap traînant derrière moi.

Ma vue est assaillie par les couleurs, tandis que je tente d'assimiler le bleu du ciel sans nuages, le vert de la forêt vaste et luxuriante, et l'absence totale de civilisation. Les falaises abruptes des montagnes offrent un écrin époustouflant aux eaux de cristal qui miroitent sur un fond de sable blanc éclatant. Je cligne des yeux pendant quelques instants, afin de pouvoir embrasser ce panorama, puis, incapable de formuler des paroles, poursuis mon exploration silencieuse. Mes yeux survolent une immense terrasse et découvrent un bain à remous en contrebas, comme incrusté dans le paysage. Une immense cuisine moderne s'ouvre sur une salle à manger et un salon presque luxueux. Meublé du plus long canapé que j'aie jamais vu, ce salon est pourvu d'une cheminée ultramoderne, suspendue au milieu de la pièce. Les jambes en coton, je zigzague lentement à travers la pièce à deux niveaux tout en essayant de m'imprégner de ce vaste environnement isolé.

Comment ? Quand ? Où ?

Tout ici est sphérique ou cylindrique – une vision vraiment unique pour moi. Immobile, Jeremy me laisse poursuivre mon investigation. Je longe un couloir, ouvre une double porte et découvre ce qui ressemble clairement à la chambre principale. La pièce, elle-même ronde et entourée de baies vitrées, a été construite sous la voûte d'une forêt. Une cabane dans les arbres, luxueuse et raffinée. Au centre de la pièce se trouve un énorme lit, circulaire lui aussi et couvert d'oreillers et de coussins ronds. Ornés du fil d'or le plus fin, ils ont manifestement été fabriqués sur mesure. La décoration et les couleurs de la pièce forment une harmonie parfaite avec l'environnement. Un gros bouquet de roses rouges en fleurs apparaît comme le seul contraste saisissant. Elles sont presque toutes complètement épanouies, comme me l'a promis Jeremy lorsque nous nous sommes retrouvés. Leur beauté me coupe le souffle. Je sens les larmes me monter aux yeux et mon cœur se gonfler d'émotion. Tout ce que j'ai vécu avec lui depuis me semble tellement énorme. Sincèrement, je ne me suis jamais sentie comme ça de toute ma vie. Je fais le tour de la pièce en silence, examinant la vue sous tous ses aspects.

Une fois encore, je cherche le moindre signe de vie humaine. Rien. Rien que la nature et nous. Pourtant, je me sens presque accablée par la beauté qui m'entoure. Le doute s'installe. Mais, bon sang, où sommes-nous ?

J'ai un peu la tête qui tourne à force de me promener. Je m'assois sur le bord d'une chaise longue couleur sable, incroyablement douce et moelleuse.

Je me sens complètement submergée par ce tout nouvel environnement. Jeremy entre dans la pièce, un grand sourire aux lèvres. Il vient se placer derrière moi et me serre contre lui.

— Tu vois, je t'avais dit que tu serais à moi pour la semaine.

J'ai du mal à parler.

— Jeremy, où sommes-nous ?

— À Avalon, répond-il doucement. Un endroit où nous ne serons dérangés par personne et où je pourrai entièrement me consacrer à toi.

— Mais ça se trouve où, Avalon ?

— Ça, malheureusement, je ne suis pas autorisé à te le dire, mais, comme tu peux le voir, tu n'iras nulle part avant d'être complètement rétablie.

Je ne sais pas quoi dire, ni ce que j'éprouve. Si

j'ai pu me sentir déconnectée de tout quand il a pris mon portable, c'était une goutte d'eau dans l'océan par rapport à ça !

Maintenant que je me sens mieux, Jeremy suggère que nous nous installions dans cette chambre et s'excuse avant d'aller organiser la transition. Totalement déconcertée, je me laisse tomber au milieu de l'étrange lit rond. Je me sens une fois de plus bouleversée par l'incroyable réalité dans laquelle j'ai débarqué. Lorsqu'il revient, Jeremy est torse nu, une serviette de toilette vaguement attachée autour des hanches. Voilà un signe très encourageant, me dis-je, tandis qu'il me sourit et prend mon visage dans le creux de sa main. À la seule vue de son torse bronzé, je prie pour que ce ne soit pas un rêve.

— Et si tu remplaçais ton drap par cette serviette avant de me rejoindre dans le jacuzzi ?

Je m'enveloppe dans la serviette qu'il me tend, puis la ferme sous mes bras. Il me soulève et m'emporte hors de la chambre. Il traverse le salon, franchit les imposantes portes de verre et sort sur le balcon.

Cet endroit est incroyable. Immobile et sous le choc, je contemple la vue splendide. Jeremy défait ma serviette et jette la sienne, puis nos deux corps nus descendent ensemble dans le liquide bouillonnant. Elle est merveilleusement chaude, mais je ressens un picotement sur la peau de mes fesses en entrant dans l'eau. Je grimace, ce qu'il remarque immédiatement.

— Ça te fait mal ? Je suis vraiment désolé que tu souffres. Je peux te donner quelque chose pour que ça aille mieux.

— Non, non, ça va. Je vais bien, vraiment, pas besoin de médicaments.

Je m'immerge totalement dans l'eau.

— Je suis un peu choquée parce que je n'ai pas encore tout à fait assimilé ce qui s'est passé, et, quand je repense aux sensations de l'expérience, la même intensité revient m'envahir, je la ressens dans tout mon corps ou entre mes cuisses... C'est vraiment trop étrange.

Je respire profondément et ferme les paupières, tandis que les pensées et les sensations inondent à nouveau mon esprit, trop nombreuses, trop rapides. Je rouvre rapidement les yeux pour interrompre leur flot. Je ne peux pas m'empêcher de me demander si cette intensité est due à ma privation de sens visuel au moment de l'expérience.

— Pourquoi, Jeremy ? Pourquoi m'avoir choisie ? Est-ce que c'est simplement à cause de mon groupe sanguin et parce que je suis une femme ?

Je le dévisage à mon tour, afin de sonder son âme, mais je détourne les yeux pour éviter de me perdre dans la profondeur des siens. Il reste silencieux un moment et caresse mon corps avec beaucoup de tendresse et de soin, comme si j'étais une pêche délicate.

— Cela n'aurait jamais pu être quelqu'un d'autre que toi, déclare-t-il de manière simple et sérieuse.

J'essaie d'interpréter l'intensité cachée derrière ses mots.

— Mais le fouet... ou ce qui y ressemblait ?...

J'ai du mal à prononcer ces mots à haute voix, car le seul souvenir de ces instants provoque en moi une profonde pulsion charnelle, et mon corps est envahi de chaleur. Mon Dieu, qu'est-ce que je vais devenir si un simple souvenir me met dans cet état ?

— Tu es magnifique, Alexa. J'ai dû rassembler toutes mes forces pour résister à l'envie de te prendre sur-le-champ.

— Je n'ai jamais eu aussi peur de toute ma vie, Jeremy. Je n'avais aucune idée de ce qui se passait, de ce qui allait suivre et, bon sang, je ne peux pas croire que je dise ça, mais toute cette expérience a été littéralement époustouflante, même si j'ai dû être punie pour avoir posé des questions. Enfin, pourquoi avoir fait ça ?

— Il fallait vraiment que tu croies que les conséquences de tes actes étaient réelles et mesurables. Parce qu'ainsi, ta peur était authentique et déclenchait la libération des hormones appropriées sans aller jusqu'à l'extrême.

— Si ça, ce n'était pas extrême... Je n'ai jamais ressenti d'émotions aussi extrêmes, volatiles, de sentiments plus incroyables...

Je sens ma pression artérielle augmenter et de l'énergie brute battre dans mes veines.

— Je devais repousser tes limites, tu le sais. Je savais que tu pouvais faire face, qu'au fond de toi, tu en avais plus envie que tu ne voulais te l'avouer. Alors, dis-moi : la douleur valait-elle le plaisir ?

Encore une fois, ses simples mots déclenchent des ondulations au fond de moi. Ces sensations sont les plus bizarres que j'aie jamais éprouvées. Comme s'il suffisait de les provoquer pour apaiser immédiatement tout regret, toute colère ou blessure. Des vagues douces, chaudes et orgasmiques me traversent et me donnent l'impression que mon corps tout entier rougit et s'embrase de pur érotisme.

— Oh !... Alex, c'est vraiment incroyable. De toute évidence, tu viens de me répondre.

Il me fait glisser à travers l'eau, de sorte que je repose entre ses jambes. Inutile de faire semblant de le contredire, de prétendre qu'il ne se passe rien dans mon corps. Je ferme les yeux et laisse les vibrations qui traversent mes reins s'emparer de moi à nouveau.

— Tu devenais plus humide, plus gorgée de désir à chaque coup de fouet. C'était comme si ton corps en rêvait. Tu dégoulinais de désir. Je vérifiais, surveillais, m'assurait que ton corps était suffisamment sain à chaque nouvelle étape. Les données que nous avons collectées démontrent un lien entre la peur et le plaisir encore plus grand que nous l'avions imaginé...

La réaction de mon corps le distrait. La sensation de ce souvenir est aussi instantanée que vive. Des doigts qui viennent me sonder profondément, sans que je sache jamais quand ça va se reproduire, ni pendant combien de temps, l'envie désespérée qu'ils ne partent pas.

— C'est incroyable : je peux littéralement sentir la réaction qui se produit en toi pendant que nous en parlons. J'ai vraiment hâte de te montrer les résultats détaillés. Ils nous offrent des perspectives tellement inattendues. L'idée de te faire participer aux deux côtés de l'expérience était du pur génie, et je suis très impressionné par ta façon de te livrer au processus. Il y a tant de choses pour lesquelles je dois te remercier. Je sais que ce n'était pas une décision facile à prendre pour toi.

J'avais vraiment besoin de l'entendre reconnaître cette vérité à haute voix.

— J'essaie encore de comprendre tout ça. J'ignorais totalement que j'allais autant m'impliquer.

— Je suis content que tu apprennes enfin à connaître la femme que j'aime.

Comment a-t-il su avant moi ces choses dont je n'avais pas conscience ?

— Quelqu'un rédige une lettre, au moment où nous parlons, pour t'inviter à devenir un membre exclusif du noyau de notre équipe de recherche grâce à tes compétences et à ton expertise. Ta participation est essentielle à notre réussite, aujourd'hui plus que jamais, puisque nos recherches progressent vers la phase suivante.

Je n'ai aucune idée de ce que je dois répondre. J'ai accepté de participer à ces recherches et de prendre une part active dans le processus d'expérimentation. J'ai maintenant expérimenté ce qui me semblait impossible à affronter et j'y ai survécu, mais je ne me suis jamais retrouvée aussi physiquement dévalorisée et satisfaite à la fois. Comment cela fonctionne-t-il dans nos cerveaux ? Comment ai-je été capable de ressentir un plaisir aussi pur et parfait dans des conditions aussi extrêmes ?

J'ai fait mieux que survivre ; en fait, j'ai adoré ça. Le referais-je ? Dans certaines circonstances, sans doute. Ai-je envie de connaître les réponses à toutes ces questions ? Plus que jamais ! Il me masse les épaules, comme pour débarrasser mon esprit de tout souci potentiel, et je savoure le réconfort que m'apporte ce moment de tranquillité avec lui. Finalement, il me soulève avec une immense délicatesse et m'emporte hors du jacuzzi. Il sèche méticuleusement mon corps, puis nous nous pelotonnons l'un contre l'autre sur une chaise longue et nous imprégnons de la chaleur du soleil.

— Est-ce que tu avais déjà imaginé, même dans tes rêves les plus fous, que ton corps serait capable de vivre une telle expérience pendant quarante-huit heures ?

Le souvenir des multiples orgasmes extatiques est toujours palpable, et Jeremy me serre contre lui, de peur que je m'effondre sous la force de ce plaisir, une fois encore. Heureusement que je suis déjà allongée. Comment ne pas me sentir heureuse auprès de lui, alors que mon corps revit le souvenir parfait de telles vagues de jouissance.

— Dis-moi, décris-moi ce qui t'arrive.

Une fois que mon souffle a repris son rythme normal, j'essaie de lui expliquer cette sensation bizarre.

— Les souvenirs sont tellement forts et intenses qu'ils me submergent physiquement. Il suffit que tu les évoques pour que mon corps réagisse aussitôt.

Silencieux, il attend patiemment que je continue. Supposant qu'il sait tout de toute façon, je décide de poursuivre.

— J'ai eu ce fantasme..., enfin..., incroyable et très réel, si je puis dire. Vraiment stupéfiant. Je vivais vraiment l'instant présent, et il était si puissant que j'avais l'impression de ne faire qu'un avec le monde. Et puis on aurait dit qu'il y avait des langues partout... Je n'arrivais pas à me concentrer...

Je suis embarrassée de prononcer ces mots tout haut, même après tout ce que nous avons vécu.

— Elles étaient partout, me pénétraient, sondaient mes profondeurs. En fait, je ne sais pas comment décrire tout ça, c'était tellement énorme, tellement intense...

Je le regarde avec nervosité alors qu'il étudie mon visage et analyse mes paroles.

— Je n'ai aucun souvenir visuel ; je ressens juste cette force absolue et l'intensité de ces sensations. L'espace d'un instant, elles prennent le contrôle de mon esprit et de ma conscience. Je ne comprends pas comment un souvenir peut déclencher une telle réaction, Jeremy. Est-ce même possible ? Sinon, qu'est-ce qui m'arrive ?

Je tourne les yeux vers lui dans l'espoir d'obtenir une réponse. Il reste silencieux un moment.

— Cela n'avait rien d'un fantasme, Alexa. Tout était bien réel.

Un soudain désir primaire jaillit dans mon corps. Je rougis profondément, aussi longtemps que dure cette palpitation un peu plus bas entre mes jambes.

— Puisqu'on avait supprimé tous tes autres sens, il ne te restait que le toucher, jusqu'à ce qu'on y ajoute finalement l'ouïe. Tes processus cognitifs relient l'intensité de tes sentiments à ton corps physique. Autrement dit, ils sont connectés sur un plan neurologique, ce qui explique pourquoi ton corps et ton esprit réagissent si fortement à ce souvenir spécifique ou à tout autre élément qui déclenche ce souvenir. C'est exactement ce que nous espérions, et même plus. Il s'agit de la partie cruciale de nos recherches. Nous pénétrons en terre inconnue, si je puis dire. En nous basant sur tes connaissances en psychologie et sur l'expérience que tu viens de vivre, nous allons pouvoir apprendre tellement de choses sur la sexualité féminine. Bien plus que ce qui a déjà été publié, voire simplement étudié.

Je suis abasourdie par ses paroles. Ma conversation avec Samuel et ses « chercheurs d'élite » me revient à l'esprit. Aucune doute qu'il sera ravi des résultats. Cette pensée me rend soudain nerveuse.

— Jeremy, Sam n'était quand même pas là, non ?

— Non, Alex. Je ne te ferais jamais ça. Seuls deux de mes collègues étaient présents, ainsi que quelques personnes qui nous ont aidés à réaliser ton « fantasme réel ».

— Ouf ! Merci.

C'est un soulagement. Je n'aurais pas supporté que mes fesses soient exposées devant quelqu'un que je connais.

— Mais je lui ai envoyé une copie des résultats et j'ai hâte d'en discuter avec lui. Si tout se passe comme prévu, nous allons réussir à mettre au point un médicament contre la dépression encore jamais vu sur le marché. Il n'aura pas les effets secondaires parfois terrifiants de ceux qui sont couramment proposés et se révélera d'une efficacité et d'une fiabilité bien plus grandes pour le patient.

— Honnêtement, vous êtes vraiment si proches du résultat grâce à ce que j'ai vécu ?

— Ta participation est essentielle à notre processus. Tu te trouves au cœur même de ce que nous espérons accomplir.

— Je ne peux pas croire que nous allons travailler ensemble après toutes ces années, Jeremy. Qui l'eût cru, hein ? Dis-moi : quelle va être la nature exacte de mon rôle à l'avenir ?

— Tout cela vous sera expliqué plus tard, docteur Blake. Il va d'abord falloir signer une multitude de documents pour des raisons légales.

* * *

Alors que le crépuscule tombe, Jeremy allume un feu dans la cheminée suspendue et vérifie que je suis confortablement pelotonnée sur le canapé. Il ne me laisse rien faire, absolument rien. Je le regarde donc s'activer et organiser le dîner.

J'ai la surprise et la joie de me voir remettre un verre de mon vin français préféré, un pouilly fumé à parfaite température. Je suis toujours aussi impressionnée par mon environnement et, à en juger par les étoiles qui viennent d'apparaître, je peux seulement supposer que nous sommes quelque part dans l'hémisphère sud. Je ne sais pas comment je suis arrivée ici, je ne connais ni la date ni l'heure.

Il n'a pas parlé de mon téléphone, ni de l'endroit où il se trouve, et je n'ai pas pris la peine de le lui demander. Je sens que mes nombreuses questions seraient jugées hors de propos par le docteur Quinn. Aussi, je les laisse s'évanouir dans la nuit tombante.

Après un dîner succulent, fait de saumon grillé et de légumes verts asiatiques, nous nous pelotonnons l'un contre l'autre sur le canapé dans la lumière du feu. Commence alors l'une des nombreuses conversations que nous allons avoir au cours des quelques jours suivants. J'hésite toujours à poser des questions, mais je me lance néanmoins.

— Je peux te demander quelque chose ?

— Bien sûr.

Je suis soulagée que ce ne soit plus un problème.

— Qu'est-ce qui se serait passé si j'avais refusé vendredi soir ?

— Refusé de rester ou d'être aveugle ?

— Les deux, j'imagine.

— Je t'aurais persuadée. Je l'ai toujours fait.

— Pourquoi je ne peux jamais te dire non, Jeremy ?

— Tu aimerais en être capable ?

— Franchement, je n'en suis pas sûre, c'est bizarre. Une partie de moi le voudrait, et une autre, non. Je ne peux pas m'empêcher de penser à mon mariage… J'imagine par conséquent que je me sentirai coupable une fois de retour à la maison et face à la réalité. Pourtant, ça fait des années que Robert et moi n'avons pas été proches sur le plan sexuel.

— C'est vrai ? Comment ça se fait ? Je n'arrive pas

à garder mes mains loin de ton corps plusieurs heures d'affilée.

Ses mains, qui ne faisaient rien, remontent doucement le long de ma jambe et sur ma cuisse.

— Je ne sais pas vraiment... Mais, après toute notre aventure, je ne suis pas sûre de pouvoir continuer à vivre cette relation platonique. Ça ne m'a jamais dérangée avant, mais maintenant... Eh bien, disons que je me sens comme un volcan endormi qui vient d'entrer en éruption à la suite d'un important séisme.

— C'est moi que vous traitez de séisme, docteur Blake ?

Il vient se placer entre mes jambes.

— Vous êtes bien plus que ça, docteur Quinn. Sérieusement, qu'est-ce que tu en penses ?

Je ralentis sa progression.

— Je n'ai jamais l'impression que nous faisons quelque chose de mal quand nous sommes ensemble, Alex, quelles que soient les circonstances. Et aujourd'hui, ta présence auprès de moi prend encore plus d'importance.

— Vraiment ? Je t'en prie, ne me dis pas que seules tes recherches justifient le fait d'être ici avec moi !

— Non, ce n'est pas tout à fait ça.

Je l'interroge du regard, attendant qu'il poursuive son explication.

— C'est juste que notre relation est bien plus ancienne que toutes les autres. En réalité, nous avons passé ensemble près de la moitié de nos vies par intermittence. J'ai l'impression d'être fait pour être avec toi, comme si le lien entre nous n'avait jamais été rompu d'une certaine façon et que nous avions simplement besoin de retrouver notre chemin l'un vers l'autre. Nous avons tant partagé que je ne vois rien de mal à ce que nous faisons. J'ai du mal à me sentir coupable parce que je me moque de ce que la « société » pense de notre relation. Et, après ce que tu viens de m'apprendre sur Robert, j'ai le sentiment qu'il te néglige alors que je te veux plus que tout. Comme je te l'ai déjà dit, je ne peux pas imaginer ma vie sans toi. Ce séjour en ta compagnie, c'est comme un rêve devenu réalité.

Il tire malicieusement sur mes tétons pour souligner ses derniers mots et poursuit :

— Notre relation est phénoménale, et j'en viens à me dire que je n'aurais jamais dû rester en dehors de ta vie aussi longtemps. Tu as eu des enfants, ce dont tu rêvais, et il ne reste plus grand-chose de ton mariage, d'après ce que tu dis. J'ai réussi professionnellement, car tel a toujours été mon objectif, mais, à présent, mon objectif, c'est toi. Je t'aime, Alexandra. Je t'ai toujours aimée et je ne suis pas prêt à te partager encore longtemps. C'est un problème que tu vas devoir résoudre dans un avenir proche.

Il m'aime et n'est pas prêt à me partager ? Sa dernière déclaration ressemble à un ordre que je dois exécuter. Je suis stupéfaite par son discours précis, presque répété, et ses mots ont une résonance inattendue en moi. Avant que je puisse répondre, il prend mes mains dans les siennes.

— Laisse-moi te demander une chose : avais-tu envie de passer ce week-end avec moi ? L'avais-tu envisagé avant d'arriver à l'hôtel vendredi après-midi ?

Je contemple nerveusement mes mains tremblantes avant de lever les yeux vers lui. Il lui suffit d'un court instant pour lire la réponse dans mon regard.

— Très bien. Même chose pour moi. As-tu des regrets ?

— Difficile de répondre en quelques mots, Jeremy.

— Oh ! allez, ma chérie. Tu es allée tellement loin ce week-end ; tu ne vas quand même pas jouer les timides maintenant.

Afin de me forcer à répondre, il bloque mes bras sous mon corps et continue à taquiner mes tétons en toute liberté. Ils enflent instantanément et se durcissent sous son toucher. Mais, comme je tarde à lui donner une réponse, il entreprend de me masser les seins.

— Peut-être que j'aurais dû mettre un soutien-gorge, ce soir.

— Peut-être que tu ne devrais rien porter du tout, ce soir.

Il fait soudain glisser ma robe sur le sol à côté de nous.

— Maintenant, arrête de changer de sujet et réponds à la question.

— D'accord, d'accord. Non, je n'ai aucun regret. Difficile de regretter quoi que ce soit quand on est sous le charme éblouissant du docteur Quinn...

« Presque impossible » serait plus approprié. Mon corps commence à se tortiller sous ses doigts.

— Séisme, charme éblouissant... Mais de quoi tu parles ? demande-t-il avec une innocence insolente.

Le massage se poursuit, ses baisers légers dans mon cou se font plus insistants. Mes jambes s'écartent un peu plus sous son poids, et je sens son désir enfler contre mon aine.

— De mon corps qui me trahit à la moindre occasion quand je suis avec toi, en dépit du cheminement de mes pensées. Et c'est un problème que je vais devoir résoudre très bientôt si nous devons travailler ensemble.

— S'il te plaît, ma chérie, jure-moi que ce n'est pas une priorité sur ta longue liste de choses à faire.

Il me mordille le lobe de l'oreille, puis me soulève du canapé et m'emmène jusque sous la voûte de la chambre principale. Là, il me jette doucement au milieu du grand lit rond.

— Ne bouge pas. Je reviens tout de suite.

J'obéis à sa requête. Un tourbillon d'indécence est sur le point d'emporter mon esprit. Heureusement que je suis allongée. Il revient, un sourire sournois aux lèvres. Je suis sûre qu'il manigance encore quelque chose.

Il ne me laisse pas le temps de parler, ses caresses m'explorent plus loin, plus profondément. Oh ! mon Dieu, c'est reparti !

— Quand est-ce que tu en auras assez ?

— Avec toi, jamais, mais tu peux toujours me dire non.

Sa voix grave et rauque dans mon oreille me fait perdre la tête. Il sait très bien que, pour moi, lui dire non n'est jamais une option.

— Quoi ? Pour que tu m'attaches et me fasses fouetter jusqu'à ce que je change d'avis ?

— Hmm, quelque chose comme ça...

Il rit et retourne mon corps nu pour le positionner à quatre pattes, puis il continue à me caresser et à me taquiner.

— Essaie de ne pas bouger. Je veux essayer quelque chose.

Je sens qu'il introduit quelque chose de frais dans mon vagin, un objet pas très gros, pas tout petit non plus. Et puis les vibrations commencent. Elles sont lentes au début, mais leur rythme augmente régulièrement. Je ne peux me concentrer sur rien d'autre que ces spasmes qui déferlent à travers mon corps.

En un instant, je suis humide de désir. Mon corps réagit instantanément au souvenir de la chaleur et des vibrations qu'il a ressenties quand j'étais attachée sur la plateforme. Des sensations qui se manifestent aussi vite. Comment est-ce que ça peut arriver ?

Jeremy dirige une main plus bas, glisse son pouce dans mon anus, et je contracte mes muscles afin qu'ils le rejettent. À ma grande surprise, on dirait que mon corps attendait cette délicieuse pénétration. Oh ! bon sang ! Que m'a-t-il fait pour que je réagisse comme ça ? Il agite doucement le pouce, trouve un point sensible bien précis et le masse d'un geste tendre au début, puis avec plus d'insistance, dirigeant cette pression vers l'objet vibrant dans mon vagin. Je retiens mon souffle, car mon esprit commence à tourbillonner, et mon corps se contracte lorsque lui revient le souvenir des précédentes vagues d'euphorie. Jeremy est plus que satisfait du résultat. Il contemple l'expression de mon visage surpris avec un sourire en coin.

— Ce n'est pas douloureux ?

— Non.

C'est tout ce que je parviens à soupirer alors que les vibrations traversent mon corps et que ses doigts continuent à explorer et à créer de nouvelles sensations. Je sens une bouffée de chaleur envahir mon vagin et mon anus.

Il retire lentement son pouce, attrape un paquet de préservatifs et l'ouvre d'un coup sec. Il se place derrière moi et s'assure que le préservatif est bien en place. Je ne peux pas m'empêcher de lui envoyer un regard interrogateur par-dessus mon épaule, mais Jeremy est d'une telle beauté que j'en oublie mes doutes.

— Détends-toi, je te promets d'y aller doucement.

Son pénis lubrifié pénètre l'extrémité de mon anus. Il taquine l'ouverture avant de s'enfoncer avec précaution, petit à petit, afin que je m'adapte à cette présence imposante dans un espace aussi restreint.

Chaque fois, il me pénètre un peu plus profondément, affirmant sa position en moi sans perdre l'intensité créée. Sans heurts, il finit par me remplir, comme si son membre était fait sur mesure.

Je grogne d'extase. Je n'ai jamais autant apprécié ce type de pénétration. Sa possession de mon corps est parfaite, absolue.

Son autre main me masse malicieusement le clitoris, puis son geste devient plus ferme, plus insistant, et mon attention commence à s'envoler.

Il plaque mon buste sur le lit, provoquant une friction entre mes tétons et le drap frais. Son corps surélevé lui offre la maîtrise totale du désir qu'il crée en moi, reproduisant astucieusement la position de ma précédente expérience, les liens en moins.

Ses doigts habiles m'amènent avec précaution jusqu'au bord de l'orgasme, mais refusent d'aller plus loin et de déclencher la bombe prête à exploser.

Son membre provoque des ondes électriques à travers mon corps et, à mon grand étonnement, je sens mon canal s'ouvrir plus largement pour l'accueillir au plus profond de moi. Je hurle, non pas de douleur, mais pour exprimer la profondeur de mon amour pour cet homme et le plaisir pur et exquis qu'il peut provoquer en moi. Au moment où ses doigts achèvent leur mission, je suis littéralement inondée de désir et ne peux retenir un cri lorsque je suis précipitée dans un tourbillon d'extase. Ma voix retentit sans relâche, et s'enchaînent mes orgasmes, provoqués à la fois par les sensations réelles de mon corps et par ma mémoire neurologique. Je suis totalement incontrôlable ; seul mon instinct animal alimente mes cris gutturaux.

Jeremy se repositionne légèrement, et tout recommence. Et recommence. Je gémis et grogne à chaque vague pénétrante, tandis qu'une fois de plus je perds toute perception de moi-même.

Plongée, immergée dans un monde dont j'ignorais l'existence avant ce week-end, j'avance, saturée de désir sexuel, vers ce nouvel univers orgasmique dissimulé par mon inconscient. Je ferais n'importe quoi, j'irais n'importe où pour cet homme et les choses qu'il peut faire avec mon corps.

Qu'est-ce qui m'est arrivé ? Suis-je une maniaque sexuelle, une accro du sexe ? Je n'arrive même pas à trouver le bon terme. Je n'avais jamais imaginé qu'on puisse éprouver autant de plaisir sexuel.

Comment l'aurais-je pu ? Bien sûr, comme la plupart des gens, j'ai lu des choses sur la capacité de certaines personnes à avoir des orgasmes multiples, mais ce que j'ai vécu est surnaturel. Cette intensité est si écrasante que je reste perdue dans mes sensations un bon moment. Après avoir repris mes esprits et reconnu mon environnement, je lui demande :

— Est-ce que c'est normal, naturel ? C'est tellement soudain, tellement extrême...

Je découvre un Jeremy aussi ébahi et fasciné que moi. Il retire doucement le vibromasseur et l'enferme soigneusement dans un sachet en plastique.

— Encore des tests ?

— Plus de résultats, plus de découvertes, et encore plus de progrès, tu sais...

— Tout ça grâce à une relation sexuelle hallucinante. Qui l'eût cru ?

— Je n'avais moi-même jamais pensé que ce serait comme ça.

— Eh bien, je suis très contente de prendre part à ces expériences, docteur Quinn.

— Même chose pour moi, ma chérie !

Perdus dans nos propres mondes et pleinement satisfaits, nous ne parlons plus vraiment pendant un moment. Chacun est simplement à l'aise avec le corps de l'autre, le touche, le caresse, l'excite. Pendant que nous prolongeons volontiers notre expérience, les vagues de plaisir contagieux et leurs répliques, les mots ne sont pas nécessaires.

— Tiens, pendant qu'on y est, c'est l'heure de ta pommade.

— Tu plaisantes ? Tu m'en as mis tout à l'heure.

— Et tu crois qu'elle sera vraiment efficace après nos récentes activités ? me demande-t-il en haussant les sourcils.

Je secoue simplement la tête.

— J'ai promis de m'occuper de toi, et tu sais combien je suis dévoué à mon travail !

Il maintient mes fesses en place et y applique tendrement de la pommade. Tandis que je le regarde par-dessus mon épaule, il me lance un clin d'œil insolent et m'envoie un baiser.

* * *

Fidèle à sa parole, Jeremy passe le reste de la semaine à s'occuper de moi. Il me nourrit, me donne le bain, m'examine, me soigne, me stimule physiquement, intellectuellement, m'épuise émotionnellement, surveille mon sommeil, me brosse les cheveux, me masse le corps, soigne mes blessures et mes bleus. Je ne prends aucune décision et n'entre pas une seule fois en contact avec le monde extérieur. C'est comme s'il n'y avait pas de monde en dehors d'Avalon. Je suis bien enveloppée dans le cocon soigneusement construit par le docteur Quinn. Je ne me suis jamais sentie comme ça de ma vie. Si protégée, si fragile, j'ai presque l'impression d'avoir toujours eu besoin qu'il s'occupe de moi. Comment ai-je fait pour survivre sans lui ?

Nous continuons à parler, à rire, à jouer et à nous souvenir ; c'est comme si nous vivions une lune de miel à notre façon. Mon bonheur est total, même si Jordan et Elizabeth me manquent. Je souffre à l'idée de ne pas pouvoir les contacter là-bas, dans leur jungle. Notre séparation n'a jamais été aussi longue. Mais, même si j'étais à la maison, ils ne seraient pas encore de retour. Cette idée m'apaise un peu. Je repousse dans un coin très éloigné de mon esprit la discussion que je vais devoir entreprendre avec Robert à mon retour. Le monde extérieur fonctionne sans doute toujours de la même façon, et moi, très loin de toute autre réalité, je n'existe plus que dans l'isolement de cette luxueuse maison dans les arbres, et dans l'amour et l'attention de Jeremy.

— Viens ici et laisse-moi prendre ta tension. Tu sembles avoir plus d'énergie qu'avant.

— Oh non, encore ! Tu m'as tellement examinée que je vais bientôt être le cas le plus étudié de l'histoire.

Il ignore ma remarque exagérée.

— Si ta tension est redevenue normale, nous irons à la plage. Eh bien, elle est très bonne. Pas étonnant que tu sois plus énergique. Et si tu allais te changer pendant que je prépare un pique-nique ? Il y a une boîte dans le dressing qui contient tout ce dont tu as besoin.

Je le regarde d'un air dubitatif. D'abord, je me demande s'il plaisante, et ensuite, ce qu'il manigance encore une fois.

— File te préparer avant que je change d'avis.

Je passe instantanément à l'action.

Un soupir de soulagement m'échappe lorsque je découvre, heureuse de ne plus avoir à me « déguiser », des vêtements normaux dans la boîte. J'enfile un maillot de bain sous la robe à bretelles, au cas où l'eau serait assez bonne pour y piquer une tête. J'attrape des lunettes de soleil, un chapeau, de la crème solaire et je me sens plus énergique et fabuleuse que jamais.

Le sac à dos de Jeremy est prêt, et nous franchissons enfin les doubles portes imposantes de notre cabane dans les arbres. Une allée privée contourne la maison et monte vers la crête de la montagne.

Je remarque un homme costaud, debout devant une sorte de poste de contrôle. Il porte un uniforme et un fusil à l'épaule. Jeremy répond à son signe de la main, puis me guide rapidement dans la direction opposée, et nous descendons vers la plage.

Des frissons me parcourent le dos, car un sentiment inquiétant s'empare de moi.

— Je pensais que nous étions totalement seuls. Est-ce que sa présence est nécessaire ?

— Je t'expliquerai tout une fois que nous serons sur la plage.

Pour la première fois depuis des jours, les paroles de Jeremy semblent suggérer un danger, mais je ne veux pas y penser. Nous nous installons sur la couverture après y avoir disposé un splendide festin. Le ciel sans nuages nous offre une vue aussi vaste qu'époustouflante.

— Cet endroit est incroyable. J'espère que nous n'avons pas besoin de nous dépêcher.

— Nous avons tout notre temps. C'est formidable d'être de nouveau dehors avec toi.

— Et c'est encore mieux maintenant que je peux voir le paysage.

D'un geste affectueux, il écarte quelques mèches de cheveux de mon visage et les place derrière mon oreille.

— Comment te sens-tu, sincèrement ? me demande-t-il avec tendresse.

— Je me sens tellement bien maintenant, merci. Comment ne pas aller mieux ? Tu me portes une attention exclusive, que ce soit sur le plan physique, affectif, mental ou médical. Mais toi, est-ce que ça va ? Tu as l'air très préoccupé.

— Je le suis. Je dois t'expliquer encore beaucoup de choses et je ne pouvais pas m'y risquer là-haut.

Il indique la maison d'un geste de la main.

— Comment ça se fait ?

— Honnêtement ? Je me demande si nous sommes sur écoute. Je sais que nous serons plus en sécurité ici.

— Quelqu'un aurait placé des micros dans la maison ? Mais qui ? Jeremy, de quoi tu parles ?

Je le regarde nerveusement.

— Enfin, je me demande si j'ai vraiment envie de le savoir.

— J'aimerais beaucoup te laisser en dehors de tout ça, Alex, mais il faut que je t'en dise plus, puisque tu es mêlée à toute cette histoire maintenant.

J'ai le pressentiment que le cocon qui m'a si bien protégée pendant notre séjour ensemble est en train de s'effilocher lentement, mais sûrement. Comme perdu dans ses pensées, Jeremy me prend la main et me caresse les doigts un moment.

— Je crois que vous feriez mieux de me dire ce que vous savez, docteur Quinn.

Il hoche la tête et commence.

— Je n'ai pas besoin de t'éclairer sur les statistiques qui concernent la dépression. La demande pour un remède efficace est énorme, et ce marché va continuer à s'étendre au cours de la prochaine décennie, surtout dans les économies occidentales. L'industrie des antidépresseurs représente des milliards de dollars, et toutes les grandes compagnies pharmaceutiques du monde entier recherchent activement un traitement plus efficace, explorent de nombreuses pistes et déploient leurs filets pour rassembler le meilleur financement de démarrage. La découverte d'un nouveau médicament est devenue encore plus urgente depuis les récentes études menées par la Food and Drug Administration. En comparant l'effet de certains antidépresseurs à celui d'un placebo, ces études ont prouvé qu'ils pouvaient être liés à une augmentation des tendances suicidaires chez le patient. Les compagnies pharmaceutiques se sont alors lancées dans une quête effrénée. La compétition est acharnée ; chacune est prête à tout pour mettre ce médicament au point avant les autres. Et, bien que je déteste l'admettre, leurs méthodes ne sont pas toujours au-dessus de tout soupçon. C'est pourquoi il faut que je t'explique la situation.

Il semble un peu nerveux. Comme je n'ai pas l'habitude de le voir dans cet état, je reste tout ouïe.

— Hier, quelqu'un a piraté l'ordinateur de Sam et va pouvoir accéder aux résultats que je lui ai envoyés. C'est pour cette raison que je prends des précautions supplémentaires. Nous n'avons pas encore réussi à déterminer qui était à l'origine de ce piratage, et ça pourrait prendre du temps. Je ne veux pas t'effrayer plus que nécessaire, Alexa, mais, si nos concurrents tombent sur la formule que nous mettons au point grâce aux résultats du week-end dernier et apprennent ta participation à nos expériences, eh bien, il se pourrait que tu sois en danger. Et c'est un risque que je ne suis pas prêt à prendre. J'ai engagé un garde du corps qualifié qui se fera passer pour ton assistant de recherche à l'Université de Tasmanie, afin de garantir ta sécurité au travail une fois que tu retourneras là-bas.

— Tu es sérieux ?

— Je t'ai mise dans cette situation et j'en prends l'entière responsabilité. Je ne sais pas ce que je ferais si quelque chose t'arrivait.

— Qu'est-ce qui pourrait arriver, Jeremy ? Qu'est-ce qui t'inquiète autant ?

— Tous les laboratoires pharmaceutiques font en sorte de protéger leurs brevets potentiels et existants, et les plus grandes compagnies y mettent tous les moyens nécessaires. Chacune a son propre service d'investigation et recrute des agents plus que qualifiés, si tu vois ce que je veux dire. On y trouve d'anciens membres des SEAL, des pirates informatiques, des scientifiques, des neurochirurgiens et d'anciens juges, souvent les meilleurs dans leur domaine. Ces compagnies paient des sommes exorbitantes pour engager les personnes les plus qualifiées et les plus douées de la planète et qu'elles répondent à certaines de leurs demandes.

— Et tu es l'une de ces personnes ?

— Non, pas tout à fait. J'ai un accord spécifique avec

une compagnie pharmaceutique qui concerne la mise au point d'un remède contre la dépression. Ces services spéciaux sont là pour s'assurer que, à n'importe quel prix, la propriété intellectuelle de la compagnie est protégée à toutes les étapes du développement. Ils veillent surtout à la sécurité des résultats de nos recherches. Elle passe au niveau supérieur dès que nous nous rapprochons de la mise au point d'une formule ou d'un produit et entamons la préparation d'un brevet légal, ce qui peut se révéler un travail de longue haleine. L'espionnage intellectuel est monnaie courante dans l'industrie pharmaceutique et, pour certains organismes, le coût humain pour obtenir un brevet est sans conséquence. C'est comme ça que ce milieu fonctionne. Le problème, c'est que, si l'un de nos concurrents a commandité ce piratage, ce qui n'a pas encore été confirmé, il pourrait bien vouloir vérifier nos résultats par lui-même.

— Sur moi, tu veux dire ?

Dire que je suis sous le choc serait un euphémisme.

— C'est peu probable, mais pas totalement exclu. Je ne veux pas t'alarmer, Alex, et je ne laisserai rien t'arriver, mais tu dois accepter les mesures de sécurité que je mets en place. Je n'accepterai aucun refus.

— Tu penses sincèrement que quelque chose pourrait m'arriver ?

— Nous espérons bien que non, mais nous allons naturellement prendre des précautions supplémentaires, au cas où. En attendant, Alexandra, je voudrais te donner quelque chose en souvenir de ce séjour que nous avons fait ensemble et dans l'espoir que ça te protégera.

L'air sérieux, il tire une petite boîte de son sac à dos, l'ouvre avec précaution et dépose un bracelet en argent massif ou en platine dans ma main. Je l'étudie minutieusement. Il semble incrusté d'éclats de diamant rose et orné d'inscriptions anciennes en gaélique. Leur motif complexe et délicat offre un contraste saisissant avec le poids du bracelet.

— Jeremy...

— Alexandra, puisque je ne peux pas encore te passer la bague au doigt, j'espère que tu vas me promettre de le porter et de ne jamais l'enlever.

Il me regarde dans les yeux.

— Feras-tu ça pour moi ?

Je soutiens son regard. J'ai vécu tellement de moments incroyables cette semaine. Il m'a poussée à faire des choses que je n'aurais jamais imaginées, même dans mes rêves les plus fous... Vais-je refuser de porter ce précieux bijou ? Je sens à quel point c'est important pour lui.

— Oui, bien sûr, dis-je comme si je pouvais avoir envie de répondre autre chose.

— Il est tellement beau. Que représentent ces symboles ?

— Des mots en gaéliques : *anam cara*. Ça veut dire « ami de ton âme » ou « compagnon d'âme ».

Mon cœur se gonfle, et j'inspire profondément pour réprimer l'émotion qui menace de me submerger. Son regard ancré dans le mien, l'air autour de nous semble à la fois électrique et serein. Je sais que je lui appartiens et qu'il m'appartient. Sans un mot, je tends le bras vers lui.

— Merci, Alex. Puissent nos âmes sourire dans l'étreinte de nos *anam cara*.

Il passe le bracelet autour de mon poignet et, tandis qu'il le referme, j'entends un drôle de signal sonore. Ce bijou lui aussi me va comme un gant. Ni trop lâche ni trop serré, mais impossible à faire glisser sur ma main si je voulais le retirer. Je me sens réellement connectée à lui de toutes les façons possibles et je suis ravie de ce symbole physique de notre amour.

— Qu'est-ce que c'était que ce bruit ?

Je ne pouvais m'empêcher de le lui demander.

— Il est codé numériquement, scellé autour de ton poignet de façon physique et électronique, ce qui permettra à Sam et à mes équipes, en cas de problème, de te localiser à tout instant du jour ou de la nuit. Je voulais vraiment que tu acceptes de le porter avant que quelque chose t'arrive.

Eh bien, je n'avais pas vraiment envisagé notre lien avec le même esprit pratique.

Pendant un bon moment, je contemple le précieux bijou « nouvelle technologie » qui épouse – ou peut-être emprisonne – mon poignet. Je repense à l'époque où je travaillais pour Argyle, la compagnie minière de diamants roses dans l'ouest de l'Australie, et aux précautions que prenait l'entreprise pour garantir le transport en toute sécurité de ses pierres précieuses jusqu'à Perth. Plusieurs vols factices avaient lieu chaque semaine, de sorte que personne ne savait quel avion transportait vraiment les diamants (les plus rares et les plus chers du monde). Et me voilà en train de contempler des éclats du fameux diamant incrustés dans mon bracelet. C'est vraiment incroyable de penser au mal que se donnent les entreprises pour assurer la sécurité de leurs biens. Juste au moment où je pensais que cette aventure digne d'*Alice au pays des merveilles* touchait à sa fin, je me retrouve avec ce bracelet. Mon estomac tangue d'émotion. Curieusement, aucune question ne vient m'envahir l'esprit ; seul s'exprime mon consentement paisible. Assise face à Jeremy, je respire profondément en caressant d'un geste inconscient le bracelet en argent.

Nous regagnons la maison dans les arbres beaucoup plus tard, après avoir essayé de noyer dans l'océan nos plus sombres hypothèses sur l'avenir. Il apparaît que c'était justement le bain tonifiant dont nous avions besoin tous les deux.

Notre dernière soirée est beaucoup plus silencieuse que les précédentes. Confortablement installés, nous nous étreignons l'un l'autre en silence pendant un long moment. Chacun assimile les conséquences du choix que nous avons fait ensemble. Nous parlons peu, mais notre étreinte est chargée d'émotion. Nos relations sexuelles ont atteint un niveau d'intensité qui prend presque un sens spirituel, et nous savourons l'idée que nos vies ont été irrévocablement transformées par notre expérience. Nous sommes conscients d'ignorer ce que la vie va devenir lorsque nous aurons quitté Avalon. Cet avenir mystérieux a un petit goût irrésistible d'aventure.

Amoureusement enlacés dans les bras l'un de l'autre, nous ne dormons que quelques heures.

* * *

Le hasard faisant bien les choses, le ciel matinal est très couvert. Lorsque nous décollons dans un avion privé, je suis incapable d'apercevoir le sol, car il est dissimulé par une couche de nuages et de brume. Enfin, l'appareil s'élève dans la lumière saisissante du soleil. Je suis consciente que Jeremy peut être un homme extraordinairement ingénieux lorsqu'il a une idée en tête, mais j'ignorais totalement qu'il avait le don d'influer sur la météo. Je me demande si nous survolons l'eau ou la terre. Il refuse catégoriquement de me révéler l'emplacement d'Avalon.

Il m'assure que, moins j'en sais, plus je serai en sécurité et qu'il doit en faire sa priorité. Nous nous tenons par la main pendant tout le vol. Je m'assoupis un moment, la tête posée sur son épaule, et ne me réveille que lorsque nous amorçons notre descente et nous rapprochons de l'heure de notre séparation.

Nous nous serrons dans les bras l'un de l'autre avec une passion profonde, et je verse quelques larmes silencieuses avant de débarquer. Je ne veux pas quitter son étreinte, mais je sais que je n'ai pas le choix. Apparemment, mes bagages seront automatiquement transférés et chargés dans l'avion qui me ramènera à Hobart. Jeremy poursuit son propre voyage de retour dans le même appareil.

Soulagée que le siège à côté de moi soit vide, je m'installe dans l'avion comme en pilote automatique. J'essaie d'assimiler tout ce qui s'est passé cette dernière semaine, le danger potentiel lié à ma participation à l'expérience, ainsi que les futurs changements dans ma vie de famille. C'est presque trop pour mon cerveau. Je me penche pour ranger ma carte d'embarquement dans mon sac à main et remarque la présence d'une épaisse enveloppe. Je l'ouvre et découvre un mot de Jeremy, dont je reconnais l'écriture.

À ma magnifique Alexandra,
Je me disais que tu pourrais aimer regarder ceci maintenant, afin de mieux cerner la femme dont je suis amoureux. Ne l'oublie pas quand tu rentreras chez toi, car elle vaut pour moi tout l'or du monde.

Prends soin de toi, ma chérie, en attendant nos retrouvailles.

Bon voyage. Je t'embrasse.

J

Dire que je suis choquée de découvrir ces photos serait l'euphémisme du siècle. Est-ce que je peux vraiment être cette personne ? Je parcours lentement les clichés.

- Présentation de conférence vendredi après-midi dans la grande salle.
- Déjeuner avec Samuel et son équipe de recherche.
- Arrivée dans le hall de l'hôtel, cheveux relevés, look professionnel.
- En robe rouge, les yeux bandés.
- Assise sur la terrasse, yeux bandés, mains menottées.
- Chant et guitare.
- En combinaison de cuir et bottes.
- Deux corps gainés de cuir chevauchant une moto.
- Saut en parachute, chute libre.
- Sur la route dans une décapotable noire, heureuse, lunettes de soleil sur les yeux.
- Flottant nue dans des eaux sombres.
- Capuche sur la tête, corps enveloppé dans un peignoir, bandeau en cuir.
- Sur la plage, nageant avec Jeremy.
- Habillée, comme maintenant, pour le voyage de retour.

C'est incroyable de voir ces images et de les comparer avec celles que j'ai en tête. Le bandeau semble masquer ma tension nerveuse, et l'attitude de mon corps reflète le caractère indéniablement sensuel de cette créature s'imprégnant de chaque expérience. Ces photos me réchauffent le cœur ; je les serre contre moi. Qui aurait cru que j'étais cette personne ?

Je réfléchis à la question de Jeremy restée sans réponse quand nous étions ensemble : « Depuis quand le fait d'être mère t'autorise à nier ta sexualité ? »

Qui aurait pensé que je reniais une partie de moi-même pendant toutes ces années ? Jamais je n'aurais imaginé qu'il me faudrait vivre des choses aussi extrêmes que la cécité, l'interdiction de poser des questions, et faire l'objet d'expérimentations psychologiques, physiques et neurologiques en rapport avec le système limbique pendant tout un week-end pour ranimer la passion sexuelle en moi. Seul Jeremy pouvait le concevoir, bien sûr.

* * *

J'entre chez moi et salue mes magnifiques enfants comme si rien n'avait changé, mais consciente en mon for intérieur que tout est différent maintenant. Je les serre longtemps contre moi et ressens pour eux un amour infini. Je décide que c'est maintenant ou jamais. Cette semaine avec Jeremy a scellé mon sort, et je me promets d'avoir avec Robert la discussion que je repousse depuis des années. Je demande à ma sœur de venir garder les enfants pour que nous puissions sortir dîner ensemble. Je ne veux pas avoir cette discussion à la maison, mais je me demande tout autant si c'est une bonne idée de le faire en public. J'ai répété dans ma tête diverses façons d'aborder un sujet aussi sensible.

Je n'aurais pas dû m'inquiéter. Il semble qu'il souhaite parler de notre mariage autant que moi. Je lui raconte mon séjour avec Jeremy et quel effet il a eu sur moi. J'ajoute que je ne peux pas m'opposer à sa présence dans ma vie plus longtemps. Je ne mentionne pas mon rôle dans l'expérience. Robert reste silencieux en face de moi. J'attends une réponse émotionnelle, quelque chose qui m'indique ce qu'il pense.

Je suis stupéfaite de le découvrir finalement soulagé. Pas de colère, pas de larmes, mais un grand soulagement. Il finit par m'expliquer qu'il essaie de comprendre sa propre sexualité depuis des années et tente de regarder les choses en face. Il n'a jamais souhaité en parler avec moi parce que je suis psychologue et a toujours craint que sa femme ne l'analyse avant qu'il ait lui-même tiré ses propres conclusions. Et puis il ne voulait pas nous blesser, les enfants et moi. Il me dit que lui non plus ne peut plus renier cette partie de lui-même, qu'il a besoin d'explorer et de chercher, de découvrir si, oui ou non, il est gay. Il en est déjà convaincu.

Je suis là, en face de lui, à me demander comment ma nouvelle va le toucher, et voilà ce qu'il me répond ! Cela explique sans aucun doute notre absence de vie sexuelle. Comment ai-je pu passer à côté d'une chose aussi incroyable ? Je ne peux pas m'empêcher de me demander comment j'aurais réagi à cette révélation si je n'avais pas passé du temps avec Jeremy. Ça aurait été un coup terrible, j'imagine...

Mais maintenant, eh bien, d'une certaine façon, tout devient potentiellement envisageable, alors que c'était impossible juste une semaine plus tôt.

Nous nous ouvrons plus l'un à l'autre pendant ces quelques heures que nous ne l'avons fait ces cinq dernières années. Notre conversation est agréable, et nos nouveaux rapports se basent sur le respect et l'amitié. Je peux comprendre pourquoi j'étais attirée par celui qui est assis en face de moi, le père de mes enfants. C'est un homme bon. Seulement, nous ne ressentons plus le même amour qu'avant.

Nous décidons de faire en sorte que les choses fonctionnent pour nos enfants et que chacun continue à soutenir l'autre. On dirait que le poids géant qui pesait sur notre relation s'est envolé et que nous sommes à nouveau libres de nous engager dans la légèreté de la vie. Nous sourions. Nous nous étreignons.

Nous dormons dans des chambres séparées sous le même toit. Nous sommes heureux de cet arrangement à court terme. Les enfants remarquent notre changement d'humeur, et, tous ensemble, nous rions plus que nous ne l'avons fait depuis des années.

* * *

Quelques jours plus tard, exactement comme me l'avait promis Jeremy, je reçois une lettre m'invitant à devenir membre de son forum mondial de recherche.

Docteur Blake,
J'espère que cette lettre vous trouvera en bonne santé. J'aimerais vous inviter officiellement à devenir un membre de notre équipe de recherche privée, spécialisée dans la mise au point d'un remède contre la dépression. Vous avez les compétences spécifiques qu'exige le rôle d'expert en psychologie sur le projet Zodiaque, et vous travaillerez en étroite relation avec un

certain nombre de chercheurs en médecine et de praticiens accrédités.
Comme vous le savez, ce projet est hautement confidentiel et le restera au moins pendant les douze prochains mois. Vous trouverez ci-joint un accord de confidentialité qu'il vous faudra signer, afin que nous puissions vous faire parvenir des informations plus complètes. Comme nos recherches progressent actuellement, nous pourrions être amenés à publier nos résultats au cours des deux ou trois prochaines années, une fois que votre contribution significative à nos études sera formellement reconnue.
La recherche se fait majoritairement à temps partiel à ce stade. En conséquence, nous espérons que vous pourrez intégrer ces courtes missions à votre charge de travail universitaire actuelle. J'ai pris la liberté personnelle de parler avec votre doyen, qui vous promet son soutien à cet égard. Nous vous demanderons également d'assister à plusieurs conférences internationales, dont la première se tiendra à Londres le mois prochain. Les documents joints vous en présenteront les grandes lignes. Le paiement de vos services sera conséquent et fixé, avec votre accord, au cours de la prochaine quinzaine.
Vos diplômes universitaires, votre passé professionnel et votre récente expérience de la recherche sont d'une importance primordiale pour la réussite de ce projet, et nous accordons une grande valeur à votre contribution exceptionnelle. Merci d'avoir pris le temps de nous rencontrer ; nous nous réjouissons de cette nouvelle relation

féconde, agréable et productive. Nous avons hâte de vous accueillir au sein de notre équipe.
Sincères salutations,
Lionel McKinnon
Président

Lorsque je finis de lire cette lettre, j'en ai l'estomac retourné. L'excitation et l'appréhension luttent pour prendre le dessus dans la partie inférieure de mon corps. Mes joues s'empourprent instantanément. La lettre dans ma main semble si officielle, si noble, ses sous-entendus sexuels, si intelligemment déguisés. D'un geste inconscient, je caresse le bracelet autour de mon poignet.

— Tout va bien ?

Robert lève les yeux de son journal.

Je remarque que ma main tremble au moment où je lui passe la lettre.

— C'est à propos des recherches dont tu as parlé avec Jeremy ?

Je hoche la tête.

— C'est une nouvelle fantastique. Félicitations ! Tu as travaillé tellement dur, tu le mérites amplement.

Il m'embrasse sur la joue.

— Champagne !

Je ne peux m'empêcher de me demander ce que j'ai fait pour mériter les hommes de ma vie.

Épilogue

L'avion sur le tarmac ne va plus tarder à décoller maintenant. Voilà encore une expérience palpitante : je voyage en première classe. Je n'aurais jamais imaginé un instant que cela pourrait m'arriver un jour. J'ai l'impression de devenir progressivement la personne que j'aurais toujours dû être. Je suis si excitée à l'idée de revoir Jeremy. Je ressens un certain trac, comme le jour où je l'ai retrouvé à Sydney, mais, cette fois, il est mêlé de joie et d'impatience. Je savoure cette sensation ; elle me donne l'impression d'être bien vivante.

Je repense à ce jour récent où je faisais un tour en ville à l'heure du déjeuner. Je passais devant un magasin qui vendait des selles et des étriers, quand, du coin de l'œil, j'ai remarqué une cravache. Des émotions intenses ont ricoché à travers mon corps tout entier avec une force incroyable. Je me suis soudain sentie aveuglée, essoufflée, et je me suis appuyée contre la vitrine fraîche du magasin. Le souffle coupé par une pulsion érotique ! Le bourdonnement intérieur et discret que je ressentais depuis mon retour et auquel j'avais fini par m'habituer s'est aussitôt transformé en vibrations électrisantes circulant de mon clitoris jusqu'à mes tétons (je remercie au passage l'inventeur du soutien-gorge ampliforme). Je me suis mise à haleter, tandis qu'une intense chaleur, semblable à de l'or liquide, saisissait mes parties intimes. L'une de mes étudiantes, qui passait justement par là, s'est arrêtée pour me demander si tout allait bien et si j'avais besoin d'aide.

Je lui ai fait signe qu'il n'y avait pas de problème, mais elle est restée devant moi pendant une bonne minute, les yeux écarquillés. Après avoir réussi à retrouver mon calme, je lui ai assuré que tout allait parfaitement bien et qu'elle pouvait me laisser. Si elle avait su ! J'ai une folle envie de parler à Jeremy de ces embuscades psychologiques qui surgissent à la simple vue, au son ou au souvenir de quelque chose qui se rapporte à notre fameux week-end. Une partie de moi est atterrée par ces incidents en public, mais je reste fascinée par ce qui peut déclencher ces épisodes et attends avec impatience la prochaine expérience.

Mes vols se déroulent sans encombre. Pas de retard à Singapour, et j'arrive finalement à Londres à l'heure prévue. Je franchis les portes battantes à la sortie de Heathrow et remarque un chauffeur qui tient une pancarte indiquant mon nom. Quel plaisir de voyager dans ces conditions ! Nous nous saluons, et il prend mes bagages. Lorsque nous atteignons la berline noire dont une portière est ouverte, j'aperçois, debout près de la voiture, un autre homme vêtu de la même tenue.

— Bonjour, docteur Blake. Bienvenue à Londres.

— Bonjour. Merci, je suis ravie d'être ici.

Il tient la portière pour moi, et je lui souris. Le premier homme s'occupe quant à lui de mes bagages. Alors que je m'installe sur la banquette arrière et vérifie que je n'ai rien oublié, j'entends, loin derrière moi, quelqu'un crier mon prénom. Je jette un regard par-dessus mon épaule et suis stupéfaite de découvrir Jeremy et Samuel qui courent vers la voiture. Mais que font-ils donc ici ? Je croyais qu'ils devaient arriver tard dans la nuit. Je les interroge d'un signe de la main lorsque l'assistant du chauffeur referme brusquement la portière et bondit sur le siège avant. Jeremy et Samuel se précipitent vers moi, et je peux lire la panique sur leurs visages.

Au moment où je m'apprête à demander au chauffeur de les attendre, la voiture démarre en trombe, et je me retrouve projetée contre le siège. Je lui demande de s'arrêter, lui explique que je connais ces deux hommes. Jeremy court maintenant après la voiture et frappe les vitres arrière. J'essaie d'ouvrir la mienne pour lui parler, mais je ne trouve aucun bouton. La vitre se teinte alors de noir, et je ne peux plus voir son visage. On verrouille ma portière, et, lorsque je me retourne pour regarder le chauffeur, une cloison noire monte entre les sièges avant et arrière. Je crie et cogne contre la portière et la vitre. Nous prenons de la vitesse. Je me mets à trembler.

Le visage angoissé de Jeremy reste gravé dans ma mémoire. Je cherche mon portable dans mon sac à main et découvre qu'il ne trouve aucun réseau. Je n'y comprends rien. Me voilà enfermée dans le noir à l'intérieur d'une voiture et sans réseau téléphonique. Qui sont ces chauffeurs ? Je cogne contre les vitres, crie en direction des deux hommes en essayant de comprendre ce qui m'arrive. Je tente d'ouvrir les portières tour à tour et frappe de mes paumes contre les vitres teintées. Qu'est-ce que c'est que cette histoire ? Soudain, tout devient flou, je ressens une certaine faiblesse. Et puis, plus rien du tout...

Note de l'auteur

Beaucoup de gens aujourd'hui, dans les sociétés occidentales, ont déjà été touchés par la dépression, sous quelque forme que ce soit. La dépression concerne environ cent vingt millions de personnes dans le monde et provoque plus de huit cent cinquante mille morts par an. Des statistiques effrayantes et stupéfiantes qui en font l'une des affections les plus sérieuses chez l'être humain.

Aux États-Unis, les prescriptions d'antidépresseurs ont augmenté d'environ quatre cents pour cent depuis 1988, et plus d'un Américain sur dix âgé de plus de douze ans prend actuellement un antidépresseur. Plus de vingt et un millions d'ordonnances prescrivant des stimulants pour améliorer l'attention sont délivrées chaque année à des patients, essentiellement des enfants âgés de six à quatorze ans. L'utilisation d'antidépresseurs a augmenté de trois cent trente-trois pour cent au cours de la précédente décennie.

Intéressant, n'est-ce pas ?

Remerciements

MERCI...

À ma mère, qui m'a encouragée à poursuivre quand j'hésitais à le faire, et a révisé avec minutie un ouvrage certainement choquant pour elle.

À ma sœur, car nous ne vivrions et ne partagerions pas nos rêves aujourd'hui, si elle n'avait fait preuve de courage il y a cinq ans.

À Melissa, qui a eu la bonté de laisser sa porte suffisamment entrouverte pour que je puisse me faufiler chez elle au moment où j'en ai eu besoin.

À Rob, de m'avoir fait remarquer qu'un manuscrit achevé, qu'il soit publié ou non, est un extraordinaire aboutissement.

À Adrienne, de m'avoir permis d'avancer. J'ai hâte de te serrer dans mes bras et de te remercier en personne pour tes paroles inspirantes et encourageantes.

À Kate, qui a tant enduré et quand même trouvé le temps de me voir.

À mes formidables, mes merveilleux, mes chers amis, qui ont fait les frais de la première version à l'état brut de ce roman et ne m'ont pas reniée comme amie.

À mes garçons. Vous savez qui vous êtes et que ni ma vie ni ce roman ne seraient les mêmes sans vous.

À mon père, pour son amour, son soutien, son humour et ses talents de conteur.

À mon mari, d'avoir été mon point de repère pendant les deux dernières décennies et de m'avoir soutenue contre vents et marées, car je sais que le voyage n'a pas été de tout repos.

À ma famille et mes amis. Ma vie n'aurait aucun sens sans vous...

Enfin, je me dois de remercier mon agent, Selwa Anthony, et Shona Martyn de HarperCollins. Ce roman n'aurait jamais été publié sans notre rencontre miraculeuse et décisive. Merci, Selwa, de m'avoir guidée dans cette initiation éclair au monde de l'édition. Pour terminer, mes sincères remerciements à l'équipe de HarperCollins Australia, en particulier à Anna Valdinger, Rochelle Fernandez et Graeme Jones, qui ont travaillé nuit et jour pour que ce livre soit publié.

Chez le même éditeur

Le Sanctuaire de la Soumission

MARINA ANDERSON

Directrice d'un magazine féminin à succès, Natalie est une jeune femme à qui tout semble réussir. Pourtant, sa vie personnelle est au point mort. Sa réussite semble faire fuir les hommes et ne lui laisse pas vraiment de temps pour des relations épanouissantes.

Un jour, Natalie entend parler d'un lieu où l'on peut apprendre à se découvrir, une sorte de retraite exclusive dont on murmure le nom entre initiés : *le Sanctuaire*.

Un endroit où les novices découvrent des plaisirs qu'ils n'auraient jamais pu imaginer.

D'abord choquée, Natalie accepte finalement de mettre de côté ses préjugés et de céder à la tentation. Dans ce lieu unique, elle rencontre l'énigmatique Simon, un homme habitué à obtenir ce qu'il veut. Et Simon a décidé qu'il voulait Natalie...

« Un superbe roman sur la volonté, l'amour et la soumission… très chaud ! » (Forum).

ISBN : 978-2-8246-0243-1

www.city-editions.com